Modos de Leitura

CONSELHO EDITORIAL

Beatriz Mugayar Kühl – Gustavo Piqueira
João Angelo Oliva Neto – José de Paula Ramos Jr.
Leopoldo Bernucci – Lincoln Secco – Luís Bueno
Luiz Tatit – Marcelino Freire – Marco Lucchesi
Marcus Vinicius Mazzari – Marisa Midori Deaecto
Paulo Franchetti – Solange Fiúza
Vagner Camilo – Wander Melo Miranda

Mario Higa

Modos de Leitura
CRÍTICA & TRADUÇÃO

Prefácio
José de Paula Ramos Jr.

Ateliê Editorial

Copyright © 2022 by Mario Higa

Direitos reservados e protegidos pela Lei 9.610 de 19 de fevereiro de 1998.
É proibida a reprodução total ou parcial sem autorização, por escrito, da editora.

Dados Internacionais de Catalogação na Publicação (CIP)
(Câmara Brasileira do Livro, SP, Brasil)

Higa, Mario
 Modos de Leitura: Crítica & Tradução / Mario Higa; prefácio José de Paula Ramos Jr.. – Cotia-SP: Ateliê Editorial, 2021.

 ISBN – 978-65-5580-047-0

 1. Crítica literária 2. Leitura 3. Literatura 4. Tradução I. Ramos Junior, José de Paula. II. Título.

21-93413   CDD-801.95

Índices para catálogo sistemático:
1. Crítica literária 801.95

Maria Alice Ferreira – Bibliotecária – CRB-8/7964

Direitos reservados à
ATELIÊ EDITORIAL
Estrada da Aldeia de Carapicuíba, 897
06709-300 – Granja Viana – Cotia – SP
Tel.: (11) 4702-5915
www.atelie.com.br | contato@atelie.com.br
facebook.com/atelieeditorial | blog.atelie.com.br

2022

Printed in Brazil
Foi feito o depósito legal

Sumário

Prefácio - *Modos de Leitura, de Mario Higa. Crítica Literária e Tradução Artística* - JOSÉ DE PAULA RAMOS JR......... 11

Modos de Leitura 23

1. Ensaios 25

    NOTAS SOBRE OS TEXTOS 27

    1. INTRODUÇÃO À POESIA DE CESÁRIO VERDE 29

        Poesia Cesárica: Recepção Crítica e Lugar Canônico 29

        O Desencontro de Cesário e Seus Contemporâneos 44

        Breve Histórico do Prosaísmo na Crítica Cesárica 60

        Depois de "Esplêndida": Hipótese de Trajetória da Poesia Cesárica 66

    2. O NORTE MAGNÉTICO E OS JARDINS DO SUL NA POESIA DE CESÁRIO VERDE 77

        Do Prosaísmo Poético à Noção de Espaço Narrativo na Poesia Cesárica 77

8 MODOS DE LEITURA

> *"Heroísmos": Reverência e Rebeldia* 80
>
> La Femme Fatale: *Sedução e Risco* 83
>
> *O Frio, "o Grande Agente" do Norte* 85
>
> *"O Sentimento dum Ocidental": o Dilema dos Tempos Cruzados* 87
>
> *"Nós": a Recusa do Modelo que Vem do Norte* 94
>
> *Conclusão* 100
>
> 3. LENDO LIMA BARRETO CONTRA LIMA BARRETO 103
>
> *"O Destino da Literatura"* 103
>
> *Arte Social* vs. *Arte pela Arte* 105
>
> *Intersubjetividade* 107
>
> *Crime e Castigo* 112
>
> *Sinceridade* 114
>
> *Heróis* 117
>
> *Recapitulando* 122
>
> *Lendo Lima Barreto Contra Lima Barreto* 122
>
> *Práxis Afirmativa* vs. *Práxis Dubitativa* 124
>
> *Conclusão* 143
>
> 4. GERALDO FERRAZ E UM POEMA (QUASE) ESQUECIDO . . . 145
>
> *O Jornalista* 145
>
> *O Ficcionista e o Poeta* 149
>
> *O Poema (quase) Esquecido* 155
>
> 5. CAETANO VELOSO 157
>
> *Uma Explicação Necessária (Apesar de Óbvia)* 157

Quem É Caetano Veloso? 158

Poesia e Música Popular 159

Duas Epifanias: João Gilberto e Glauber Rocha 160

Tropicalismo e Derrida 161

Brasil Ocidental vs. *Primitivo, ou
Dialética da Ocidentalidade* 164

Oswald de Andrade e Mário de Andrade 165

O ETHOS *de Caetano: Polêmica e Carisma* 168

A Consciência Poética da Linguagem e o "Não ao Não" . . . 170

Coda 172

II. Resenhas 173

   1. CONDIÇÃO DE FRONTEIRA 175

   2. EM DEFESA DO BARROCO 185

   3. DIANTE DAS ARMADILHAS DA INTERPRETAÇÃO 189

   4. JULIO CORTÁZAR 193

III. Entrevistas 197

   1. "ELE ACREDITAVA NUMA VERDADE OBJETIVA" 199

   2. TIRANDO POESIA DE PEDRA 203

IV. *Posts* 211

   1. UMA HISTÓRIA BORGIANA EM BURLINGTON 213

   2. CETICISMO EM TRÊS VERSÕES 219

      Uma Definição de Ceticismo 219

  Um Tango Cético (e Também Budista)............220

  Um Filósofo Cético............................220

 3. 2006, UM ANO (DEFINITIVAMENTE) BORGIANO 221

V. Tradução......................................231

 1. *NOCHES LÚGUBRES* – JOSÉ CADALSO 233

  Brevíssima Apresentação 233

Noches Lúgubres | *Noites Lúgubres* – José Cadalso 237

PREFÁCIO

Modos de Leitura, de Mario Higa[1]
CRÍTICA LITERÁRIA E TRADUÇÃO ARTÍSTICA

José de Paula Ramos Jr.[2]
Universidade de São Paulo

Notável trabalho o leitor interessado em crítica literária tem em mãos. Notável por vários aspectos. Antes de destacarmos alguns, porém, há que se refletir sobre as noções de livro e de revista, no âmbito particular dos estudos literários.

Em primeiro lugar, um livro é uma publicação perene; uma revista, assim como todos os periódicos, é marcada pela efemeridade. Isso independe do valor dos escritos estampados em livros ou em periódicos. Trata-se da natureza desses dois suportes.

No entanto, há livros que resgatam textos publicados em periódicos, dando-lhes um suporte, digamos, mais estável. Há livros que não têm a organicidade, por exemplo, de um romance ou de uma longa dissertação teórica ou crítica sobre um determinado objeto de estudo. Há livros de estrutura fragmentária, que

1. PHD pela Universidade do Texas, em Austin, Mario Higa é, atualmente, professor associado no Departamento de Estudos Luso-Hispânicos do Middlebury College (Vermont, EUA). Autor, entre outros, do livro *Matéria Lítica: Drummond, Cabral, Neruda e Paz* (Ateliê Editorial, 2016).
2. Doutor em Literatura Brasileira (FFLCH-USP), é professor no Departamento de Jornalismo e Editoração da Escola de Comunicações e Artes da USP. Entre outros, é autor de *Leituras de Macunaíma: Primeira Onda (1928-1936)*, livro publicado pela Edusp em parceria com a Fapesp, em 2012.

recolhem vários textos críticos de assuntos e de gêneros diversos. Nesse último caso, o livro se aproxima da revista (ou vice-versa). Tal é o caso deste *Modos de Leitura*, de Mario Higa.

Trata-se de uma coletânea que acolhe textos do autor: ensaios, resenhas, entrevistas, *posts* e a tradução de uma obra literária espanhola do século XVIII.

Os ensaios são cinco estudos críticos de maior fôlego que abrem a coletânea. Os dois primeiros são dedicados à poesia de Cesário Verde, relevante e original poeta português da segunda metade do século XIX.

Mario Higa registra que o poeta fez sua estreia com a publicação de três poemas no periódico *Diário de Notícias*, em 12 de novembro de 1873. No dia seguinte, o jornal *Diário Ilustrado* anunciava que, em breve, Cesário (então com dezoito anos de idade) publicaria o livro intitulado *Cânticos do Realismo*, obra que, porém, jamais veio a público. Como seria ela? Que poemas conteria? Qual a sequência deles? Enfim, qual o conteúdo e qual a estrutura da obra? Perguntas sem respostas. O único vestígio da possível existência de *Cânticos do Realismo* é esse título, divulgado no anúncio do jornal. Mas por que Cesário não publicou esse livro de versos?

Mario Higa aventa duas hipóteses. A primeira se fundamenta em comentário de Galdino Gomes, que foi amigo do poeta, segundo o qual Cesário ainda buscava "uma unidade formal que pudesse emprestar rigorosa coerência à aparente descontinuidade dos poemas", nas palavras de Mario Higa. Cesário procurava uma organicidade semelhante à das *Flores do Mal*, de Baudelaire.

A outra hipótese para a suspensão da edição, assinalada pelo ensaísta, seria a decepção de Cesário perante a crítica hostil que seus poemas, estampados em periódicos, receberam não só de críticos conservadores, mas dos novos "revolucionários" da "Escola de Coimbra", supostos realistas. Os poemas foram alvo de chacota dos críticos seus contemporâneos, que, num segundo momento, se calaram. Do deboche e do reproche ao silêncio. Assim pode ser sintetizada a primeira fase da recepção crítica à poesia de Cesário Verde, como assinala Mario Higa.

A segunda fase da recepção crítica, porém, desenha uma curva que vai do silêncio à consagração. Isso é tratado nos ensaios, que contêm erudito e minucioso levantamento dos trabalhos dedicados ao estudo do poeta e de sua produção, com destaque para características típicas que conferem marcante originalidade à poesia de Cesário Verde: "[...] prosaísmo [...], ironia corrosiva, dandismo, *flânerie*, representação do espaço urbano, apego ao contingente cotidiano e material, abatimento e tensão psicológicos, frieza de sensibilidade, perversão moral" (Mario Higa, "Introdução à Poesia de Cesário Verde"). O ensaísta destaca certos aspectos que aproximam a poesia cesárica do simbolismo, como a musicalidade dos versos e as imagens sugestivas e alucinatórias, criadas por uma imaginação hipersensível, que mistura, por exemplo, visões das antigas caravelas com observações do aspecto moderno dos hotéis da moda. O erotismo de alta tensão sensualista e, não raro, excêntrico e libidinoso também é ressaltado, bem como, por um lado, a estilização da linguagem coloquial e, por outro lado, o laborioso trabalho em busca do rigor e da perfeição formal.

Nos dois ensaios dedicados à análise e interpretação da poesia cesárica, a erudição e a agudeza da análise crítica não são obstáculos à leitura fluente e prazerosa, pois a linguagem em que são construídos tem a qualidade da clareza expositiva e de uma progressão discursiva saborosa e sempre interessante, como ocorre nos demais ensaios do livro, dedicados a Lima Barreto, um poema de Geraldo Ferraz e à canção de Caetano Veloso. Neles se descortina não só a agudeza analítica, mas também a pertinência de suas formulações críticas, tão fundamentadas quanto convincentes.

"Lendo Lima Barreto Contra Lima Barreto" põe em destaque a conferência "O Destino da Literatura". Mario Higa descreve a melancólica circunstância em que o autor de *Triste Fim de Policarpo Quaresma* ficou incapacitado para ministrar a conferência, na cidade de Rio Preto (interior de São Paulo), mas detém-se na análise do texto, publicado na *Revista Sousa Cruz*, em novembro de 1921. Trata-se de um escrito em que Lima Barreto expõe de modo sistemático a sua concepção de arte e de literatura, em perspectiva crítica segundo a qual o ideal de Beleza deveria estar subordinado ao conteúdo, este voltado para a expressão artística do homem e da sociedade de seu tempo. A função da arte, segundo a conferência, seria a de transformar a *ideia* em *sentimento*, de modo a provocar no destinatário da mensagem uma espécie de comoção, que o elevasse moralmente e expandisse a sua consciência por meio de um processo de identificação com o outro. A esse processo, Mario Higa nomeia *intersubjetividade*, noção colhida nos escritos do filósofo alemão Fichte e que estaria implícita na compreensão de arte e literatura de Lima Barreto. O ensaísta destaca que "pela lógica dos argumentos barretianos, a práxis, ou o efeito prático da obra de arte, constitui o componente último e central para o qual todos os demais convergem – sempre, claro, tomando como referência a obra de arte socialmente comprometida".

Feita a exposição dos pressupostos teóricos e críticos de Lima Barreto, Mario Higa assinala que tais concepções foram desacreditadas pela teoria e pela crítica literária da segunda metade do século XX, que prestigiou a análise textual, com ênfase na forma. No entanto, se as noções de intersubjetividade e de sinceridade caíram em desprestígio, uma vez consideradas extratextuais, assim desclassificando o pensamento teórico e crítico de Lima Barreto, por outro lado, a abordagem textual foi responsável para o prestígio crescente da obra literária de

Lima Barreto, de tal modo que essa abordagem vem a ser uma leitura contra as ideias estéticas de Lima Barreto, mas em favor da valoração positiva de sua obra literária, tal como Mario Higa demonstra. No passo seguinte, o ensaísta empreende agudas análises de quatro obras de Lima Barreto, sob o prisma da noção de *práxis dubidativa*, marcada "pela dúvida sistemática e pelo ato esclarecido de rejeição da ação": *Vida e Morte de M. J. Gonzaga de Sá*; *Recordações do Escrivão Isaías Caminha*; *Triste Fim de Policarpo Quaresma* e *O Cemitério dos Vivos*.

O ensaio seguinte é dedicado a Geraldo Ferraz, jornalista, crítico de arte e escritor, cuja trajetória é esmiuçada por Mario Higa. Entre as atividades e produções de Geraldo Ferraz, destacam-se a sua colaboração na *Revista de Antropofagia* ("segunda dentição"); a criação do suplemento cultural do jornal *Diário de S. Paulo*, publicação pioneira que se empenhou "em tornar acessível ao público não especializado tópicos relevantes da cultura e arte modernas nacionais e internacionais"; o reconhecimento da importância dele como crítico de arte, tanto que foi designado membro da "comissão julgadora das duas primeiras Bienais de São Paulo, ocorridas em 1951 e 53"; o lançamento do romance *Doramundo*, em 1957, com aplauso da crítica de então e que, por seus méritos, demanda maior atenção pela crítica atual. Segundo avaliação de Mario Higa, *Doramundo* "ocupa espaço singular e de relevo na literatura brasileira moderna".

Além dessas atividades e produções de Geraldo Ferraz, o ensaio se detém na análise do poema "Guernica: Poema Vozes do Quadro de Picasso", publicado em 1962 e omitido nas referências bibliográficas do autor. Esse poema (quase) esquecido só foi reeditado uma vez, na revista *Babel*, segundo informação de Mario Higa, que ressalta as afinidades entre o poema de Geraldo Ferraz e a tradição épica, de Homero a Virgílio, de Camões a John Keats, investida na figura da *écfrase*, figura que consiste na descrição minuciosa de um objeto artístico, no caso o painel de Picasso ao qual são atribuídas vozes dramáticas.

"Caetano Veloso" é o texto que encerra a Parte I "Ensaios", do livro *Modos de Leitura*. Como sugere o título, o objeto crítico é o homem e sua obra. Não se trata, propriamente, do homem empírico, mas da imagem do autor enquanto artista no contexto da cultura nacional contemporânea.

Mario Higa demonstra cautela na abordagem do objeto de estudo, admitindo o risco de tornar-se suspeita uma crítica em que não há distanciamento histórico, uma vez que artista e crítico são coetâneos. Além disso, há também o risco de a crítica impregnar-se de paixão, devido à proximidade cultural.

Consciente de tais perigos, o ensaísta registra a importância incontestável do artista Caetano Veloso no contexto nacional e atual. Nas palavras de Mario Higa: "[...] amamos Caetano porque amamos, antes de tudo, nossa memória afetiva, formativa e identitária, dentro da qual a presença do compositor e de suas canções pode ser mais ou menos intensa, mas nunca nula". Para uma certa minoria, porém, em vez de amor, há ódio manifesto. A falta de indiferença confirma a presença incontornável de Caetano no âmbito da cultura popular brasileira.

No caso das canções de Caetano Veloso, popular não significa tosco, rústico ou pobre, pois são composições, musical e poeticamente, sofisticadas, até mesmo eruditas, sem, no entanto, deixar de soarem como letra e música que ressoam no ouvido afetivo do ouvinte, que cantarola a canção.

Palavra, música e emoção, interligadas numa unidade inextricável, caracterizam a canção de Caetano Veloso, de modo análogo ao que se verifica no Trovadorismo medieval, como ressalta Mario Higa: "[...] não se questiona hoje a arte de Caetano Veloso. Suas letras de músicas são poemas escritos para o canto, na mais fina tradição dos trovadores medievais".

O ensaio ainda examina, com descortino, o Tropicalismo, movimento fundado por Caetano Veloso e Gilberto Gil. Nesse contexto, em que se insinua a ideia de refundação do Brasil, o país

[...] que emerge das canções de Caetano é um país culturalmente superassimilativo, dinâmico e plural; uma alegoria da indeterminação por sua multiplicidade em conflito, que não alcança uma síntese; uma formulação coerente impossível por sua complexa diversidade, mas que contraditoriamente se afirma por essa impossibilidade.

Em conclusão, Mario Higa assevera:

Com a notável exceção de *Macunaíma* (1928), de Mário de Andrade, pode-se dizer, por esse argumento, que o sonho dos primeiros modernistas de compor uma síntese criativa e múltipla do Brasil, ou uma poética radical da brasilidade plasmada em linguagem estética, consolida-se na obra de Caetano Veloso.

Para melhor configurar a *persona* artística de Caetano, o ensaio se encerra com análises pontuais de canções, reveladoras da consciência poética do compositor.

A Parte II de *Modos de Leitura* contém quatro resenhas. A primeira delas – "Condição de Fronteira" – discorre sobre o livro *Paraíso Suspeito: A Voragem Amazônica*, de Leopoldo Bernucci[3], que faz uma reflexão sobre a vida na selva, o genocídio de seringueiros na época do chamado Ciclo da Borracha e empreende um estudo erudito, tão rigoroso quanto fundamentado, do romance *La Vorágine* (1924), do escritor colombiano José Eustasio Rivera, em que se

---

3. Tradução de Geraldo Gerson de Souza, São Paulo, Editora da Universidade de São Paulo, 2017.

mesclam ficção e realidade, para representar as desumanas condições de trabalho, de vida e de morte dos seringueiros da Amazônia.

Mario Higa compõe uma recensão que dá a ver não só a estrutura da obra de Bernucci, mas a sua força e as suas virtudes, com destaque para o exame da intertextualidade que aproxima *La Vorágine* de obras brasileiras, nomeadamente, *Os Sertões* (1902), de Euclides da Cunha, *Inferno Verde* (1908), de Alberto Rangel, e *Os Seringaes* (1914), de Mário Guedes. A resenha se arremata com uma recomendação:

> Seja, enfim, como análise da obra de Rivera, seja como ensaio amazônico, *Paraíso Suspeito* é, desde já, um título obrigatório aos amantes da literatura e da história latino-americanas e aos leitores que buscam no pensamento crítico uma forma híbrida de rigor e paixão.

"Em Defesa do Barroco" comenta o livro *Hyperboles: The Rhetoric of Excess in Baroque Literature and Thought*[4], de Christopher Johnson, professor de Harvard. A resenha sintetiza as partes componentes da obra que considera a excessividade ou amplificação como traço central da poética seiscentista. A obra de Johnson discorre sobre as tradicionais "especulações teóricas que buscam definir conceito e funções, limitações e possibilidades semânticas da hipérbole", de Aristóteles a Baltazar Gracián, para, em seguida, empreender uma leitura cerrada de composições da poesia barroca de língua espanhola, com destaque para as *Soledades* e a *Fábula de Polifemo y Galatea*, de Góngora, o lirismo de Quevedo e o poema "Primero Sueño", de Sóror Juana Inés de la Cruz. Na abordagem de *Polifemo y Galatea*, Johnson aproxima o ciclope ao Gigante Adamastor, de *Os Lusíadas*, en-

---

4. Harvard University Press, 2010.

quanto em *Soledades* a fala de um velho pastor é comparada com o discurso do Velho de Restelo, da epopeia camoniana.

Mario Higa, por fim, exalta a "erudição ampla, clara, articulada, regular e penetrante" da leitura cerrada de Johnson, como antídoto a banalidades da moda culturalista que valoriza aproximações ridículas como, por exemplo, do ciclope Polifemo com King Kong.

Em 2010 a obra máxima de Hans-Georg Gadamer, *Verdade e Método*, completava meio século desde sua publicação em 1960. Mario Higa celebrou a efeméride com a resenha "Diante das Armadilhas da Interpretação", agora recolhida em *Modos de Leitura*. Nela, são ressaltadas as notáveis contribuições de Gadamer para a hermenêutica moderna, especialmente o dialogismo em que a "negociação do sentido [de um texto] deve ocorrer entre os horizontes [históricos] do intérprete e o da obra interpretada".

Com "Julio Cortázar", Mario Higa completa a Parte II dedicada a resenhas. Originalmente publicada na revista *Estação Literária*, edição de dezembro de 2014, agora passa a compor *Modos de Leitura*, repondo o tom polêmico de que se reveste. De um modo vulgar, diríamos que o autor passa um pito na crítica literária brasileira, por ser excessivamente autocentrada, negligenciando a abordagem da literatura internacional, a exemplo do que ocorreria com a obra do escritor argentino. Com certa indignação, o resenhista assinala que o livro *O Escorpião Encalacrado* (1973), de Davi Arrigucci Jr., permanece como único estudo brasileiro de largo fôlego da obra de Cortázar, a despeito de ele ser considerado um dos grandes nomes da literatura latino-americana.

A Parte III de *Modos de Leitura* reproduz duas entrevistas.

A primeira, intitulada "Ele Acreditava numa Verdade Objetiva", é concedida por Jay Parini a Mario Higa. Este, antes de estampar as perguntas e respostas, dá breve notícia sobre o entrevistado. Jay Parini é professor de Literatura Americana e Escrita

Criativa no Middlebury College (EUA). Crítico literário e poeta, sua prosa de ficção recebeu larga acolhida internacional, traduzida para vinte idiomas e objeto de adaptações cinematográficas, como é o caso do romance biográfico *A Última Estação*, sobre o último ano de vida de Tolstói. A entrevista põe em foco esse romance. Instigado pelas perguntas, Parini discorre sobre a sua concepção artística da narrativa, em diálogo com o estilo de Tolstói, suas escolhas e efeitos de sentido que procurou produzir para sensibilizar a recepção do leitor. A entrevista pode ser recebida como uma abordagem introdutória, como numa degustação que estimula o desejo de ler o romance de Parini: decerto um romance que merece atenção.

A segunda entrevista, presente em *Modos de Leitura*, foi concedida por Mario Higa a Renata de Albuquerque, em 2016, quando a Ateliê Editorial lançara, na Coleção Estudos Literários, seu livro *Matéria Lítica: Drummond, Cabral, Neruda e Paz*, originalmente, tese de doutorado defendida na Universidade do Texas, em Austin (EUA). A entrevista dá notícia da presença da literatura latino-americana no ambiente acadêmico cosmopolita das universidades norte-americanas, mas seu foco central incide sobre esse livro de ensaios a propósito de quatro poetas latino-americanos, dois brasileiros, um chileno e um mexicano que, a despeito das diferenças, mas sem desconsiderá-las, o ensaísta aproxima por meio da imagem da pedra, investigada em busca de seu sentido em cada configuração particular.

Jorge Luis Borges foi bibliotecário e é conhecido seu gosto por bibliotecas em sua obra de ficção, inclusive de bibliotecas imaginárias. No romance *The Abortion*, do obscuro escritor americano Richard Brautigan (1935-1984), o narrador trabalha em uma peculiar biblioteca pública, situada em São Francisco, Califórnia. Seu acervo é constituído exclusivamente por livros inéditos, rejeitados por editoras. Ao ler esse romance, Todd R. Lockwood decidiu tornar realidade a ficção e fundou, em 1990, a Biblioteca Brautigan – primeiro localizada em Burlington (Vermont, EUA), depois de 2010 em Vancouver (Washington, EUA) –, que só acolhe obras rejeitadas por editoras, livros nunca publicados. Eis o aspecto borgiano dessa história, relatada por Mario Higa com humor e sabor, no primeiro texto da Parte IV *Posts*: "Uma História Borgiana em Burlington".

O *post* seguinte – "Ceticismo em Três Versões" – realiza o que o título propõe de modo sintético. A primeira versão reproduz a definição de ceticismo formulada por um filósofo ao se pronunciar num *podcast*. As duas outras versões são sugestivas: uma decorrente de versos de um tango; a outra, de caráter memorialista, referente ao amor que o escritor romeno Emil Cioran, cético, cultivava pela Espanha.

"2006, Um Ano (Definitivamente) Borgiano", terceiro e último *post* dessa seção, associa dois fatos reais a dois contos de Jorge Luis Borges, como exemplos de como a vida imita a arte, embora de modo aleatório e não exatamente igual. No conto "Funes, el Memorioso" (1944), um jovem sofre uma queda do cavalo e ao recobrar a consciência se dá conta de que ficara paralítico e de que sua memória se tornara infalível, dom que pode ser também entendido como maldição: não ser capaz de esquecer. Mario Higa aproxima a narrativa borgiana de uma curiosa notícia, segundo a qual a norte-americana Jill Price fora observada durante alguns anos por cientistas, que verificaram a supermemória (*hipertimésia*) da mulher, capaz de recordar com precisão e pequenos detalhes os eventos de todos os dias de sua vida, desde os onze anos de idade. É claro que Mario Higa não faz uma conexão direta entre a narrativa de Borges e o caso de Jill Price, mas registra um caso pitoresco em que a ficção parece invadir as fronteiras da realidade.

O mesmo ocorre com o conto "Tres Versiones de Judas" (1944), que Mario Higa aproxima, cautelosamente, do *Evangelho de Judas Iscariotes*, "manuscrito copta do século III ou IV da nossa era", descoberto em 1970 numa caverna do Egito, considerado pelo autor do *post* como "uma das maiores descobertas arqueológicas da Era Moderna". Mario Higa sabe discernir com lucidez a defasagem entre os dois escritos, mas registra mais um caso curioso em que arte e vida mantêm vasos comunicantes, muitas vezes inesperados.

Além dos textos críticos aqui comentados, *Modos de Leitura* contém o poema dramático em prosa "Noches Lúgubres", do escritor espanhol José Cadalso y Vásquez de Andrade (1741-1782), primeiramente publicado entre dezembro de 1789 e janeiro de 1790 no periódico *Correo de Madrid*. Ao lado do texto em espanhol lê-se a tradução literária em português, realizada com rigor por Mario Higa que, assim, dá acesso ao leitor lusófono a essa obra que foi célebre, contando 49 edições até o fim do século XIX, mas que caiu numa relativa obscuridade no século XX, a despeito de sua importância, uma vez que alguns pesquisadores a consideram pioneira do Romantismo europeu, ao lado do romance *Werther*, de Goethe. Com essa primorosa tradução de uma obra que exerceu larga influência, inclusive, provavelmente, no romântico brasileiro Álvares de Azevedo, Mario Higa conclui o rico repertório que o leitor poderá percorrer com surpresa, algum espanto e, certamente, com prazer em *Modos de Leitura*.

Modos de Leitura

1. ENSAIOS

Soit gentil et tiens courage.

ANNE FRANK

Notas sobre os Textos

Todos os textos deste volume foram extensivamente revisados. Em alguns casos, passagens inteiras foram reescritas e outras eliminadas. Em alguns casos, também, a bibliografia foi atualizada. A revisão dos textos não visou, de modo específico, à argumentação crítica. Alguns argumentos, ou o modo de expressá-los, me parece, envelheceram; mesmo assim, decidi mantê-los como registro histórico de uma trajetória pessoal. Os alvos principais da revisão foram a legibilidade, ou fluência de leitura, e a coesão, ou articulação entre as partes. Procurei, no máximo das minhas energias, eliminar resíduos, aparar arestas e encadear organicamente os segmentos. Com respeito à tradução, busquei corrigir desníveis de linguagem, também com vistas à legibilidade e coesão, mas, nesse caso, com a responsabilidade de manter o maior grau possível de correspondência, no plano estilístico-semântico, com o texto original.

1. Introdução à Poesia de Cesário Verde*

POESIA CESÁRICA: RECEPÇÃO CRÍTICA E LUGAR CANÔNICO

O primeiro livro de Cesário Verde foi anunciado em 1873, um dia após o jovem poeta de dezoito anos ter publicado seus primeiros versos em folhetim. Com alguns amigos na imprensa e, supõe-se, um punhado de poemas na gaveta, Cesário ingressa no mundo das letras de modo metódico e calculado. Em 12 de novembro, faz publicar três composições suas no *Diário de Notícias*. No dia seguinte, o *Diário Ilustrado* anuncia para breve *Cânticos do Realismo*, livro de estreia de Cesário Verde. O anúncio, no entanto, não se cumpriu na época, nem depois, até a morte do poeta, em 1886. Por quê? Quais seriam os motivos que teriam levado Cesário a adiar, porventura sistematicamente, o lançamento de um volume de versos? Há, ao menos, duas hipóteses – não necessariamente excludentes entre si – para responder a essa questão. A primeira nos é dada pelo jornalista Bourbon e Menezes (1890-1948), que conheceu o escritor bissexto

---

* Publicado em *Poemas Reunidos*, de Cesário Verde, Cotia, Ateliê Editorial, 2010, pp. 15-60.

Gualdino Gomes (1857-1948), que, por sua vez, foi amigo de Cesário. Segundo Menezes, Gomes teria perguntado um dia a Cesário – não se sabe em que data – por que este não reunia seus poemas num livro. Cesário lhe teria respondido que só o faria quando encontrasse uma unidade formal que pudesse emprestar rigorosa coerência à aparente descontinuidade dos poemas. O poeta teria em mente, segundo Gomes via Menezes, o modelo de organicidade das *Flores do Mal*, de Charles Baudelaire[1]. Trata-se de argumento verossímil. A presença de Baudelaire na obra de Cesário possui várias facetas, e ao menos uma delas será tratada aqui, neste ensaio, mais adiante.

A segunda hipótese, talvez mais determinante, se baseia na recepção hostil da obra de Cesário, que foi alvo de setores da imprensa de tendência conservadora – de quem o poeta esperava reação negativa ou indiferente –, mas também de escritores alinhados com a chamada "Escola Nova" ou "Escola de Coimbra", de quem buscava aproximação. Sabe-se, por exemplo, que Cesário contava receber "aplauso do lado dos grandes revolucionários" quando publicou o tríptico "Fantasias do Impossível", em 1874[2]. No entanto, o que de fato recebeu foi uma repressão pública de Ramalho Ortigão, que, numa de suas "farpas", comenta em tom de mofa um poema da série: "Esplêndida". Teófilo Braga também teria censurado a composição. Para um amigo de Cesário, teria dito que considerava condenável que "um homem, para captar as simpatias de uma mulher", tivesse que descer ao "lugar dos lacaios". Para Teófilo, "um poeta amante e moderno devia ser trabalhador, forte e digno e não se devia rebaixar assim"[3].

---

1. Ver Cesário Verde, *Cânticos do Realismo e Outros Poemas*, Teresa Cunha (org.), Lisboa, Relógio D'Água, 2006, pp.14-15.
2. Ver Fátima Rodrigues, *Cesário Verde: Recepção Oitocentista e Poética*, Lisboa, Cosmos, 1998, p. 211.
3. Cesário Verde, *Obra Completa*, Joel Serrão (org.), 5ª ed., s.l. [Lisboa], Livros Horizonte, 1988, p. 203.

O mesmo Teófilo publica em 1877 seu *Parnaso Português Moderno*, uma antologia poética representativa do período, segundo critérios do organizador. Nela, Cesário não comparece. Nesse mesmo ano, o poeta compõe o que pode ser considerado seu primeiro grande poema: "Num Bairro Moderno". Dias após sua publicação, que ocorreu em janeiro de 1878, um leitor do *Diário de Portugal* avalia o poema como uma "tradução infelicíssima de um falso poeta realista"[4]. Outro, na *Correspondência de Coimbra*, afirma que o poema "não é romantismo nem *realismo*; é uma coisa medonha, informe, caprichada com requinte, ridícula no *ensemble*, disparatada nas minudências", e conclui: "é uma aberração numa preocupação de originalidade"[5]. Em depoimento que serviria de carta-prefácio à 2ª edição de *O Livro de Cesário Verde*, mas que ficou inacabado, Fialho de Almeida recorda o tempo em que "Num Bairro Moderno" apareceu. Por essa época, diz, Cesário era motivo de chacota nas redações de jornais e nos círculos em que se discutiam literatura e poesia. O próprio Fialho confessa ter caçoado do poeta[6].

Em 1879, o poema "Em Petiz" provoca nova reação violenta. Um dia após ser publicado, o crítico de plantão do *Diário Ilustrado* – periódico que anunciara o lançamento de *Cânticos do Realismo* – comenta em tom jocoso e zombeteiro passagens da composição, com o claro intuito de expô-la e seu autor ao ridículo. Consta que Cesário reagiu e exigiu uma retratação do jornal. O diário redimiu-se em uma nota na qual assevera que para fazer juízo do

---

4. *Apud* Fátima Rodrigues, *Cesário Verde: Recepção Oitocentista e Poética*, p. 205.
5. *Apud* Pedro da Silveira (org.), *Cesário Verde* (1855-1886), "Catálogo da Exposição Comemorativa do Primeiro Centenário de sua Morte", Lisboa, Biblioteca Nacional, 1986, p. 16.
6. Ver Fialho de Almeida, "Cesário Verde", *Fialho de Almeida: In Memoriam*, Porto, Renascença Portuguesa, 1917, p. 12.

poema lhe havia de fato extraído trechos "os menos asquerosos, os menos nojentos, os menos repugnantes". E que para lhe fazer justiça, "Em Petiz" seria transcrito na íntegra, para que todos pudessem comprovar o que parecia óbvio, que "cada verso" do poema "é simplesmente um vomitório"[7]. A polêmica quase terminou em tragédia. Segundo se pode depreender de documentos da época, Cesário teria desafiado o diretor do *Diário Ilustrado*, Pedro Correia, para um duelo, que por fim não ocorreu.

"O obstáculo estimula", diz um hemistíquio de "Contrariedades", poema em que o narrador lírico simula ser um poeta culto desprezado pela crítica. Em sua obra, Cesário assimilou e pôs em prática o ideário de raiz lamarckiano-darwinista-nietzschiana da superação sistemática dos obstáculos. Em 1880, publica uma de suas composições mais notáveis: "O Sentimento dum Ocidental", considerado peça canônica da poesia de língua portuguesa, ou mesmo da lírica ocidental de todos os tempos. Entre os leitores contemporâneos do poeta, no entanto, o poema não suscitou mais do que silêncio. Em carta a um amigo, Cesário lamenta a indiferença com que a obra foi recebida: "Ninguém escreveu, ninguém falou, nem num noticiário, nem numa conversa comigo; ninguém disse bem, ninguém disse mal!" E conclui: "Literariamente parece que Cesário Verde não existe"[8].

"O obstáculo estimula", mas às vezes também abate. Depois de "O Sentimento dum Ocidental", Cesário silenciará sua poesia por quatro anos. Ou, não se conhece nenhum inédito do poeta escrito entre 10 de junho de 1880, data da publicação de "O Sentimento dum Ocidental", e 5 de setembro de 1884, quando a revista *A*

---

7. *Apud* João Pinto de Figueiredo, *A Vida de Cesário Verde*, 2ª ed., Lisboa, Presença, 1986, pp. 123-24.
8. Cesário Verde, *Obra Completa*, p. 228.

Ilustração publica "Nós". Sobre esta composição, a Mariano Pina, diretor do referido periódico, Cesário diz na carta que acompanha o manuscrito: "É talvez minha produção última, final"[9]. E de certo modo foi. Depois de "Nós", até onde se tem notícia, Cesário só será publicado postumamente.

"Nós" é um poema, sob qualquer aspecto, assombroso. Ser publicado depois de "O Sentimento dum Ocidental" o faz ainda mais extraordinário. Em sua consciência textual minuciosa, geradora de uma espécie de complexo sistêmico ou associativo de imagens e sons, ou como produto final aperfeiçoado de ensaios anteriores bem-acabados, "O Sentimento dum Ocidental" figura como culminância de uma trajetória poética, como uma espécie de poema definitivo. Surpreende ver, portanto, como após sua *obra definitiva*, ou sob sua sombra, Cesário logra afastar-se desse modelo, que em suas mãos havia, de certo modo, se esgotado, e alcança formular outro, em tudo, ou quase tudo, diferente do primeiro, mas ainda coerente em seus objetivos e resultados. Por esse prisma, "Nós" inicia e encerra uma nova e derradeira fase da produção cesárica, que em muitos sentidos supera a precedente quando esta superação era totalmente inesperada, dado seu grau de improbabilidade. Apesar disso, a mesma indiferença que envolveu "O Sentimento dum Ocidental" cercou o lançamento de "Nós".

A Importância de Silva Pinto

Do desdém ao silêncio. Assim poderia ser resumida a recepção da obra de Cesário durante a vida do poeta. Do silêncio à consagração. Assim poderia ser sintetizada a segunda parte dessa história. Cesário não morreu desconhecido. Até sua morte, seu nome cir-

---

9. *Idem*, p. 239.

culava entre leitores e escritores portugueses. A frequência com que circulava é difícil medir hoje, mas por certo não era pequena. O modo oscilava entre indiferença, desprezo e admiração. Em notas, ainda que breves, jornais noticiaram o falecimento de Cesário. Amigos também manifestaram pesar na imprensa. Nesses textos, o homem, mais do que o poeta, ganhava destaque. Aquele era, em suma, honesto, afável, culto; este, sobretudo, original – termo que na época podia assumir conotações variadas.

Embora a poesia de Cesário, à parte as polêmicas, tenha despertado admiração e tenha recebido manifestações pontuais de apoio, é provável que o silêncio que a cercou nos últimos anos de vida do poeta perdurasse e a sepultasse para sempre. Ou que Cesário passasse à história como um nome entre outros do Parnasianismo português. O que impediu que isso ocorresse foi a decisão de Antônio José da Silva Pinto de reunir alguns dos poemas dispersos e outros inéditos de Cesário e, afirmando que executava plano deixado pelo poeta, publicar, em 1887, *O Livro de Cesário Verde*. Com esse ato, Silva Pinto, crítico e escritor de obra irregular e extensa, ganhou relevo na história da literatura portuguesa, tornando-se o maior responsável pelo resgate da poesia cesárica que se deu durante o século xx.

Cesário conheceu Silva Pinto em 1873, quando ambos eram alunos no Curso Superior de Letras, em Lisboa. Desde então tornaram-se amigos próximos e inseparáveis. Como crítico, Silva Pinto saiu em defesa de Cesário em algumas polêmicas. A iniciativa de editar *O Livro de Cesário Verde*, no entanto, parece ter sido motivada mais por sentimentos fraternos do que por convicção crítica. Nos escritos que dedicou à obra de Cesário, Silva Pinto exaltou-a mas não demonstrou compreendê-la em profundidade. No prefácio que escreveu para *O Livro de Cesário Verde*, chora a morte e louva a memória do amigo. Apenas em alguns momentos, alude ao poeta, e solta um "artista delicado", "poeta de primeira grandeza", "artista – e de alta plana!", "originalíssimo poeta", expressões de valor epitético que pouco ou nada dizem sobre a poesia cesárica. Talvez por isso, Silva Pinto tenha se comprometido, no aludido prefácio, a compor um estudo sobre a obra de Cesário, um ensaio que por fim justificasse aquela edição e os epítetos lançados. Morto em 1911, ou vinte e quatro anos após o compromisso firmado, a promessa não se cumpriu.

É provável que Silva Pinto, quando editou *O Livro de Cesário Verde*, não previsse a dimensão que sua atitude alcançaria, ou seja, que a obra seria considerada uma das mais representativas da poesia portuguesa. É possível que Silva Pinto nem sequer suspeitasse que a edição particular que custeou em 1887 se transformaria em edição comercial em 1901. O fato é que a recepção do conjunto dos poemas foi diferente da que receberam os poemas avulsos. No livro, os textos, por assim dizer, se galvanizaram por aproximação, por contágio mútuo e redistribuição de forças. "Nós" jogou luz sobre "Em Petiz", por exemplo, e vice-versa. "O Sentimento dum Ocidental" valorizou "Num Bairro Moderno", e também este àquele. Lidos em paralelo, campo e civilização articularam-se numa narrativa complexa. E assim sucessivamente. Afinal, o critério de avaliação crítica da poesia, o modo de sua recepção, não havia se alterado de forma tão substancial entre as décadas de 1870 e 1890. A geração que estimou *O Livro de Cesário Verde*, e assim promoveu sua segunda edição, foi praticamente a mesma que desbancou seus poemas na época em que se publicaram na imprensa.

A Fanfarra e a Música de Câmara

Um ano antes de morrer, Cesário é citado no *Dicionário Bibliográfico Português*, volume XIII, então dirigido por Brito Aranha. São poucas as linhas que se referem ao poeta ainda sem livro, mas por elas já se vê que era reconhecido um lugar à poesia cesárica na cultura literária da época. Na década de 1890, saem, uma na França e outra na Itália, duas antologias da poesia portuguesa moderna. Em *Le Mouvement Poétique Contemporain en Portugal* (1892), organizado por Maxime Formont, Cesário é disposto entre poetas considerados menores de seu tempo. O mesmo ocorre em *I Nouvi Poeti Portoghesi* (1896), editado por Antonio Padula. Nessas obras, o cânone central é formado por João de Deus, Antero de Quental e Teófilo Braga.

Por esse mesmo período, começam a surgir sinais de epigonismo cesárico. Em 1886, Xavier de Carvalho publica "O Cais – Versos dum Incoerente", decalcado de "O Sentimento dum Ocidental". A imitação inclui até a estrutura rítmica da estrofe, formada de quadras em que o primeiro verso é decassílabo e os demais alexandrinos. Veja-se uma passagem:

> São fins da tarde. Uma tristeza fria
>
> Decora os rostos vis d'obreiros em magotes.
>
> Há no ar um perfume acre de maresia
>
> E um rude homenzarrão anda atracando os botes[10].

Agostinho Campos, em 1889, publica "Pela Manhã", poema em que a presença de "Num Bairro Moderno" já se faz desde os versos iniciais: "Seis horas da manhã. Um sol de estio / Enche de animação a feira toda". Na segunda estrofe, a imitação segue, ainda mais próxima do original:

> Vinde aspirar, anêmicas meninas,
>
> Deixando por um pouco em paz o amor,
>
> O aroma sem rival das tangerinas
>
> E o cheiro salutar da couve-flor[11].

---

10. *Apud* Fátima Rodrigues, *Cesário Verde: Recepção Oitocentista e Poética*, p. 244.
11. *Idem*, p. 246.

Por esses exemplos, pode-se constatar a existência de uma gama de estilemas cesáricos reconhecidos e parodiados já no fim do século XIX. No Brasil, a poesia de Cesário repercute em obras do primeiro decênio do século XX, como nas de Mário Pederneiras, Marcelo Gama e Felipe D'Oliveira, que inicia um dos poemas de seu *Vida Extinta* (1911) com o verso "Eu hoje estou com as crises de Cesário". Andrade Muricy afirma que o *"humour* de Cesário Verde" está na "raiz de quase todo o nosso Simbolismo"[12]. Muricy também vê uma possível influência de Cesário na mescla sutil de ironia e prosaísmo presente na poesia de Augusto dos Anjos, que publica *Eu* em 1912[13].

Em 1909, a lusitanista e medievalista alemã Carolina Michaëlis de Vasconcellos elege as *Cem Melhores Poesias (Líricas) da Língua Portuguesa*, mas que de fato limitam-se a autores portugueses. Dos cem "espaços", a antologia destina catorze a poemas pós-românticos: sete de Antero, quatro de João de Deus, dois de Gonçalves Crespo e um de Antônio Nobre. Cesário não comparece. Teófilo, Guerra Junqueiro e Gomes Leal também não. Em 1917, Fidelino de Figueiredo organiza uma *Antologia Geral da Literatura Portuguesa (1189-1900)*, para uso em escolas secundárias. Do período pós-romântico, o organizador seleciona dezessete poemas: seis de Antero, três de João de Deus, três de Junqueiro, dois de Gonçalves Crespo, dois de Gomes Leal e um de Cesário. Teófilo não é convocado. Com efeito, em termos físicos, Cesário ocupa espaço equivalente ao de Antero – cinco páginas – e supera os demais. "O Sentimento dum Ocidental", composição escolhida por Figueiredo, possui extensão de média a longa (176 versos).

---

12. Andrade Muricy, *Panorama do Movimento Simbolista Brasileiro*, 2ª ed., Brasília, MEC/Instituto Nacional do Livro, 1973, vol. II, p. 869.
13. *Idem*, p. 841.

Em língua inglesa, o quadro geral muda, mas pouco. Em 1916, com viés nacionalista, o diplomata britânico George Young organiza e traduz uma antologia da poesia portuguesa. O volume traz prefácio de Teófilo Braga, então ex-presidente de Portugal. Na coletânea de Young, Teófilo comparece com um poema, João de Deus com dois, Antero com três e Junqueiro com cinco. Dois anos antes, o iberista Aubrey F. G. Bell havia publicado *Studies in Portuguese Literature*. No capítulo "Three Poets of the Nineteenth Century", Bell comenta o legado poético de João de Deus, Tomás Ribeiro e Antero. Noutro, intitulado "Portuguese Poets of To-day", examina poetas vivos, e considera Junqueiro o mais importante entre eles. Nas duas obras citadas, nenhuma palavra sobre Cesário. Na última, nenhuma específica sobre a poesia de Teófilo. Em 1922, Aubrey Bell lança *Portuguese Literature*, um estudo histórico-literário mais abrangente do que o anterior, escrito quase todo em 1916, mas não publicado antes devido à guerra. Na seção destinada à "Escola de Coimbra", Teófilo é tratado como historiador. Sua poesia, diz Bell, tem sido julgada de modo variado, uns consideram-na obra de gênio, outros, tentativa falhada de exprimir o sublime[14]. Os poetas em destaque no período são Antero, João de Deus e Junqueiro. Em segundo plano, Gonçalves Crespo e Gomes Leal. Acerca dos mais novos, despontam Antônio Nobre, Teixeira de Pascoaes e Eugênio de Castro. Cesário é descrito numa sentença que destaca sua frase clara e seu realismo intenso[15].

Por esse breve recorte, vê-se que critérios de avaliação crítica do fim do século XIX e começo do XX vão pôr à sombra a poesia de Teófilo. Junto com ela, com o passar dos anos, começam a decair também Junqueiro e Gomes Leal, ao mesmo tempo que Cesário ganha prestígio. Em 1941, Fidelino de Figueiredo afirma: "*O Livro de*

---

14. Audrey Bell, *Portuguese Literature*, Oxford, Claredon Press, 1922, p. 309.
15. *Idem*, p. 330.

Cesário Verde [...] tem subido sempre na estima das gerações novas, ao contrário do que se verifica com os poetas mais identificados com a estética da época realista"[16]. Os poetas identificados com a estética realista a que se refere Figueiredo – Teófilo, Junqueiro, Gomes Leal, entre outros –, apesar de negarem o Romantismo, mantêm-se estilisticamente muito próximos da retórica hugoana. O que se denomina Realismo português, sobretudo na poesia, pode ser definido como um esforço de superação do idealismo romântico, mas expresso numa linguagem em cujo estilo ainda ressoa algo da pomposidade lírica de raiz hugoana. "No fim das contas", como diz João da Ega, em *Os Maias*, "digam lá o que disserem, não há senão o velho Hugo..."[17].

Durante o século xx, o modo de percepção do texto lírico alterou-se com a valorização do estilo pautado pela frugalidade, que marginalizou poetas (e escritores) alinhados com a retórica da grandiloquência. Isso, em parte, explica a observação de Figueiredo. Enquanto os frugais Cesário, Antônio Nobre e Camilo Pessanha ganhavam espaço na afeição da crítica e dos leitores, poetas como Teófilo, Junqueiro e Gomes Leal tinham seu prestígio rebaixado. Já num texto de 1926, Eugênio de Castro aponta para crise da lírica hugoana, "aparatosa mas efêmera, brilhante mas oca", que havia se tornado "epidêmica nos arraiais da poesia portuguesa". Castro compara essa poesia com "bolas de sabão", que, "depois de terem fulgido magnificamente como globos de cristal irizado", estouram e se desfazem "num miserável pingo d'água"[18]. Figueiredo, por sua vez, prefere a metáfora musical para expressar análogo julgamento. Para ele, a poesia de sonoridade e

---

16. Fidelino de Figueiredo, *Literatura Portuguesa: Desenvolvimento Histórico das Origens à Atualidade*, 3ª ed., Rio de Janeiro, Livraria Acadêmica, 1955, p. 318.
17. Eça de Queirós, *Obras de Eça de Queiroz, Os Maias*, Porto, Lello & Irmãos, 1946, vol. IV, p. 152.
18. Eugênio de Castro, *Cartas de Torna-Viagem*, Lisboa, "Lvmen", 1926, p. 96.

imagística titânicas "é como a marcha duma fanfarra, entusiasta e guerreira, que ouvida a primeira vez nos fascina, mas que de audição em audição vai perdendo seu poder exortivo"[19]. Pelo século XX adentro, a fanfarra cede lugar a uma sonoridade mais intimista e minimalista como à da música de câmara.

A Importância de Fernando Pessoa

O primeiro Modernismo português desempenhou papel decisivo no processo de redimensionamento crítico da poesia cesárica. Em 1912, Mário de Sá-Carneiro publica a coletânea de novelas *Princípio*. A história de abertura intitula-se "Loucura…", e nela um personagem recita um poema de Cesário: "Ironias do Desgosto", cuja temática alimenta a novela. Dois anos depois, à questão proposta pelo jornal *República* sobre "o mais belo livro das últimas décadas", Sá-Carneiro responde citando a obra de Camilo Pessanha – na época não reunida em volume –, o *Só*, de Antônio Nobre, e o "livro do futurista Cesário Verde"[20] – o futurismo aqui aludido não é o de Marinetti. Com o termo, Sá-Carneiro destaca um aspecto que desempenhará papel fundamental, como veremos, na leitura de Cesário durante o século XX: o de precursor de caminhos da poesia moderna.

Quem faz a defesa mais contundente da poesia de Cesário, nesse período, é um de seus contemporâneos: Fialho de Almeida. Num texto incompleto, publicado postumamente em 1917, e que, como já referido, serviria de carta-prefácio à 2ª edição de *O Livro de Cesário Verde*, Fialho faz uma espécie de *mea culpa* de sua geração, que não soube compreender e avaliar a obra cesárica. O

---

19. Fidelino de Figueiredo, *Literatura Portuguesa: Desenvolvimento Histórico das Origens à Atualidade*, p. 319.
20. Mário de Sá-Carneiro, "Resposta a um Inquérito", *Verso e Prosa*, Fernando Cabral Martins (org.), Lisboa, Assírio & Alvim, 2010, p. 647.

modo, aliás, como Fialho lê pelos anos a poesia de Cesário sumariza o percurso desta junto a seus leitores. De início, o cronista participa do coro de zombadores do poeta, tido como excêntrico por sua originalidade inusual. Em 1892, de modo sumário, reconhece nessa singularidade um aspecto positivo, sobretudo quando comparada com a produção poética dessa época: "Oh meu loiro e divino irregular Cesário Verde! É lendo os rapazes do teu tempo que a minha adoração por ti redunda em fanatismo"[21]. Por fim, na carta-prefácio, de modo ponderado e argumentativo, atribui à poesia cesárica – em particular nos pontos em que seu estilo se afina com o do próprio Fialho[22] – valor estético superior.

Em 1924, numa de suas cartas de torna-viagem, Eugênio de Castro escreve para resgatar *O Livro de Cesário Verde* e seu autor do "injusto esquecimento em que caíram". Por esse tempo, o reexame da poesia cesárica pelos modernistas portugueses não havia ainda surtido efeito. Em 1931, o jovem João Gaspar Simões escreve decisivo ensaio sobre o poeta em que são definidas e demonstradas algumas das linhas mestras do estilo cesárico[23]. É possível que o interesse de João Gaspar por Cesário tenha nascido do contato pessoal com José Régio e Fernando Pessoa. O primeiro dedica a Cesário um capítulo quase inteiro de sua dissertação de licenciatura, escrita em 1925, e que, refundida, tornou-se a *Pequena História da Moderna Poesia Portuguesa*, publicada em 1941. Pessoa, por sua vez, cita Cesário de modo reverencial em alguns momentos de sua obra, como na "Ode Marítima", publicada no segundo número de

---

21. Fialho de Almeida, *Vida Irônica*, Lisboa, Monteiro & Cia., 1892, p. 184.
22. Para uma discussão sobre afinidades estilísticas entre a prosa de Fialho e a poesia de Cesário, ver Júlio Brandão, "Aves Migradoras", *Poetas e Prosadores (À Margem dos Livros)*, 1ª série, Braga/Porto, Livraria Cruz, s.d., [1923], pp. 69-77.
23. João Gaspar Simões, "Introdução a Cesário Verde", *O Mistério da Poesia*, Coimbra, Imprensa da Universidade, 1931.

Orpheu, em julho de 1915. Quando, a partir da década de 1940, o espólio pessoano passa por revisão crítica e a ele se atribui a aura de grandeza que hoje se lhe reconhece, a poesia cesárica, por contágio, também se valoriza. Depois de Silva Pinto, Fernando Pessoa pode ser considerado o principal responsável pela consagração da obra de Cesário. Sem a edição do primeiro e o suporte do segundo, é difícil saber que destino tomariam os poemas cesáricos no século xx.

A partir da década de 1940, a bibliografia crítica sobre Cesário amplia-se e ganha tônus. Inicia-se a busca por poemas dispersos e por fontes primárias de publicação. Trabalha-se para ordenar cronologicamente a produção cesárica, e recolher o material epistolar do poeta. Põe-se em questionamento a divisão de *O Livro de Cesário Verde* em duas partes, e especula-se até que ponto Silva Pinto teria interferido (ou não) na organização da obra e nas variantes dos poemas. Novos caminhos se abrem para o estudo do poeta com a obra de Luís Amaro de Oliveira, *Cesário Verde (Novos Subsídios para o Estudo de sua Personalidade)*, publicada em 1944. Joel Serrão aproveita-se dessa abertura e dá sua contribuição com *Cesário Verde: Interpretação, Poesias Dispersas e Cartas*, de 1957. Em 1964, Serrão publica *Obra Completa de Cesário Verde*, trabalho que sofrerá adendos e correções até a edição de 1988, considerada definitiva por seu autor.

Em paralelo à crítica textual, a obra de Cesário torna-se alvo de crítica exegética. Pode-se dizer que todos os grandes nomes do ensaísmo literário português desse período empreenderam esforços para ampliar a compreensão da poesia cesárica. À medida que essa compreensão se expandia, as histórias da literatura portuguesa foram aos poucos deslocando Cesário do grupo de poetas realistas e parnasianos, onde inicialmente aparecera, para dispô-lo em lugar de maior destaque, até por fim destinar-lhe capítulos independentes, ao lado dos principais nomes da literatura portuguesa.

Cesário Precursor

Vanguardas do século XX procuraram na história antepassados ilustres, ou potencialmente ilustres, a maioria em baixa reputação, e tentaram valorizá-los para sacar dividendos dessa valorização. Com isso, ganharam destaque o viés crítico antecipacionista e a figura do precursor. Foi essa tipologia de enquadramento que prevaleceu, nesse período, em relação à poesia cesárica, que, assim, foi valorizada mais pelo que supostamente anteviu e pela ressonância que alcançou do que por suas inerências em busca de diálogo com seus contemporâneos. O balanço harmônico e híbrido, até então imprevisto, do decassílabo e do alexandrino na mesma estrofe fez de Cesário um precursor de ritmos simbolistas. A imaginação hipertrofiada e a visão alucinatória presentes em momentos do lirismo cesárico conectou-o com o Surrealismo. Por outro lado, o imanentismo realista, antimetafísico, plástico, cujos limites da matéria reprimem a expansão emotiva do sujeito e o arroubo dramático do verbo, abriu caminho para o imagismo moderno substantivado e concreto, concentrado e nítido. O formalismo exigente, preciso, rigoroso, dotado de consciência linguística, senso de simetria, música de surdina, mas voltado para a natureza dinâmica da existência, e não frio, estéril, ensimesmado, ligou Cesário a certas tendências da poesia recente que valorizam o cerebral, o matemático, o engenhoso da forma, em que se acomoda conteúdo sensível mas não sentimental. A ficcionalização da voz enunciante na poesia cesárica ajudou a desmantelar o mito da sinceridade lírica, que havia sido decantado no século XIX, e que foi problematizado no século seguinte. Dessa forma, a arte de Cesário de algum modo prenuncia o Simbolismo, o Surrealismo, a heteronímia de Fernando Pessoa, Murilo Mendes, João Cabral... A partir dessa aferição, a obra cesárica ampliou seu lugar canônico na literatura de língua portuguesa. Cada herdeiro reconhecido vale um bônus; quanto mais valorizado o herdeiro, mais valioso o bônus. O que ainda não se fez, ou fez-se pouco, e cumpre fazê-lo agora, é ler a poesia de Cesário reinserida em sua instância histórica: lê-la como precursora de si mesma.

O DESENCONTRO DE CESÁRIO E SEUS CONTEMPORÂNEOS

A questão: se a obra de Cesário granjeou respeito e admiração de gerações de leitores que a sucederam, por que ela foi rejeitada ou desprezada em seu tempo? Ou, se Cesário pode ser considerado, como o faz Eduardo Lourenço, o grande poeta da Geração de 70[24], por que sua poesia foi incompreendida ou ignorada por integrantes desse mesmo movimento? Ou ainda, se hoje se reconhece Cesário como um ilustre representante da Geração de 70, por que durante o período em que produziu sua obra esse reconhecimento não foi possível? Que critérios, enfim, fizeram com que a poesia cesárica fosse marginalizada em sua época e depois legitimada pela crítica? O episódio que envolveu "Esplêndida" e a "farpa" de Ramalho Ortigão sobre o poema de Cesário pode nos auxiliar na tentativa de responder a essas questões. Abaixo, transcreve-se a composição:

> Ei-la! Como vai bela! Os esplendores
> Do lúbrico Versailles do Rei-Sol
> Aumenta-os com retoques sedutores.
> É como o refulgir dum arrebol
> Em sedas multicores.

---

24. Eduardo Lourenço, "Os Dois Cesários", *Cesário Verde: Comemorações do Centenário da Morte do Poeta*, Helena Carvalhão Buescu (org.), Lisboa, Calouste Gulbenkian/Acarte, 1993, p. 125.

Deita-se com languor no azul celeste
Do seu landau forrado de cetim;
E os seus negros corcéis, que a espuma veste,
Sobem a trote a rua do Alecrim,
Velozes como a peste.

É fidalga e soberba. As incensadas
Dubarry, Montespan e Maintenon
Se a vissem ficariam ofuscadas.
Tem a altivez magnética e o bom tom
Das cortes depravadas.

É clara como os pós à marechala.
E as mãos, que o Jock Club embalsamou,
Entre peles de tigres as regala;
De tigres que por ela apunhalou,
Um amante, em Bengala.

É ducalmente esplêndida! A carruagem
Vai agora subindo devagar;
Ela, no brilhantismo da equipagem,
Ela, de olhos cerrados, a cismar
Atrai como a voragem!

Os lacaios vão firmes na almofada;
E a doce brisa dá-lhes de través
Nas capas de borracha esbranquiçada,
Nos chapéus com roseta, e nas librés
De forma aprimorada.

E eu vou acompanhando-a, corcovado,
No *trottoir*, como um doido, em convulsões,
Febril, de colarinho amarrotado,
Desejando o lugar dos seus truões,
Sinistro e maltrajado.

E daria, contente e voluntário,
A minha independência e o meu porvir,
Para ser, eu poeta solitário,
Para ser, ó princesa sem sorrir,
Teu pobre trintanário.

E aos almoços magníficos do Mata
Preferiria ir, fardado, aí,
Ostentando galões de velha prata,
E de costas voltadas para ti,
Formosa aristocrata![25]

"Esplêndida" foi publicado em 22 de março de 1874, no *Diário de Notícias*, ao lado de "Capricho", que em *O Livro de Cesário Verde* aparece com o título "Responso", e "Arrojos". As três composições formavam uma série intitulada "Fantasias do Impossível". Cesário contava então dezenove anos. Era um jovem poeta em busca de afirmação, estilo próprio, dicção pessoal, que tentava, como muitos na época, equacionar no verso do poema o velho Romantismo e o novo Realismo. Um dos modelos literários de Cesário nesse período era a poesia de João Penha. Fundador e diretor de *A Folha*, semanário

25. Todas as citações de poemas de Cesário Verde foram extraídas de *Poemas Reunidos*, Cesário Verde, Mario Higa (org.), Cotia, Ateliê Editorial, 2010.

coimbrão que circulou entre 1868 e 1873, João Penha combinava num mesmo poema paródia séria de estilemas românticos e ironia prosaica denegante do Romantismo. Era um realista no sentido satírico do termo, que gracejava de instituições retóricas, para denunciá-las em sua fragilidade, e, ao mesmo tempo, para afirmar-se como espírito moderno e independente. "Esplêndida" assimila o humor e a ironia do lirismo de João Penha, mas agrega outro ingrediente que será, por assim dizer, o elemento explosivo de sua recepção: o satanismo de raiz byroniana (do Byron irônico) e baudelairiana.

A noção de satanismo aplicada à poesia no século XIX implica conceitos como prosaísmo, sobretudo sintático e lexical, ironia corrosiva, dandismo, *flânerie*, representação do espaço urbano, apego ao contingente cotidiano e material, abatimento e tensão psicológicos, frieza de sensibilidade, perversão moral. Em texto de apresentação aos poemas de Fradique Mendes, Antero de Quental assim pontua o ideário satânico:

> O *satanismo* pode dizer-se que é o *realismo* no mundo da poesia. É a consciência moderna (a turva e agitada consciência do homem contemporâneo!) revendo-se no espetáculo das suas misérias e abaixamentos, e extraindo dessa observação uma psicologia sinistra, toda de mal, contradição e frio desespero.

E conclui:

> É [o satanismo] o coração do homem torturado e desmoralizado, erigindo o seu estado em lei do Universo... É a poesia cantando, sobre as ruínas da consciência moderna, um *requiem* e um *dies irae* fatal e desolador![26]

---

26. Antero de Quental, "Poemas de Macadam", *O Primeiro Fradique Mendes*, Joel Serrão (org.), Lisboa, Livros Horizonte, 1985, p. 266.

A "farpa" em que Ramalho Ortigão comenta "Esplêndida" começa com uma nota sobre a difusão do satanismo, ou "realismo baudelairiano", entre os novos poetas portugueses:

> Um fato curioso – A rápida e extraordinária vulgarização que acharam nos poetas portugueses os processos literários e os ideais artísticos de Charles Baudelaire! Averigua-se que o realismo baudelairiano está fazendo mais numerosas e mais lamentáveis vítimas do que o velho romantismo de Byron, de Lamartine e de Musset[27].

A seguir, Ramalho discorre sobre o estilo baudelairiano, que define como atolado em contradições, afogado no vício e na miséria morais, aspectos que o poeta francês teria conhecido e experimentado: "Baudelaire", nas palavras do cronista, "é um mundano, um dândi, um corrupto"[28]. Coerente com critérios de análise vigentes em sua época, Ramalho funde *persona* lírica e *persona* autoral num mesmo plano para avaliar o grau de autenticidade do enunciado poético. Este deveria, em suma, corresponder a experiências psíquicas vivenciadas pelo poeta (ser biossocial), ou, de outro modo, o lirismo perderia sua aura de *verdade sentimental* – fator basilar da poesia na concepção romântica –, tornando-se um mero exercício frio de artifícios verbais. Baudelaire é um corrupto, logo sua poesia é autenticamente corrupta. Baudelaire é um dândi decadente, logo ele está potencialmente capacitado para, no domínio de recursos literários, criar na poesia, como o criou, o "idioma sifilítico do crevetismo [dandismo]", na expressão de Ramalho[29]. Num texto de 1886, Oliveira Martins aplica o mesmo enquadramento de leitura no prefácio que escreveu aos *Sonetos Completos de Antero de Quental*. Para

---

27. Ramalho Ortigão [e Eça de Queirós], *As Farpas*, pp. 75-76, março a abril de 1874, Lisboa, Typographia Universal, 1874.
28. *Idem*, p. 76.
29. *Idem*, p. 78.

Oliveira, "Heine e Esprocenda, Nerval e Baudelaire viveram vidas inteiras nesse estado de ironia e de sarcasmo, de desespero e de raiva, de orgia e de abatimento, de fúria e de atonia". E prossegue:

> Os românticos, mais ou menos satanistas ou satanizados, [...] achando apenas silêncio e escuridão onde tinham sonhado venturas, ou davam em bêbados como Esprocenda, ou suicidavam-se como Nerval, ou faziam-se cínicos, à maneira de Baudelaire, cultivando com amor as *Flores do Mal*[30].

Ocorre, porém – argumenta Ramalho –, que em Portugal "há honestos empregados públicos, probos negociantes, pacíficos chefes de família, discretos bebedores de chá com leite, [...] que deliberaram seguir o gênero de Baudelaire"[31]. Nesse descompasso, portanto, residiria uma impropriedade do fazer poético: o fingimento, ou a ficcionalização do sujeito lírico e do conteúdo discursivo do poema. "Probos negociantes", como Cesário, não podem, sob pena de *impostura* lírica, poetizar a decadência. "Como porém Baudelaire era corrupto e eles não são corruptos", escreve Ramalho, "como Baudelaire era um dândi e eles não são dândis, como Baudelaire viveu no *boulevard* dos Italianos e eles vivem na rua dos Bacalhoeiros" – provável alusão a Cesário e à rua dos Fanqueiros, onde o poeta trabalhava na loja de seu pai – "o resultado é lançarem na circulação uma falsa poesia, que nem é do meio em que nasceu nem para o meio a que se destina"[32].

Feitas, enfim, as reparações iniciais, de âmbito geral, Ramalho passa então a comentar o poema de Cesário, tomando-o como exemplo modelar da "deplorável influência do crevetismo na poesia

---

30. Oliveira Martins, "Prefácio", *Sonetos Completos de Anthero de Quental*, Porto, Lopes & Cª, 1886, p. 18.
31. Ramalho Ortigão [e Eça de Queirós], *As Farpas, op. cit.*, p. 78.
32. *Idem*, pp. 78-79.

moderna"³³. Os principais argumentos de que se vale o cronista para censurar "Esplêndida" seguem abaixo transcritos ou sintetizados.

1. Nas duas primeiras estrofes: (a) o poeta abusa um pouco dos adornos com que veste sua dama, já envolvendo-a em sedas multicores, o que é de um mal gosto inadmissível, já fazendo-a portadora dos esplendores de Versailles, donde é lícito deduzirmos que traria à cabeça o Trianon ou que viria dentro da carruagem fazendo jogar as suas grandes águas; (b) o landau que leva a "esplêndida" é "forrado de cetim 'azul--celeste', coisa que nunca ninguém teve e que a ninguém se permite"; os cavalos que puxam o landau da formosa "são pretos, o que é de saber que nenhuma mulher elegante usa senão uma vez única – para se ir enterrar"; (d) destes versos salva-se unicamente uma coisa verdadeira e sensata, que é a rua do Alecrim³⁴.

2. Na quarta estrofe, Ramalho repreende o:

[...] mau gosto do amante, que em vez de lhe dar um *manchon* de marta zibelina ou de raposa azul, lhe deu uma pele de tigre, que não serve senão para capachos, obrigando a altiva bela a *regalar* as mãos na mesma coisa que a gente embrulha os pés³⁵.

3. Sobre a sétima estrofe, um conselho do cronista:

Quando um poeta é de natureza tal que ao passar por senhoras de carruagem se vê obrigado, pelo seu temperamento, pela sua veia poética ou pelos seus princípios políticos, a corcovar, a endoidecer, a ter convulsões e febre e a amarrotar os colarinhos, esse poeta é perigoso na rua do Alecrim, e deverá ir, "sinistro e maltratado", desejar o lugar dos truões e amarrotar a roupa branca para a Circunvalação"³⁶ – referência à Estrada da Circun-

---

33. *Idem*, p. 83.
34. *Idem*, p. 80.
35. *Idem*, p. 81.
36. *Idem*, p. 82.

valação, construída em 1852 para servir de fronteira da cidade de Lisboa. Em 1886, foi expandida para definir os limites atuais da capital portuguesa.

4. Sobre a oitava estrofe do poema, Ramalho desfere o seguinte comentário:

> E eis aqui está finalmente a que uma fingida perversão leva um homem, talvez perfeitamente digno e brioso: a afirmar de si mesmo como a fina flor predileta do ideal, que quer ser lacaio![37]

5. Por fim, sempre em chave irônica, Ramalho assevera:

> Fazemos à dignidade deste jovem poeta a justiça de acreditar que quebraria sua bengala nas costas de quem lhe atribuísse em prosa as maneiras, a *toilette*, os pensamentos e os instintos de que ele se gloria em verso[38].

Verso e Prosa

Como já referido, sabe-se por depoimento de Mariano Pina, contemporâneo de Cesário, que, ao publicar "Esplêndida" e a série "Fantasias do Impossível", o poeta "esperava aplauso do lado dos grandes revolucionários". Sabe-se também, por carta do próprio Cesário, que Teófilo Braga, além de Ramalho Ortigão, censurou o poema. Uma conclusão a que se chega a partir desses dados é: Cesário idealizou de maneira equivocada seu leitor ideal, "os grandes revolucionários". Ou seja, Cesário previu que seu leitor ideal leria o poema de *um* dado modo, ou por *um* certo ângulo, mas, ao contrário do previsto, o poema foi lido de *outro*. Ou ainda, Cesário programou o poema para produzir certos efeitos, que, nas mãos do leitor ideal, tornaram-se outros, não planejados, e mesmo indesejados. A partir dessas inferências, duas questões logo se impõem: qual teria sido o modo ideal de leitura que o poeta idealizou para seu poema? E por que esse modo falhou?

---

37. *Idem, ibidem.*
38. *Idem,* pp. 82-83.

Para ensaiar uma resposta a essas questões, tome-se de início o último argumento de Ramalho na síntese disposta acima:

Fazemos à dignidade deste jovem poeta a justiça de acreditar que quebraria sua bengala nas costas de quem lhe atribuísse em prosa as maneiras, a *toilette*, os pensamentos e os instintos de que ele se gloria em verso.

Para fins de análise, o mesmo período poderia ser assim parafraseado: *se alguém dissesse ao poeta em prosa o que o poeta afirma de si mesmo em verso, o conteúdo dessa afirmação representaria um insulto.* Ramalho, portanto, distingue dois modos de elocução associados a dois modos de recepção: prosa e verso. A prosa, por sua vez, poderia ser desdobrada em duas categorias: prosa de confissão ou de ficção. Claro está que Ramalho refere-se nesta passagem à prosa de confissão, ou de comunicação utilitária, em que o conteúdo do enunciado busca expressar o sentido denotado – unívoco ou tendente à univocidade – da linguagem. A prosa de ficção, por esse prisma, constitui uma variante da prosa de confissão. Seus mecanismos de formulação da mensagem são mais complexos e exigem uma participação ativa do destinatário, que é convidado, entre outras operações, a decodificar informações dispostas no subsolo do texto. Vejamos um exemplo da prosa de ficção, extraído das primeiras páginas de *O Primo Basílio*, de Eça de Queirós:

Foi com duas lágrimas a tremer-lhe nas pálpebras que [Luísa] acabou as páginas da *Dama das Camélias*. E estendida na *voltaire*, com o livro no regaço, fazendo recuar a película das unhas, pôs-se a cantar baixinho, com ternura, a ária final da *Traviata*:

Addio, del passato...[39]

---

39. Eça de Queirós, *O Primo Bazilio*, 3ª ed., Porto, Livraria Internacional de Ernesto Chardron / Casa Editora Lugan & Genelioux, sucessores, 1887, p. 16.

Na prosa de ficção realista, e em particular na prosa queirosiana, atos, reações e referências falam por si ao leitor sagaz. Na cena acima, as lágrimas derramadas ao final da leitura da *Dama das Camélias* e o entoar duma cançoneta da *Traviata* dizem sobre a formação cultural de Luísa, tão frouxa e flexível quanto sua personalidade e atitude moral. Como a dama soberba de "Humilhações", ou, em plano social mais rebaixado, a engomadeira de "Contrariedades" (ambas personagens de poemas de Cesário), Luísa encarna a mediania cultural da sociedade burguesa que alimenta e glamoriza a arte de espetáculo vibrante e vazia, ao mesmo tempo que marginaliza e sepulta a arte e a cultura em suas manifestações mais elevadas, e os que dela se ocupam. A comparação entre a cena acima transcrita e um trecho de uma crônica publicada em dezembro de 1871, na qual Eça comenta a arte de Verdi e a *Traviata*, pode ser esclarecedora. Diz o Eça cronista:

> O teatro de S. Carlos o que é? Não é a criação de uma literatura dramática; bem ao contrário: é a popularização da velha escola italiana de música sensualista, a representação de uma arte e de um repertório de que nada fica no país, senão alguns duetos que as donzelas beliscam ao piano, ou os sinos que tilintam ao levantar da hóstia! Que educação, que exemplo, que critério, que elevação de espírito, que aumento de pensamento, que firmeza de crítica, se tira da *Traviata* expirante, ou do imbecil *Trovador* que corre a salvá-la?[40]

Na prosa de confissão, o leitor decodifica a mensagem na superfície do texto, e a associa por contiguidade a um conjunto de valores políticos, culturais, éticos e/ou morais ao qual estaria vinculado o enunciador. A prosa de confissão, em suma,

---

40. Eça de Queirós [e Ramalho Ortigão], *As Farpas*, p. 63, dezembro de 1871, Lisboa, Typographia Universal, 1872.

enquadra em primeiro plano o locutor, ou enunciador, que simula a figura do autor (ser biossocial) e constrói sua (do autor) imagem histórica. Na prosa de ficção, por sua vez, o resultado final é o mesmo: a invenção do *ethos* do autor, ou sua imagem histórica (entenda-se, aqui, *ethos* como o fenômeno de atribuição "a um locutor inscrito no mundo extradiscursivo [de] características que são na realidade intradiscursivas, porque estão associadas a um modo de dizer"; ou, ainda, *ethos* como "a imagem de si que o locutor constrói para exercer uma influência sobre o alocutário")[41]. No entanto, no contexto da prosa de ficção, o *ethos* do autor emerge do conteúdo da enunciação associado a seu modo de articulação. Esse modo, na prosa de ficção realista, está em grande medida comprometido com o enunciado irônico, que pressupõe um leitor astuto, que ombro a ombro com o "autor", vê o que personagens da narrativa não são capazes de ver. Nesse esquema, o leitor mantém um pacto com o autor contra as personagens, incluído aí o narrador, se a narrativa se construir pela ótica da primeira pessoa do discurso.

No caso da cena de *O Primo Basílio*, o efeito de ironia nasce do pressuposto cultural partilhado por leitor e autor sobre a narrativa sentimental francesa e a ópera italiana, ou mais especificamente sobre as obras de Dumas (filho) e Verdi. Em outras palavras, se a ópera de Verdi, inspirada no romance de Dumas, é um espetáculo de futilidade com personagens imbecis, comover-se diante desse quadro de banalidade frívola, como o faz Luísa, equivale a um atestado de mediocridade cultural. Mas Luísa não se crê

---

41. Cf. Dominique Maingueneau, *Discurso Literário*, trad. Adail Cabral, São Paulo, Contexto, 2006, p. 268; e Dominique Maingueneau & Patrick Charadeau, *Dicionário de Análise do Discurso*, coord. de trad. Fabiana Komesu, São Paulo, 2006, p. 220.

medíocre, e sim educada; e aqui, no descompasso de consciência, ou "disparidade de compreensão"⁴², entre personagem e leitor, explode a ironia.

No tempo de Cesário, pode-se dizer, a prosa de ficção realista constituía uma variante *irônica* da prosa de confissão. Por seu turno, a poesia lírica era lida como uma variante *sentimental* ou *sincera* da prosa de confissão. A sinceridade lírica, para os revolucionários de Coimbra, era o antídoto revitalizador do convencionalismo estafado da poesia ultrarromântica, contra a qual se insurgiram. Na nota que escreve para a 1ª edição de suas *Odes Modernas*, publicadas em 1865, Antero declara: "Este livro é uma tentativa, em muitos pontos imperfeita, seguramente, mas sempre *sincera*, para dar à poesia contemporânea a cor moral, a feição espiritual da sociedade moderna"⁴³. No mesmo ano, Antero assina o prefácio de *Cantos na Solidão*, volume de poemas líricos de Manuel Ferreira da Portela. Nesse texto de apresentação, ao discorrer sobre arte e ciência, Antero afirma:

> A ciência dá ao gênio a segurança, a firmeza que fazem a consistência e a exata proporção das obras. Mas a obra, essa sai toda da alma – para a alma não há senão uma lei: a *sinceridade*⁴⁴.

Embora tenham ensaiado um exercício de satanismo – a poesia de Fradique Mendes –, ou talvez por isso mesmo, os revolucionários perceberam que o lirismo satânico é tão convencional, e

---

42. Cf. Robert Scholes & Robert Kellog, *The Nature of Narrative*, Oxford UP, 1968, p. 240.
43. Antero de Quental, "Sobre a Missão Revolucionária da Poesia", *Odes Modernas*, 4ª ed., Lisboa, Ulmeiro, 1996, p. 208. Grifo nosso.
44. Antero de Quental, "Introdução aos Cantos na Solidão de Manuel Ferreira da Portela", *Prosas da Época de Coimbra*, 2ª ed., Lisboa, Livraria Sá da Costa, 1982, p. 229. Grifo nosso.

portanto artificial, quanto o praticado pelos ultrarromânticos. A ambos, em suma, faltaria a sinceridade revolucionária, que combate o artifício, educa a sensibilidade e, por conseguinte, auxilia na edificação de uma sociedade menos hipócrita e mais justa. Foi, digamos, essa hipocrisia, contra a qual se voltaram os novos de Coimbra, que Ramalho identificou em "Esplêndida", e por isso censurou o poema. Mas – e volte-se o problema outra vez – Cesário não pretendia ser hipócrita, e sim revolucionário, ou ao menos afinar-se com os revolucionários, que admirava.

Para tanto, Cesário incorporou em "Esplêndida" recursos próprios da prosa de ficção realista como a ficcionalização da voz lírica – a construção de um eu lírico ficcional que não coincide com a *persona* pública do poeta –, cuja manipulação provoca o efeito irônico da "disparidade de compreensão" entre narrador (sujeito lírico), personagens, leitor e autor. Nesse sentido, pode-se dizer que Ramalho leu com agudeza os excessos de mau gosto que o poema descreve, mas não entendeu, ou recusou-se a entender, o viés irônico pelo qual o autor (ou a consciência manipuladora dos recursos textuais) critica esses mesmos excessos. Tomem-se, por exemplo, as duas primeiras estrofes do poema. Nela, Ramalho repreende o fato de que "o poeta abusa um pouco dos adornos com que veste sua dama". Mas não haveria nesse abuso uma velada intenção de desmerecê-la? A comparação da esplêndida e sua carruagem com o Palácio de Versalhes, ambos atravessando a provinciana rua do Alecrim, afigura-se algo carnavalizadora e expõe assim o sentido humorístico do texto. Pelo humor, se poderia chegar à ironia. Mas Ramalho não chegou, ou não quis chegar, e destacou negativamente o cetim azul-celeste do landau da formosa, "coisa que nunca ninguém teve e que a ninguém se permite", e a carruagem puxada por cavalos negros, "que nenhuma mulher elegante usa senão uma única vez – para se ir enterrar". Mas não seria o enterro da "formosa aristocrata", deslocada num meio provinciano e pequeno-burguês, que o poema ambiguamente enuncia e anuncia?

Vejamos, nesse sentido, um exemplo extraído de *Os Maias* (1888), de Eça de Queirós. Raquel Cohen é esposa do banqueiro Jacob Cohen. No romance, ela se envolve amorosamente com João da Ega. O luxo dos Cohen confunde-se, em certa medida, com a imoralidade do capitalismo: ela, bela e adúltera; ele (Jacob Cohen), passivo e preocupado com lucros financeiros. Raquel Cohen era famosa e admirada por sua *finesse*:

> Nos jornais, na seção do *High-life*, ela era "uma das nossas primeiras elegantes": e toda a Lisboa a conhecia, e sua luneta de ouro presa por um fio de ouro, e a sua caleche azul com cavalos pretos[45].

A confiar nos comentários de Ramalho, deve-se ler, pois, a "caleche azul com cavalos pretos" de Raquel Cohen como notação irônica do gosto duvidoso e fúnebre da personagem, que, em oposição aos leitores e ao autor, vê nesses objetos índices de elegância. Na prosa de ficção realista, a ironia acomoda-se naturalmente, e não faria sentido um crítico vir a público e dizer a Eça que a caleche azul com cavalos pretos de Raquel Cohen depõe contra o texto e o autor. Mas no caso de "Esplêndida", faz sentido que Ramalho, como leitor de poesia, se melindre com o

> [...] mau gosto do amante, que em vez de lhe dar um *manchon* de marta-zibelina ou de raposa-azul, lhe deu uma pele de tigre, que não serve senão para capachos, obrigando a altiva bela a regalar as mãos na mesma coisa que a gente embrulha os pés.

---

45. Eça de Queirós, *Os Maias*, op. cit., p. 150.

Afinal, a aliança secreta entre leitor e autor contra narrador e personagens é processo assente na prosa de ficção do período, mas não na poesia lírica.

Mas o que parece ter incomodado mais Ramalho foi o rebaixamento da figura do poeta. A "fingida perversão" de um "probo negociante" representar-se a si mesmo como um amante nevrótico e masoquista insultou a sensibilidade do cronista. Ramalho não considerou que a coerência narrativa do poema exigia um sujeito lírico psicologicamente perturbado para que se construísse o elogio irônico da mulher esplêndida. Uma voz lírica sincera, que compartilhasse os valores morais da época, teria que construir um discurso moralista; tal atitude, porém, desfaria o jogo irônico de fingir para ser sincero. Essa sinceridade, no poema, parece manifestar-se num único verso, o penúltimo, em que o narrador, num gesto ambíguo, posiciona-se de costas para a "formosa aristocrata".

Em suma, quando lidos em chave irônica, os elogios à musa esplêndida tornam-se insultos, e a apologia amorosa transforma-se em ataque político e moral contra os valores que a dama representa: luxo, arrogância, frivolidade, lascívia. Segundo os argumentos aqui expostos, Cesário esperava que "Esplêndida" fosse lido em chave irônica, daí sua expectativa de receber "aplauso do lado dos grandes revolucionários", como Ramalho. Isso não ocorreu. Em parte, como se tem tentado aqui demonstrar, porque a tipologia de leitura irônica de poesia não estava então difundida (como estará algumas décadas depois) em Portugal; em parte também, porque o humor irônico presente no poema não se manifesta de tal modo que ele pudesse (ou mesmo possa) ser lido como uma obra satírica. Poemas byroniano-irônicos de Álvares de Azevedo como "Namoro a Cavalo" ou "É Ela! É Ela! É Ela! É Ela!", por exemplo, possuem quase os mesmos recursos que "Esplêndida": prosaísmo lexical e narrativo, ficcionalização da voz lírica, rebaixamento moral do sujeito lírico, humor. Este último, no entanto, emerge no texto sem disfarces, de modo carnavalizado (invertendo convenções retóricas e sentimentais) e caricatural. O "problema" de "Esplêndida" é o seu ar ou disfarce de poema sério (ou sincero), que o levou a ser lido assim. Por esse prisma, pode-se dizer que o poema de Cesário possui raízes baudelairianas, mais do que byronianas. Em sua poesia, Baudelaire cultivou um tipo de enunciado que reclamava dois destinatários ideais: um conservador e outro liberal (aqui, na acepção mais ampla dos termos). O efeito peculiar do verso baudelairiano consistia em ser lido de modo equivocado pelo primeiro e, ao mesmo tempo, forjar vínculos de afinidade crítica (também, aqui, na acepção mais ampla do termo) com o segundo[46]. Em seu esforço para tornar-se "moderno", Cesário leu Baudelaire com mais amplitude de compreensão do que os revolucionários, de quem buscava se aproximar. E por isso foi lido de modo equivocado por aqueles com quem procurava construir laços de identidade estética – nesse sentido, Cesário leu mal seus contemporâneos. Hoje, com a nitidez da distância histórica, vê-se que a poesia da Geração de 70 possuía fundas raízes hugoanas. Dizer, portanto, que "Esplêndida" foi lido de modo equivocado não equivale a afirmar que Ramalho e Teófilo não compreenderam o poema; simplesmente, ambos leram com parâmetros hugoanos um poema que foi escrito para ser lido com critérios baudelairianos; os mesmos, aliás, utilizados pela crítica no século XX. Tais critérios, enfim, estão implicados, entre outros conceitos, na noção crítica de prosaísmo.

46. Ver Dolf Oehler, *Quadros Parisienses*, trad. José de Macedo e Samuel Titan Jr., São Paulo, Companhia das Letras, 1997, pp. 53 e ss. No âmbito da prosa realista, Roberto Schwarz comenta mesma estratégia discursiva, aplicada aos romances maduros de Machado de Assis, em *Um Mestre na Periferia do Capitalismo*, São Paulo, Livraria Duas Cidades, 1990, especialmente capítulo. 5.

BREVE HISTÓRICO DO PROSAÍSMO NA CRÍTICA CESÁRICA

A poesia de Cesário assimila e manipula recursos típicos da prosa de ficção sobretudo realista: sujeito ou narrador lírico ficcional, personagens, espaço e tempo demarcados, ação narrativa, estilização da linguagem coloquial, enunciado que reclama leitura irônica, motivos cotidianos, imanentismo imagético. Tais aspectos estão associados ao conceito de prosaísmo, termo crítico em geral reduzido a dimensões sintático-lexicais (coloquialismo). Não se deve confundir, no entanto, prosaísmo lírico com poema narrativo, gênero de ampla repercussão no tempo de Cesário. O poema narrativo romântico deriva da epopeia clássica (como o romance moderno em prosa, aliás), que o novo modelo poético adapta ao gosto da época. O lirismo prosaico é um gênero híbrido, que busca o efeito de subjetivação sentimental por meio de recursos prosaicos, em particular o da ação narrativa. Seus precursores imediatos no século XIX são sobretudo o Byron irônico de poemas narrativos como *Don Juan*, e os poemas de *flânerie* de Baudelaire.

A justificação histórica para a assimilação da prosa pela poesia lírica, ou de processos prosaicos pelo discurso lírico, pode estar associada a alterações epistemológicas (de modos de cognição) derivadas de mudanças no modo de produção e de consumo de mercadorias durante o século XIX. Em sentido amplo, o triunfo da razão científica e o da prosa de ficção parecem imbricados no processo histórico. Desde a Revolução Industrial, alicerçada em conceitos da revolução iluminista, vive-se o que poderia chamar-se "era da prosa" ou da "consciência prosaica", que suplantou o período anterior da "era da poesia" ou da "consciência poética". Esta, em suma, formula o conhecimento por meio de um pensamento de base metafísica, ao passo que aquela prende-se à lógica materialista para o ato de construção do significado cultural. Em outras palavras, a discursividade prosaica, com sua lógica imanente-racional, se ajusta à nova sociedade técnico-industrial do século XIX, ao mesmo tempo que põe em xeque a verticalidade místico-egótica do fenômeno lírico da tradição. Hegel, antes de Marx, identifica e comenta essa dinâmica de transição em sua *Estética* (1835-1837). Ali, afirma que uma missão a ser cumprida pela poesia é a de refundir-se diante do triunfo da prosa e da consciência prosaica, que a marginalizaram social e culturalmente: "Em épocas remotas", diz, "quando concepções do mundo" estavam "determinadas por crenças religiosas" e com isso

[...] não formavam ainda conjuntos de representações e de conhecimentos racionalmente sistemáticos e não estavam ainda em condições de regrar a atitude humana conformemente a estes conhecimentos, a poesia podia expandir-se com toda a liberdade.

Nessas condições, a poesia "não se encontrava então em frente da prosa como ante um domínio independente que devesse conquistar ou englobar".

Mas, [prossegue Hegel] quando a prosa conseguiu atrair para a sua esfera o conjunto do conteúdo do espírito e imprimir o seu cunho em cada um dos seus elementos, a poesia passou a assumir a missão de se refundir completamente e, dada a rudeza do prosaico e sua capacidade de resistência, encontrou-se rodeada de numerosas dificuldades[47].

A poesia de Cesário, pelos argumentos aqui expostos, insere-se criticamente nesse contexto: emula a prosa de ficção, com quem estabelece uma luta de sobrevivência, e nesse processo, refunde-se através da apropriação de recursos prosaicos, que são redimensionados no discurso lírico.

---

47. G. W. F. Hegel, *Estética: Poesia*, trad. Álvaro Ribeiro, Lisboa, Livraria Guimarães, 1980, pp. 36-37.

O descompasso de Cesário e seus contemporâneos se dá, em linhas gerais, no entorno desse embate da poesia cesárica com a prosa. Ou, munidos de critérios romântico-sentimentais que definiam a poesia lírica como expressão sincera de sentimentos nobres e humanitários, ou ainda, avessos ao lirismo baudelairiano e ao satanismo romântico, leitores contemporâneos de Cesário rejeitaram sua obra. Morto o poeta, como já aqui referido, amigos vão à imprensa fazer a apologia do homem, íntegro e trabalhador, mais do que a do artista, excessivo em extravagância. Em 1887, por exemplo, o dramaturgo português Henrique Lopes de Mendonça segue esse modelo necrológico-encomiástico. Depois de elogiar Cesário, lamentar sua morte prematura etc., dispõe sobre o poeta e sua obra, condenando nesta, de maneira enfática, a presença do prosaísmo. A censura é sintomática:"Não querendo dar lugar a interpretações equívocas do meu pensar", diz Lopes de Mendonça,

[...] direi apenas a tal respeito que, na obra do poeta, me choca por vezes a procura intencional de originalidade, que destrói a espontânea e brilhante fatura dos versos; *a excêntrica invasão do prosaísmo, que perverte e corrói a poesia na sua própria essência.*

E segue enumerando aspectos censuráveis:

[...] a substituição das estafadas metáforas do lirismo romântico por outras, sem dúvida mais extravagantes, mas com certeza menos racionais e compreensíveis; a adjetivação imprevista e abstrusa, que frequentemente dirime, enquanto a mim, a poética singeleza do pensamento[48].

---

48. *Apud* Fátima Rodrigues, *Cesário Verde: Recepção Oitocentista e Poética*, p. 221. Grifo nosso.

A "excêntrica invasão do prosaísmo" parece definir bem o sentido de originalidade da poesia cesárica na época de sua produção. Embora tal sentido tenha sido por vezes repreendido, será ele, ainda dentro da geração de Cesário, o pomo da concórdia e o da discórdia entre os críticos. Na já citada carta-prefácio publicada em 1917, mas escrita por volta de 1901, ano da 2ª edição de *O Livro de Cesário Verde*, para o qual serviria de introdução, Fialho de Almeida afirma que a leitura de "Num Bairro Moderno", lhe trouxe a revelação de um "artista único no apercebimento das exterioridades pitorescas, com o simbolismo elísio dos infinitamente secretos da alma coletiva, amando os simples, buscando a locução com dor parturiente, traduzindo impressões diretas e pungitivas, como quem só é capaz de criar vocábulo para o que vê, sofre ou medita". E conclui: "*uma alma de verdade*, enfim, como diz Shakespeare, uma alma estranha e com *a virgindade feroz de escrever poesia semelhando, pela nitidez, à bela prosa*"[49].

O depoimento de Fialho de Almeida é contemporâneo de *A Correspondência de Fradique Mendes*, publicada em 1900. Nessa obra, Eça de Queirós discute arte e literatura por meio de seu personagem central. Nela, encontra-se o que pode ser considerado o testamento teórico e estético do romancista português e um legado metalinguístico dos mais importantes do século XIX na literatura portuguesa. Em dado momento da narrativa, falando sobre Baudelaire, Fradique afirma ao narrador que a autêntica expressão da cultura francesa não era a poesia e sim a prosa, cujas potencialidades definiam, na França, o modo de avaliação do verso, que, quanto mais dotado de virtudes prosaicas, mais valorizado: "De resto em França (acrescentou o estranho homem) não havia poetas", diz o narrador. E prossegue na reprodução do pensamento de Fradique:

---

49. Fialho de Almeida, "Cesário Verde", *Fialho de Almeida: In Memoriam*, p. 12. Grifo nosso.

A genuína expressão da clara inteligência francesa era a prosa. Os seus mais finos conhecedores prefeririam sempre os poetas cuja poesia se caracterizasse pela precisão, lucidez, sobriedade – que são qualidades da prosa; e um poeta tornava-se tanto mais popular quanto mais visivelmente possuía o gênio do prosador[50].

Fradique e Fialho, enfim, encaram a "excêntrica invasão do prosaísmo" na poesia, que Lopes de Mendonça condenou no lirismo cesárico, como possibilidade de beleza e motivo de celebração. Ambos apontam para uma mudança de critérios de avaliação crítica da poesia lírica, pelos quais Cesário e sua obra passarão a ser valorizados. Cesário é, de fato, um poeta que parece possuir o "gênio do prosador". O pioneiro ensaio de João Gaspar Simões sobre Cesário, de 1931, inicia-se com a seguinte afirmação: "Cesário Verde é o poeta mais extraordinariamente dotado de qualidades de prosador da literatura portuguesa". Na sequência, Gaspar Simões justifica seu julgamento:

É fácil encontrar na nossa história literária prosadores cujas características essenciais digam respeito à poesia (Raul Brandão ou Fialho de Almeida bastam para exemplificá-lo); outro tanto não acontece com poetas. Daí a singularidade do caso Cesário Verde[51].

Em termos hegelianos, a refundição da poesia diante do triunfo da prosa e da consciência prosaica, sob várias formas, atravessa o século XX, período em que a obra de Cesário é consagrada pela crítica. Tal consagração, porém, não impediu que o prosaísmo cesárico, seu sentido e valor, continuasse a ser questionado. Vergílio Ferreira, por exemplo, num texto de 1976, diz: "Cesário Verde, co-

---

50. Eça de Queirós, *A Correspondência de Fradique Mendes*, 2ª ed., Porto, Livraria Chardron, 1902, pp. 30-31.
51. João Gaspar Simões, "Introdução a Cesário Verde", *O Mistério da Poesia*, p. 63.

mo a toda a gente, é-me um grande poeta. Mas o porquê disso me intriga e tento esclarecer". E, em busca de esclarecimento, afirma:

> O grande problema que tal poesia me levanta é o seu *indefinível entrecruzamento com a prosa*. E não apenas quanto a temas e vocabulário, mas à própria função discursiva. Quando Cesário nos diz que "para alguns são prosaicos, são banais / estes versos de fibra suculenta" ("Nós"), enuncia o que ainda nós pomos como problema.

E conclui, acerca do problema: "O 'prosaísmo' de tais versos teria que ver com a referência às frutas; mas a censura poderia estender-se ao mais de sua obra, fosse qual fosse aí o seu motivo"[52]. Em meio a uma série de restrições morais à poesia de Cesário, e atônito diante da admiração que ela a contrapelo lhe provoca, Vergílio Ferreira supõe que o sortilégio dessa poesia provém, entre outros fatores, do modo como o prosaísmo controla e abafa a manifestação de sentimentos de soberba, arrogância, orgulho, que Ferreira entrevê e censura nos versos cesáricos.

Pode-se, por fim, examinar o prosaísmo da poesia de Cesário e suas consequências – como aqui se tem feito – através do binômio sinceridade *versus* ironia. Num momento em que a sinceridade formava o núcleo do discurso lírico em Portugal, Cesário introduziu a figura do sujeito poético ficcional, que em certa medida espelha o narrador-personagem da prosa de ficção. Com isso, conseguiu controlar o efeito de ironia e de humor no poema. A ficcionalização da voz lírica, ou fingimento poético, vai por fim repercutir na obra de Pessoa, cujo papel na difusão da obra cesárica já analisamos na primeira parte desta introdução.

---

52. Vergílio Ferreira, "Relendo Cesário", *O Espaço do Invisível* III, 2ª ed., Lisboa, Bertrand, 1993, p. 185.

Apesar de a noção de prosaísmo estar associada ao efeito de ironia em "Esplêndida", seu emprego na poesia cesárica se mantém, com outros efeitos, em todas as fases de sua produção. No último segmento deste ensaio, analisaremos a presença de recursos prosaicos em alguns poemas posteriores a "Esplêndida".

DEPOIS DE "ESPLÊNDIDA": HIPÓTESE DE TRAJETÓRIA DA POESIA CESÁRICA

"Desastre"

Depois da reprimenda de Ramalho à "fingida perversão" de "Esplêndida", Cesário tratou de ser sincero num poema publicado um ano e meio depois, em outubro de 1875: "Desastre". Pode-se ler "Desastre" – é a leitura que propomos – como uma resposta deferente à farpa de Ramalho, bem como à censura de Teófilo. Ou seja, falhado o projeto de aproximação aos revolucionários com "Esplêndida", o jovem Cesário faria nova tentativa com um poema que funde no mesmo discurso sinceridade moralizante e crítica social. Como tal, isto é, como uma experiência formal que não mais se repetirá, "Desastre" aparece como uma composição inusitadamente única na obra do poeta.

Pode-se ver um ponto de convergência entre "Desastre" e "Provincianas" – último poema de *O Livro de Cesário Verde*, que ficou incompleto pela morte do poeta: ambos são obras de denúncia social. Há também o fato de que "Nós", provável último poema (completo) escrito por Cesário, ser um relato lírico autobiográfico e memorialístico. Assim, na fase final de sua produção, Cesário busca conciliar sujeito lírico e identidade autoral. No entanto, no caso de "Provincianas", não se sabe que direção o poema tomaria; e "Nós" é uma espécie de miniepopeia familiar, de sinceridade íntima e confessional.

Em tom impessoal, quase científico, "Desastre" retrata um acidente de um operário da construção civil. A cena urbana, as reações dos transeuntes – sobretudo a insensibilidade das elites –, a notação ágil, a linguagem viva, a presença marcante de estrangeirismos, tudo isso mostra um Cesário que parece se esforçar para ser "moderno", ou seja, crítico, atento às mudanças sociais de seu tempo, imbuído do sentimento de justiça. Com o foco no operário acidentado, "Desastre" tenta criar um canal de empatia entre o leitor e as camadas menos favorecidas, exploradas pelos ricos, da sociedade. Apenas como termo de comparação, a moral da voz lírica de "Desastre" faz lembrar a do personagem "homem das cidades", que Alberto Caeiro rejeita e despreza no poema XXXII, de *O Guardador de Rebanhos*. Em frente de uma estalagem, esse homem "Falava da justiça e da luta para haver justiça / E dos operários que sofrem, / E do trabalho constante, e dos que têm fome, / E dos ricos, que só têm costas para isso"[53]. Em sua obra posterior, Cesário também rejeitará – como matéria poética – a moral do "homem das cidades" de Alberto Caeiro. Em "Desastre", porém, o poeta incorpora essa moral "revolucionária", que fala, através da abordagem de um evento trágico, "da justiça e da luta para haver justiça".

Seu caráter inusitado parece ter sido o motivo pelo qual "Desastre" dormiu no limbo por tanto tempo. Depois de sua publicação avulsa, o poema só será reimpresso integralmente 88 anos depois, em 1963, num livro de Alberto Moreira[54]. Apesar de sua atipicidade, "Desastre" mantém um elemento articulador típico da poética cesárica: o prosaísmo narrativo. De fato, o poema é uma espécie de

---

53. Fernando Pessoa, *O Guardador de Rebanhos e Outros Poemas*, Massaud Moisés (org.), São Paulo, Cultrix, 1988, p. 110.
54. Alberto Moreira, *Cesário Verde e a "Cidade Heroica"*, Porto, Tipografia Modesta, 1963.

conto realista vertido em versos. O narrador impessoal, a contemporaneidade do evento, o fato trágico, o quadro social pintado em amplitude, o estilo direto e por vezes seco, o modo de organizar o tempo – com o impactante início *in medias res* e o *flashback* articulador de causa-efeito da narrativa (vv. 33-48) – e seu sentido analítico, a manipulação desses aspectos, enfim, cria um discurso híbrido de narrativa realista e lirismo social. Após o fiasco de "Esplêndida", e ainda na busca de reconhecimento, Cesário altera o modo discursivo (de irônico para sincero), o tom elocutório (de humorístico-amoroso para trágico-elegíaco, mas de uma fria e moderna elegia) e o ponto de vista (de pessoal para impessoal); no entanto, mantém o componente prosaico e narrativo, além do espaço urbano.

"Nevroses-Contrariedades"

Assim como "Esplêndida", "Desastre" também não trouxe o reconhecimento de poeta moderno que Cesário perseguia. De fato, até 1875, a poesia cesárica é um laboratório de experiências em que o escritor luta para encontrar e definir seu estilo e por ele se fazer notar. "Esplêndida" é publicado ao lado de "Caprichos-Responso" e "Arrojos", duas composições de estilos diferentes entre si e em relação a "Esplêndida". "Ironias do Desgosto", de setembro de 1875, um mês, pois, antes de "Desastre", ensaia um lirismo de tipo filosófico-decadentista.

Em carta sem data a Silva Pinto, mas provavelmente desse período, Cesário escreve:

> A poesia que eu hoje te mando é a minha última maneira. Vês por ela que eu não desprezo de modo algum o coração, que quando desprezado não deixa brotar *nenhuma* obra de arte. Mas o que eu desejo é aliar ao lirismo as ideias de justiça"[55].

---

55. Cesário Verde, *Obra Completa*, p. 216.

Não se sabe a que poema Cesário se refere. O fato de aludir à sua "última maneira" parece indicar esse tempo de experiência, indefinição, ensaio de estilos diversos. A "ideia de justiça" fez com que Alberto Moreira supusesse tratar-se de "Desastre", poema de fato justiceiro[56]. Outra hipótese, no entanto, é a de que o poema referido seja "Nevroses" (rebatizado "Contrariedades" em *O Livro de Cesário Verde*), publicado quatro meses depois de "Desastre", e cujo tema é o modo *injusto* com que o mundo moderno e a nova cultura de massas tratam o artista estudioso, consciente da tradição, dedicado a seu ofício. Nesse caso, a "última maneira" possui sentido profético, pois a partir de "Nevroses", Cesário começa a definir seu modo típico, pelo qual será por fim reconhecido como poeta moderno, ou simplesmente poeta, se não por seus contemporâneos, pelas gerações que o sucederam.

Como já aqui referido, entre "Esplêndida" e "Desastre" há uma passagem bastante marcada da ironia para a sinceridade, do humorismo amoroso para a tragédia social, da subjetivação sentimental (*eu*) para a objetivação analítica (*outro*), como se "Desastre" fosse o reverso de "Esplêndida" – o que reforça a tese de que Cesário compôs "Desastre" como uma resposta deferente aos conselhos de Ramalho e Teófilo, ou como uma espécie de *mea culpa* por "Esplêndida". Diante dessa perspectiva, "Nevroses-Contrariedades" parece ocupar um espaço significativo na trajetória do lirismo cesárico, pois nesse poema fundem-se, sob certos aspectos, os outros dois.

"Contrariedades" (a partir de agora se omitirá o título primitivo) se estrutura em dois planos narrativos: o de um poeta em revolta porque um jornal lhe rejeitou "um folhetim de versos" e o de uma engomadeira que trabalha e é observada pelo poeta. O

---

56. Alberto Moreira, *Cesário Verde e a "Cidade Heroica"*, p. 21.

registro discursivo simula sinceridade, mas a ele se mescla o efeito de ironia que provém do cruzamento de planos, em princípio, incongruentes: o do poeta e o da engomadeira. Ela representa o elemento social que a poesia, segundo normas e expectativas culturais da época, deveria abranger e incorporar. Ele representa a consciência da arte superior, marginalizada pela cultura de massas. Ambos, enfim, irmanam-se pelo sentido de marginalidade social. No entanto, o poeta revolta-se, convicto de seu valor, lutando para afirmar sua arte, enquanto a engomadeira resigna-se, alienada, cantarolando "uma canção plangente / duma opereta nova" (vv. 61-62). O poema propõe, assim, a seguinte questão-impasse: como pode o poeta moderno cantar o povo se este, em sua alienação resignada, está surdo para as artes e se contenta, cômodo e feliz, com manifestações de baixa cultura? Como revolucionar se os mesmos beneficiários da revolução não demonstram interesse pela representação de uma sociedade revolucionada? Dentro desse contexto, há também o problema da imprensa venal, que alimenta a sociedade com lixo cultural ao mesmo tempo que barra vozes de lucidez, forjadas no estudo sistemático e prolongado.

"Contrariedades" atualiza a tópica clássica do desconcerto do mundo, correlacionando-a ao universo das artes na sociedade moderna. O poeta sofre com sua situação e com a da engomadeira, não propriamente pela pobreza desta, mas por sua estupidez satisfeita e seu comodismo frívolo. Dessa forma, o poema articula dois eixos narrativos, o do poeta debruçado sobre si mesmo (vertical, febril como o narrador de "Esplêndida") e o do poeta voltado para a engomadeira (horizontal, frio como o narrador de "Desastre"). Na encruzilhada desses caminhos, o impasse da poesia: como revolucionar, instruir, sensibilizar os que não se interessam por revolução, educação, arte? E por qual veículo, se todos estão fechados para o artista comprometido com a tradição e a modernidade? Há uma crise no canal da comunicação e no destinatário, que desacreditaram a poesia e preferem a prosa de entretenimento. Como responder, enfim, a esse impasse e seus obstáculos? Uma vez mais, para Cesário, "o obstáculo estimula". E a resposta para tais questões parece vir através de "Num Bairro Moderno", que pode ser considerado o primeiro grande poema de Cesário, composto cerca de um ano depois de "Contrariedades", quando o poeta contava apenas 22 anos.

"Num Bairro Moderno"

Em luta para encontrar seu próprio estilo, e em busca da chancela de leitores e críticos modernos, Cesário cantou com ironia a elegância da musa rica em "Esplêndida", e com sinceridade a tragédia do pobre operário da construção civil em "Desastre". Nos dois casos, não alcançou o que buscava. Dentro desse contexto, "Contrariedades" reflete sobre a poesia, o público e a imprensa. Por que escrever e para quem? Como ser ouvido? A resposta é, por assim dizer, e como já aqui mencionada, lamarckiano-darwinista-nietzschiana: "o obstáculo estimula". Diante da crise de valores que enaltece a arte de fácil assimilação, que vai ao encontro da (baixa) expectativa do público, que acena ao artista com o louro da fama efêmera, o poeta apura-se em "lançar originais e exatos" os seus "alexandrinos". Ou seja, enquanto a sociedade de consumo se banaliza, o poeta se aperfeiçoa no estudo e na prática de sua arte. Tal aperfeiçoamento pode ser visto como um ato de resistência à vulgarização da cultura. Isso, no entanto, não significa virar as costas para a sociedade. Isso significa, de modo sumário, restringir o escopo do poema à sua função estética, ou dar prioridade a essa função, e não fazer arte com o intuito de promover justiça, ou fazer do poema um compêndio de valores morais. Há, sim, algo de arte pura ou arte pela arte nessa formulação, que é ilustrada no poema "Num Bairro Moderno", onde a narração de uma cena de conflito social funciona de gatilho deflagrador de uma resposta poética.

Nele, o narrador caminha por ruas de um bairro nobre, com casas ricas, dirigindo-se ao trabalho. O sujeito lírico assume a identidade de um *flâneur*, mas de uma *flânerie* atípica, pois o caminhante, embora sem pressa, segue rota específica em direção a um ponto de chegada definido: o lugar onde trabalha. Em dado momento da caminhada, ele se depara com uma cena que lhe chama a atenção: uma pobre regateira vende produtos hortifrutículos na soleira de uma mansão. O criado que negocia preços de alguns itens em nome do patrão a destrata, atirando--lhe com arrogância uma moeda como proposta de pagamento, falando-lhe com desprezo. A humilhação da hortaliceira por um intermediário do poder econômico cria uma tensão entre as personagens da cena, que inclui o narrador-observador. Que fazer diante de tal impasse? Como o sujeito lírico no poema deve reagir diante de um ato de iniquidade social?

Do ponto de vista narrativo, a cena descrita constitui uma *complicação*, que demanda uma *resolução*. Ao testemunhar um conflito de violência moral, o narrador, assumindo sua condição implícita de poeta, decide por fim intervir, e age de modo o mais justo (no duplo sentido de *justiça* e *precisão*) a seu alcance: como artista.

> Subitamente, – que visão de artista! –
> Se eu transformasse os simples vegetais,
> À luz do sol, o intenso colorista,
> Num ser humano que se mova e exista
> Cheio de belas proporções carnais?!

Com a cena do criado e da hortaliceira, o poema cria uma suspensão narrativa que pressupõe, segundo padrões de expectativa da época, ser resolvida por um discurso de conteúdo moralizante.

A narrativa, no entanto, toma outro caminho: o da imaginação, como se esta, com sua força e seu frescor, equivalesse à moral na arte, como se a beleza fosse capaz de moralizar.

Desde Platão, o pensamento ocidental correlaciona Beleza e Bem, Beleza e Verdade, pela postulação de que o primeiro elemento fomentaria o segundo. No século XIX, Hegel chama a Beleza na arte, correlato da Verdade, de "gênio gentil"[57]. A Beleza, como um ideal superior a ser perseguido, seria uma forma de o homem abrandar as mazelas de seu destino trágico. Nesse sentido, a Beleza educaria o homem na direção do Bem. Essa ideia também está na *Correspondência de Fradique Mendes*. Numa das cartas, Fradique se dirige a Clara, sua amada, e descreve o impacto que a imagem dela lhe causou. O processo, em suma, poderia ser assim descrito: por influxo da beleza da mulher, a consciência observante molda-se a partir das virtudes contempladas. "De sorte que a minha amiga, sem saber", escreve Fradique, "se tornou minha educadora. E tão dependente fiquei logo desta direção, que já não posso conceber os movimentos do meu ser senão governados por ela e por ela enobrecidos". E conclui: "Perfeitamente sei que tudo o que hoje surge em mim de algum valor, ideia ou sentimento, é obra dessa educação que a sua alma dá à minha, de longe, só com existir e ser compreendida"[58].

No caso de "Num Bairro Moderno", a resposta do poema ao conflito entre a regateira e o criado da mansão é artística. Após assistir ao aviltamento da pobre vendedora, o narrador entra em estado de digressão poética e passa a prestar solidariedade à camponesa estetizando os produtos que ela vende. A metamorfose antropomórfica dos vegetais, que ocupa cinco das vinte estrofes do poema,

---

57. G. W. F. Hegel, "On Art", *On Art, Religion, and the History of Philosophy*, ed. by J. Glenn Grey, Hackett Publishing, 1997, p. 25. "Kindly genius", na versão de língua inglesa.
58. Eça de Queirós, *A Correspondência de Fradique Mendes*, p. 187.

constitui um esforço de fantasia criadora que o narrador empreende para dignificar as frutas e os legumes cujos preços o criado da mansão regateia com altivez. É enfim como artista, e não como moralista, que o sujeito lírico defende a humilde moça vilipendiada. A digressão da imaginação antecede o ato de solidariedade pragmática que ocorre quando o narrador, assumindo sua condição de homem civil, se acerca da vendedora para com ela erguer o pesado cesto agrícola. O poeta cumpre seu papel de artista, e o homem, de cidadão solidário, movido por sentimento de empatia.

A cena da metamorfose dos vegetais pode ser considerada chave na formação e amadurecimento do lirismo cesárico. Nela, Cesário parece dar uma resposta pessoal ao impasse da poesia na "era da prosa". Regressemos uma vez mais ao conceito hegeliano para ver como Antero de Quental o expressa. Num ensaio de 1881, Antero questiona: "E o que é hoje poesia? O que é hoje poeta? Que diz ele ao mundo que valha a pena ao mundo parar para o escutar?" E conclui: "Uma experiência de Berthelot ou de Virchow, uma descoberta de Darwin ou Haeckel, uma página histórica de Ranke ou Renan valem muito mais, dizem mais ao espírito do século, do que toda a Babel sonora das estrofes de Victor Hugo"[59]. Numa carta a Antônio Molarinho, datada de 1889, Antero anota: "A poesia tem embalado, com sua divina melopeia, as dores da humanidade, tem atormentado o sentimento acerbo das suas inenarráveis misérias: mas essas dores, essas misérias, não as pode ela suprimir"[60]. De certo modo, Cesário responde ao ceticismo de Antero ao propor a ideia da segmentação do trabalho pela qual o poeta atém-se à poesia e nela se aprofunda. Dentro dessa perspectiva, mira-se a causa, não o efeito. Ou, o efeito

---

59. Antero de Quental, *A Poesia na Actualidade*, Lisboa, Fenda, 1988, pp. 28-29.
60. Antero de Quental, *Obras Completas, Cartas II*, Ana Maria Almeida Martins (org.), Lisboa, Universidade dos Açores / Comunicação, 1989, vol. VII, p. 953.

da poesia recai (ou deve recair) nela mesma. A resposta do impasse da poesia na sociedade moderna deve ser, pois, essencialmente poética. Tal atitude, por sua vez, cria o estigma ou a aura (depende de como se vê) do absenteísmo. Foram (ou são) considerados – durante esse período – absenteístas Machado de Assis, no Brasil, Cesário e Pessoa, em Portugal. Sobre o tema, aliás, Pessoa escreve:

> O artista [...] não tem senão que exercer a sua arte, curando de a exercer tão bem quanto possa. Todas as outras considerações lhe devem ser alheias: e assim cumpre o princípio da divisão do trabalho social, e cumpre-o tanto melhor quanto menos deixar entrar para sua arte elementos de preocupação com tudo quanto a não seja.

E conclui:

> Será, assim, impossível o tipo de *uomo universale*? Será impossível o indivíduo que seja poeta, homem de ciência e político, por exemplo? Não; isso pode ser, logo que ele seja poeta quando é poeta, político quando é político e homem de ciência quando homem de ciência[61].

Absenteísmo, no entanto, não equivale à omissão. O ente vegetal de "Num Bairro Moderno", sua poderosa exuberância, nasce da confluência de forças sociais em conflito (hortaliceira *vs.* criado; campo *vs.* cidade; natureza *vs.* artifício; submissão *vs.* poder econômico; trabalho *vs.* benefício). O ente vegetal é síntese de antagonismos reconfigurados esteticamente. Assim como para os antigos a guerra é fonte de matéria estética (daí *belo* e *bélico* compartilharem mesma raiz etimológica), para Cesário, a pequena batalha entre o criado da mansão e a hortaliceira também lhe serve de fonte para sua criação. Do sangue não vertido dessa pequena mas dura batalha, nasce um ser me-

---

61. Fernando Pessoa, *Páginas Íntimas e de Auto-Intepretação*, Lisboa, Ática, 1966, p. 200.

morável, um nume hortifrutícola natural e artificial, humano e bizarro, masculino e feminino, barroco[62] e moderno, fragmentado e indivisível, irregular e harmônico, multivegetal e polissêmico, irônico – pelo brusco desvio narrativo e pela excessividade da imagem – e sincero – no sentimento que provoca no narrador de solidariedade à pobre camponesa.

---

62. Ver Andrée Crabbé Rocha, "Cesário Verde, Poeta Barroco?", *Colóquio-Letras* 1, pp. 31-33, 1971.

2. O Norte Magnético e os Jardins do Sul na Poesia de Cesário Verde*

DO PROSAÍSMO POÉTICO À NOÇÃO DE ESPAÇO NARRATIVO NA POESIA CESÁRICA

Em outro estudo, analisei o sentido e implicações do conceito de prosaísmo na obra de Cesário Verde[1]. Comumente associado ou restrito ao campo lexical, o prosaísmo compromete-se com outras dimensões do discurso lírico, constituindo-se por sua abrangência e centralidade numa espécie de coluna vertebral da poética cesárica. De modo sumário, a noção de prosaísmo a que me refiro implica uma tipologia de apreensão e expressão do mundo própria da prosa, em oposição ao verso. Este, em tese, com seus limites mais demarcados, afigura-se uma forma discursiva mais adequada para alojar o pensamento sintético. A prosa, por seu turno, dotada de maior flexibilidade, acomoda de modo mais confortável o pensamento

---

* Publicado em *Intersecting Diasporas Boundaries*, Irene Maria Blayer & Dulce Maria Scott (ed.). New York, Peter Lang, 2016, pp. 243-62. Original em inglês. Tradução do autor.

1. Mario Higa, "Introdução", em Cesário Verde, *Poemas Reunidos*, Cotia, Ateliê Editorial, 2010. O primeiro ensaio deste livro é uma versão revista dessa introdução.

analítico. No século XIX, ampliando um caminho aberto no XVIII, pensamento analítico e prosa ficcional combinaram-se para consolidar o romance como gênero literário. Dotado da gigantesca tarefa de narrar e analisar o homem e a sociedade, o romance dividiu-se entre a estética e a moral, a arte e a ciência. A originalidade da poesia de Cesário Verde deriva em parte de sua expressão híbrida, que combina verso e análise. Na poesia cesárica, o efeito de lirismo provém, em grande medida, de um observador crítico que lança seu olhar ao mundo exterior, apreendido e dissecado em sua fluidez narrativa. Daí essa poesia se valer com frequência de categorias estruturantes próprias da prosa de ficção, e mais especificamente, do romance realista: tempo demarcado e contemporâneo da escritura, espaço definido e local, ação centrada no cotidiano, personagens e narradores (eu líricos) ficcionais.

A tese do prosaísmo ou da consciência prosaica na obra de Cesário Verde não é nova. Contemporâneos do poeta, como Henrique Lopes de Mendonça e Fialho de Almeida, chegaram a apontá-la, embora discordassem acerca de seu valor. O primeiro fala em "excêntrica invasão do prosaísmo" para desqualificar a originalidade dos versos cesáricos[2]; o segundo, no polo oposto da discussão, afirma que Cesário possui "a virgindade feroz de escrever poesia semelhando pela nitidez à bela prosa"[3]. No século XX, a questão do prosaísmo ainda divide a crítica. Na década de 1930, João Gaspar Simões assevera: "Cesário Verde é o poeta mais extraordinariamente dotado de qualidades de prosador da literatura portuguesa"[4]. Cerca de meio

---

2. Ver Fátima Rodrigues, *Cesário Verde: Recepção Oitocentista e Poética*, Lisboa, Cosmos, 1998, p. 221.
3. Fialho de Almeida, "Cesário Verde", *Fialho de Almeida: In Memoriam*, Porto, Renascença Portuguesa, 1917, p. 12.
4. João Gaspar Simões, "Introdução a Cesário Verde", *O Mistério da Poesia*, Coimbra, Imprensa da Universidade, 1931, p. 63.

século depois, Vergílio Ferreira, ao refletir sobre a inquietação que a obra cesárica lhe provoca, escreve: "o grande problema que tal poesia me levanta é o seu indefinível entrecruzamento com a prosa"[5]. O problema a que se refere Ferreira poderia ser retrocedido ao tempo de Cesário, que foi lido por seus contemporâneos em chave poética (derivada da crítica romântica) quando poderia ter sido lido em chave prosaica[6], como fizeram a maioria dos críticos no século xx.

Desses, um dos mais agudos foi Fernando Pessoa, para quem a ficcionalização da voz lírica nos poemas cesáricos deve ter-lhe servido de modelo, entre outros, para a criação de seu "drama em gente". No caso de Cesário, essa ficcionalização deriva – ao lado de fontes propriamente poéticas, com Baudelaire à frente delas – da figura do narrador da prosa de ficção realista, cujo discurso deveria manter-se alijado da figura do autor, que, muitas vezes, procurava forjar uma aliança com o leitor *contra* o narrador e/ou personagens de sua obra[7]. No entanto, se a ficcionalização do sujeito lírico interessou ao jovem Pessoa, a crítica preferiu examinar mais detidamente outra dimensão, que parece também oriunda da prosa ficcional: o espaço. Assim, a crítica tem se dedicado a refletir sobre a dicotomia campo *vs.* cidade na poesia cesárica, e os resultados dessa reflexão

---

5. Vergílio Ferreira, "Relendo Cesário", *O Espaço do Invisível III*, 2ª ed., Lisboa, Bertrand, 1993, p. 185.
6. Para contextualizar o leitor, repito, aqui, nos primeiros parágrafos, alguns argumentos e algumas citações que aparecem na minha introdução à poesia de Cesário Verde (ver nota 1). Para uma compreensão abrangente da oposição "leitura em chave poética" *vs.* "leitura em chave prosaica", ver a referida introdução (capítulo 1 e 2).
7. Ver Dolf Oehler, *Quadros Parisienses*, trad. José de Macedo e Samuel Titan Jr., São Paulo, Companhia das Letras, 1997, pp. 53 e ss., para discussão dessa estratégia discursiva nos poemas de Baudelaire. No âmbito da prosa realista, ver análise de Roberto Schwarz sobre os romances maduros de Machado de Assis em *Um Mestre na Periferia do Capitalismo*, São Paulo, Livraria Duas Cidades, 1990, especialmente capítulo. 5. E também minha introdução à poesia de Cesário (ver nota 1), capítulo 1.

permitem afirmar que a obra de Cesário desenvolve uma espécie de poética do espaço social. Essa poética, porém, não se restringe aos espaços urbano e rural, embora estes sejam, com efeito, predominantes. Seguindo caminho alternativo, este ensaio pretende analisar outra dicotomia espacial, menos considerada pela crítica, que a vê como mero desdobramento da primeira. Trata-se da dicotomia Sul *vs.* Norte, em que o primeiro termo refere-se à Europa Meridional, com Portugal representando-a metonimicamente, e o segundo, à Europa Setentrional, com destaque à Inglaterra, vista à época como centro da Revolução Industrial e como grande império colonialista do século XIX. Ao debruçar-me sobre a dicotomia Sul/Norte, quero examinar mais detidamente um aspecto histórico-cultural que a obra cesárica deixa entrever. Refiro-me ao sentimento de ambiguidade com que Cesário e a geração de intelectuais à qual pertenceu olhavam para potências industrializadas do Norte europeu. Razões históricas dessa ambiguidade, o modo como ela se manifesta, e por fim o encaminhamento que lhe dá a poesia cesárica são alguns dos tópicos abordados neste ensaio.

"HEROÍSMOS": REVERÊNCIA E REBELDIA

Um exemplo desse sentimento de ambiguidade manifesta-se, de modo ainda indireto, num poema da fase juvenil da obra de Cesário. Nessa fase, Cesário se apresenta como um poeta lírico-satírico, manipulando a ironia à maneira de João Penha, e buscando afirmação por meio do verso claro e irreverente. No poema "Heroísmos", publicado em 1874, pouco antes de o poeta completar dezenove anos, a irreverência se dirige ao mar, espaço sacralizado na cultura portuguesa. Essa irreverência se intensifica quando o poema sugere que o mar descrito seja o célebre "mar tenebroso", nome com que antigos geógrafos referiam-se ao Oceano Atlântico, cujo domínio e navegação possibilitaram aos portugueses o descobrimento das rotas marítimas que por fim redesenharam o mapa-múndi do Renascimento, e colocaram Portugal no centro das decisões políticas desse período. O poema – um soneto – se divide em duas partes; na primeira, composta pelas duas primeiras estrofes, o sujeito lírico relata seu temor perante o mar, descrito como um ser titânico:

> Eu temo muito o mar, o mar enorme,
> Solene, enraivecido, turbulento,
> Erguido em vagalhões, rugindo ao vento:
> O mar sublime, o mar que nunca dorme.
>
> Eu temo o largo mar, rebelde, informe,
> De vítimas famélico, sedento,
> E creio ouvir em cada seu lamento
> Os ruídos dum túmulo disforme[8].

O titanismo do retrato do mar, de matriz épico-romântica, é desconstruído pelo modo irônico e irreverente com que o poema se fecha. A irreverência, nesse caso, possui clara tendência polemista, considerando – como já mencionado – que a imagem do mar referida no poema remete ao mítico "mar tenebroso". Na última parte do soneto, o temor se transforma em descaso e em "heroico" desacato:

> Contudo, num barquinho transparente,
> No seu dorso feroz vou blasonar,
> Tufada a vela e n'água quase assente,

---

8. Cesário Verde, *Poemas Reunidos*, Mario Higa (org.), Cotia, Ateliê Editorial, 2010, p. 315.

E ouvindo muito ao perto seu bramar,
Eu rindo, sem cuidados, simplesmente,
Escarro, com desdém, no grande mar![9]

O derradeiro gesto do eu lírico faz o poema oscilar entre a reverência e a rebeldia a um símbolo do esplendor do passado português. Essa atitude ambígua e irônica, que reaparecerá em outros poemas de Cesário, marcou a Geração de 70, formada no entroncamento de duas vias: a herança da tradição portuguesa e o desejo e a necessidade de superá-la. No poema "Heroísmos", a grandeza do mar português, caminho de acesso a outras terras, outras culturas, trilhado heroicamente por portugueses durante o Renascimento, é ao mesmo tempo cantada e descantada, e o plural do título parece apontar para essa duplicidade[10]. A Geração de 70 – com Cesário nela incluído por afinidades estilísticas e ideológicas – adotou, num determinado momento, uma postura questionadora e polêmica em relação ao passado com o intuito de, a partir desse questionamento, realizar uma ampla renovação da cultura portuguesa, considerada estagnada.

O marco de referência dessa estagnação era, por contraste, a moderna e prolífica Europa do Norte (Inglaterra, França e Alemanha), cujos padrões estéticos eram assimilados pelos jovens artistas portugueses. Por outro lado, havia, da parte desses mesmos artistas, o projeto de fazer com que Portugal acertasse o passo com a modernidade europeia dentro de uma perspectiva essencialmente portuguesa, que refletisse singularidades e pro-

---

9. *Idem, ibidem.*
10. Para diferentes conclusões acerca do sentido do poema "Heroísmos", ver Helder Macedo, *Nós: Uma Leitura de Cesário Verde*, 3ª ed., Lisboa, Dom Quixote, 1986, p. 73; e Janet Carter, *Cadências Tristes*, Lisboa, IN-CM, 1989, p. 185.

blemas de Portugal. Os problemas do país não se restringiam à área cultural, mas atingiam praticamente todos os setores da sociedade. A profunda crise por que passa o país na segunda metade do século XIX faz com que sua imagem seja construída, na percepção dos portugueses, por oposição às potências europeias do Norte, modelos de progresso e pujança. Além disso, a própria condição de potência mundial de que gozou o país no passado, durante o período das Grandes Navegações, também assombra o presente e surge como elemento de comparação opositiva. O Portugal do tempo de Cesário é, em suma, um país assombrado e apoucado por duas grandezas: o Norte industrial e o próprio passado de glórias. "Heroísmos" trava um diálogo com o passado, representado pela imagem do mar. O Norte, entre outras aparições na poesia cesárica, surge como imagem alegórica na série de retratos de musas frias e sedutoras com que o poeta desenvolve a tópica antiga da mulher fatal.

LA FEMME FATALE: SEDUÇÃO E RISCO

Os poemas de retratos da musa fatal pertencem ainda à fase juvenil da obra cesárica. No entanto, se comparados em termos de estrutura discursiva a "Heroísmos", apresentam um grau de complexidade mais elevado, pois neles a ironia se manifesta não apenas através do choque de elementos contrastantes (medo do mar *vs.* afronta ao mar, por exemplo), mas como discurso velado em conflito com o conteúdo enunciado. Esse discurso irônico demanda um leitor astucioso para descortiná-lo.

De modo esquemático e parcial, nos poemas da musa frígida, um sujeito lírico com sintomas de desequilíbrio nervoso e desejos de submissão faz o elogio da dama esplêndida e perversa. Essa mulher, afastando-se em parte da convenção literária a que pertence, apresenta uma identidade ou um perfil de identidade nacional: ela é estrangeira ou estrangeirada, com traços que a associam ao Norte urbano e industrial. A exposição dessa identidade, em conjunto com a postura do narrador lírico, levou Helder Macedo a interpretar em chave sociológica a série de poemas cesáricos da dama fatal. Para Macedo, a figuração de um sujeito lírico instável e submisso diante de uma musa sedutora e fria, associada às nações avançadas do Norte, pode ser entendida como uma representação alegórica do sentimento de inferioridade das elites portuguesas em relação às potências vizinhas do Norte[11].

No entanto, a camada irônica desses poemas, quando descortinada, desestabiliza o conteúdo da expressão, pondo em relevo a face ambígua do discurso lírico. Há uma tensão latente entre o elogio à musa lúbrica, luxuosa, altiva, fria, predadora e perversa, feito por um sujeito lírico hipersensível, e a reprovação que essa mesma musa merece da parte duma consciência dotada dos valores morais compartilhados na época. Desse modo, o discurso se equilibra entre duas posturas antagônicas: uma voz lírica que, coerente com sua condição nervosa, exalta a musa e seus excessos, e um leitor crítico que a distância *deve* reprová-la. Com isso, a percepção da musa cinde-se entre o fascínio e o repúdio, entre a sedução e a censura. E nesse ponto repousa a ambiguidade com que os poemas cesáricos pintam a dama hipnótica e supercivilizada do Norte, que alegorizam a ideia de civilização industrial. Na época, teorias evolucionistas pregavam que o progresso constituía o destino natural das sociedades ocidentais. Assim, como modelo histórico inevitável, o Norte atrai e assombra o Sul, perturbado diante dessa inevitabilidade. Na obra de Cesário, os poemas da musa fatal encenam essa disposição ambígua de admiração e desprezo pelo progresso in-

---

11. Ver Helder Macedo, *Nós: Uma Leitura de Cesário Verde*, pp. 84 e ss.

dustrial, suas conquistas e consequências. Da mesma forma, outros poemas cesáricos oscilam entre tomar o Norte como modelo a ser seguido ou rejeitado. "Cristalizações", por exemplo, aproxima-se da primeira opção.

O FRIO, "O GRANDE AGENTE" DO NORTE

"Cristalizações" é um poema já da fase madura de Cesário. Nele, um eu lírico *flâneur* passeia por uma rua em obras. A rua é metonímia de uma cidade – Lisboa – em vias de modernização. No plano temático, "Cristalizações" canta essa modernidade, isto é, a modernidade da engenharia, da técnica, da geometria, das mudanças na fisionomia da cidade geradas por um novo conceito de urbanização, que implica praticidade e estética, e que tem por fim, ao menos em tese, promover o bem-estar comum. O poema canta também os trabalhadores que arduamente realizam essa mudança, canta-os em seus aspectos rudes, grosseiros, instintivos, que provocam no narrador um misto de admiração, compaixão e distanciamento.

Em "Cristalizações", o enquadramento temporal mostra-se coerente com a narrativa, e em certo sentido a justifica: a cena descrita se passa em dezembro, e a temperatura fria otimiza a produtividade do trabalho. A combinação de frio e progresso, ou aquele impulsionando este, faz com que o narrador seja transportado a paragens do Norte: "Eu julgo-me no Norte, ao frio – o grande agente! –"[12]. O fator climático como determinante do progresso de uma região constitui uma postulação antiga – aparece em Heródoto e Tácito, por exemplo. Essa postulação, no entanto, ganhou grande repercussão no século XVIII, e teve enorme voga no XIX. Um de seus principais divulgadores foi Montesquieu, que

---

12. Cesário Verde, *Poemas Reunidos*, p. 150.

em *O Espírito das Leis* (1748), afirma: "Já dissemos que o grande calor cansava a força e a coragem dos homens e que nos climas frios certa força de corpo e de espírito tornava os homens capazes de ações longas, penosas, grandes e arriscadas"[13]. "Cristalizações" incorpora e encena essa ideia, aplicável a países do Norte, transportando-a para Portugal, país de clima temperado.

Com efeito, no tempo de Cesário, Lisboa passava por um processo de urbanização, que fazia da capital portuguesa uma cidade em obras, apesar da crise econômica que afetava Portugal e a Europa. Essa paisagem urbana em transformação, ou em vias de modernização, parece funcionar como motivo empírico-histórico que, associado a fontes literárias como a poesia citadina de Baudelaire, convergem na direção de alguns poemas cesáricos sobre a vida urbana. Nessas composições, o Norte é evocado com frequência, seja na "cor monótona e londrina" do céu noturno de Lisboa, iluminado artificialmente a gás ("O Sentimento dum Ocidental"); seja nas ruas também de iluminação a gás, por onde, em noites frias, passeia uma "alemã", "sob os abafos bons que o Norte escolheria" ("Noites Gélidas"); seja no evento trágico da morte de um trabalhador da construção civil, caído de um andaime, na região central de Lisboa, onde "flanavam [...] os dândis e as *cocottes*" ("Desastre"). Em "Cristalizações", a evocação do Norte surge como anseio; em outros poemas, evoca-se o progresso como receio. O impasse, enfim, entre Portugal e o Norte se agrava quando a questão da identidade nacional, tão premente à época, se intensifica na obra de Cesário. A dicotomia espacial campo *vs.* cidade está na base dessa discussão, como veremos mais adiante. Numa perspectiva geopolítica que opõe Sul e Norte, esse impas-

---

13. Montesquieu (Barão de Charles de Secondat), *O Espírito das Leis*, trad. Cristina-Murachoco, 2ª ed., São Paulo, Martins Fontes, 1996, p. 285.

se provém do questionamento sobre se o caminho trilhado pelas nações do Norte serviria a Portugal, se a industrialização do país, para além dos benefícios que traria, não implicaria também uma perda ou um desvio da identidade histórica da nação. A obra de Cesário, bem como a de autores seus contemporâneos, pode ser lida como uma resposta a questões sobre identidade nacional, que se tornaram urgentes no fim do século xix, não apenas em Portugal mas em boa parte da Europa, tendo a Revolução Industrial, sua política e suas consequências, como pano de fundo. No caso específico de Portugal, o problema da identidade do país está invariavelmente associado a seu passado de glórias, que contrasta com o presente em crise. Como contornar essa crise e retomar a condição outrora conquistada? Seria o modelo do Norte adequado para Portugal seguir? Em outras palavras, deveria Portugal, cumprindo seu destino histórico, ceder ou resistir ao canto da sereia que vinha do Norte?

"O SENTIMENTO DUM OCIDENTAL": O DILEMA DOS TEMPOS CRUZADOS

Em "O Sentimento dum Ocidental", os passos de um narrador *flâneur* percorrem ruas da região central de Lisboa ao anoitecer. À medida que avança, o narrador registra o que vê e sente, bem como contrapontos imaginários, mediados pela visão da cidade. Em sentido amplo, o poema se articula em torno a uma questão básica: que sentimentos ou sensações uma cidade moderna e histórica como Lisboa, a mais ocidental das metrópoles europeias, é capaz de despertar na sensibilidade do narrador poemático, que a explora – ao mesmo tempo em que explora a si mesmo – em sua caminhada. O anseio de evasão a terras distantes é um dos sentimentos, registrado logo na terceira estrofe do poema:

> Batem os carros d'aluguer, ao fundo,
> Levando à via férrea os que se vão. Felizes!
> Ocorrem-me em revista exposições, países:
> Madrid, Paris, Berlim, S. Petersburgo, o mundo![14]

Não fica claro se a felicidade referida pelo narrador no segundo verso alude a uma projeção de seus próprios desejos ou a uma inferência baseada na observação dos que estão prestes a partir. Ou ainda, se ambas as hipóteses. Não resta dúvida, porém, de que o narrador expressa simpatia aos viajantes e à ideia da viagem. Esta, por seu turno, estabelece um percurso que aponta para uma sequência de cidades que se distanciam gradativamente de Lisboa, e seguem em direção ao Norte e ao interior do continente europeu. Trata-se, por assim dizer, de um caminho às avessas ao das Grandes Navegações – postulação possível de ser feita devido às referências, diretas e indiretas, no poema, às viagens marítimas da Era dos Descobrimentos. Em suma, o caminho por mar já havia sido trilhado com sucesso, no passado, pelos portugueses; restava-lhes, pois, no presente, fazer por via férrea o caminho inverso, inaugurando assim uma espécie de nova era de viagens de exploração.

Nesse ponto, uma questão emerge: se, como já mencionado, a cidade desperta sensações e sentimentos no sujeito lírico que a percorre, e com isso, de alguma forma, o justifica, que aspectos dela fazem com que ele manifeste apreço pela ideia de evasão? Dois fatores podem ser apontados: primeiro, a cultura das viagens da época das conquistas, evocada em imagens que se disseminam pela cidade. As marcas dessa cultura transportam o narrador ao passado de glórias do país, e fazem-no imaginar, no início do poema, um novo tempo de viagens de exploração, não mais mar afora, e sim

---

14. Cesário Verde, *Poemas Reunidos*, p. 199.

Europa adentro, mas tendo ainda em Lisboa seu ponto central, ou de dispersão, de onde partem os exploradores. O segundo aspecto reside na figura decadente da capital portuguesa, onde quase tudo possui uma aparência estafada e fantasmagórica, como se o eu lírico percorresse uma cidade em ruínas, quando de fato percorre uma metrópole civilizada. Esses dois aspectos parecem conduzir o narrador ao sonho da partida para outras terras, outras cidades, outras metrópoles: "Madrid, Paris, Berlim, S. Petersburgo, o mundo!" Ao mesmo tempo, e num outro plano de análise, essa correlação sujeito-espaço mostra que o conceito de cidade na obra de Cesário não implica apenas uma imagem que aponta para o polo oposto do campo, um contraponto perfeito e simétrico ao mundo rural. Na poesia cesárica, a cidade representa também, e sobretudo, o espaço da exacerbação da consciência do eu lírico, um universo de contrastes que desafia o senso crítico do observador (e por conseguinte também o do leitor), um meio que promove a dúvida e a crise do sujeito, ambas amalgamadas num composto indissociável, que cria uma sensação perene de precariedade, aplicada tanto à percepção das coisas do mundo físico como ao próprio discurso poético.

No caso de "O Sentimento dum Ocidental", essas tensões estão implicadas, entre outros aspectos, no entrecruzamento de tempos históricos na consciência do narrador: o passado imperial português, vivo na memória da capital, e o declínio presente do país, manifesto na dinâmica da cidade contemplada. Esses tempos em conflito, além de produzir no narrador um sentimento de desejo de evasão, propõem-lhe ainda um impasse em relação ao futuro da pátria: ontem gloriosa, hoje decadente, amanhã... Ou, em termos de dialética hegeliana, passado-tese, presente-antítese, futuro... Faz-se necessário, pois, encontrar um ponto de equilíbrio que harmonize os contrários numa síntese cabal, que indicasse o caminho que o país deveria seguir. Com sua justaposição de tempos históricos, a cidade promove no sujeito lírico, além do imaginário das viagens, o de desejo de conquista e prefiguração dessa síntese, possível na forma do discurso profético.

Como se sabe, "O Sentimento dum Ocidental" foi composto por encomenda para ser publicado numa edição extraordinária do *Jornal de Viagens*, em comemoração ao tricentenário de morte de Luís de Camões. Assim, o poema evoca aspectos do tempo, da vida e da obra do bardo português. Uma dessas evocações, associada ao gênero épico em sentido amplo, e a *Os Lusíadas* em particular, alude a uma profecia sobre a nação que encerra o ciclo passado-presente com o fecho do futuro. Em "O Sentimento dum Ocidental", esse discurso profético aparece na última parte do poema. Abaixo, transcreve-se sua estrofe final:

> Ah! Como a raça ruiva do porvir,
> E as frotas dos avós, e os nômadas ardentes,
> Nós vamos explorar todos os continentes
> E pelas vastidões aquáticas seguir![15]

A visão profética, paradoxalmente, retroage ao tempo imperial, com heróis conquistadores e viagens de exploração marítimas. Trata-se, portanto, de uma espécie de profecia saudosista, que encerra o ciclo temporal (presente-passado-futuro) e dialético (tese-antítese-síntese) da narrativa lírica com o resgate de tradições históricas do país. A resposta para a crise e decadência do presente surge, portanto, na forma de um Portugal reconciliado com suas raízes latinas e mediterrâneas de posse do mar – lembre-se do lema romano *mare nostrum* – e de avanço para além de suas fronteiras. O sonho inicial da viagem por via férrea rumo ao Norte da Europa transforma-se

---

15. *Idem*, p. 204.

por fim no vaticínio de um novo ciclo de aventuras marítimas. Esse retorno ao passado como índice de futuro em resposta ao presente, além de ser sintomático de uma mudança na poesia cesárica que se definirá no poema "Nós", como veremos mais adiante, permite talvez que se estabeleça um paralelo ideológico entre "O Sentimento dum Ocidental" e um romance da última fase de Eça de Queirós: *A Ilustre Casa de Ramires*, publicado em 1900.

Nessas obras, Portugal equilibra-se entre dois tempos históricos em confronto: o da permanência de um passado heroico e o de um presente marcado por crises sociais (moral, cultural, econômica, política). No romance queirosiano, Gonçalo Ramires, protagonista e manifesta personificação alegórica de Portugal, é um personagem cuja história familiar, repleta de fidalgos virtuosos, remonta à fundação do país. Em forte contraste com sua estirpe, Gonçalo apresenta-se como um fidalgo hesitante, venal e covarde, que, com o peso da tradição às costas, tenta encontrar dentro de si a nobreza perdida de sua ilustre linhagem. Esse encontro e a redenção do herói ocorrem por meio de dois elementos dotados de forte simbologia na narrativa: um chicote medieval, com castão de prata, que pertencera a um antepassado de Gonçalo, e que este usa para surrar um valentão que costumava provocá-lo; e uma viagem do protagonista a África, onde passa quatro anos, ao fim dos quais retorna a Portugal recuperado de suas falhas passadas. O chicote e a viagem, considerados em sua dimensão simbólica, representam o Portugal da tradição, destemido e explorador, e é de posse dessa tradição que Gonçalo (re)descobre sua força. O retorno ao passado afigura-se assim como solução para o futuro; resposta que, no plano ideológico, Cesário oferece na profecia de "O Sentimento dum Ocidental", e que pode também ser vista como uma tendência representativa da Geração de 70, cuja trajetória em linhas gerais vai da rebeldia "moderna" ao reencontro com tradições portuguesas – a transformação de jovens da escola revolucionária de Coimbra no grupo Vencidos da Vida reforça essa ideia.

Outro aspecto que poderia ser aproximado é o da presença direta ou indireta dos ingleses nas duas obras. Refiro-me a dois momentos específicos. Em *A Ilustre Casa de Ramires*, o projeto algo neossebastianista de retorno à África possui como pano de fundo histórico (externo à narrativa do romance) o *Ultimatum* Britânico de 1890, que barrou pretensões portuguesas no continente africano. No entanto, pode-se ler a ida de Gonçalo a um pedaço da África portuguesa não apenas como uma resposta ao *Ultimatum*, mas também como uma advertência à política expansionista inglesa no continente, que, além de contrariar interesses portugueses, ameaçava avançar sobre territórios (mal) administrados por Portugal (e nesse ponto, a advertência queirosiana aponta também para o modo negligente com que o país administrava suas colônias na África)[16]. Morto em 1886, Cesário não testemu-

---

16. A questão das colônias portuguesas na África aparece numa crônica de *As Farpas* de 1871. Nela, Eça já aventa a possibilidade de perdê-las: "Podem-nos ser expropriadas por utilidade humana. Pode-se pensar que imensos territórios, pelo fato lamentável de pertencerem a Portugal, não devem ficar perpetuamente sequestrados do movimento da civilização. Tirar-nos as colônias é conquistá-las para a riqueza e para o progresso". Todo esse argumento baseia-se não apenas na crise econômica que arrasa o país mas também, associado a isso, no estado de abandono em que vivem as colônias, "sem estímulo, sem proteção, sem tranquilidade", em que "o único movimento que há é o do estrangeiro que as explora de fato – apesar de nós as possuirmos de direito". Por isso, Eça propõe, num rasgo de ironia: "Por consequência – sejamos vilmente agiotas, como compete a uma nação do século xix – (vide Alemanha etc.) – *vendamo-las!*" (Eça de Queiroz [& Ramalho Ortigão], *As Farpas*, pp. 61; 70-71, Lisboa, Typographia Universal, 1871. Ortografia atualizada). Não deixa de ser curioso que essa proposta reapareça, quase trinta anos depois, no último capítulo de *A Ilustre Casa de Ramires*. Ali, o administrador João Gouveia diz a Gracinha: "Tenho horror à África. Só serve para nos dar desgostos. Boa para vender, minha senhora!" (Eça de Queirós. *A Ilustre Casa de Ramires*, Cotia, Ateliê, 2000, p. 421.) O retorno de Gonçalo, rico e forte, da África, sugere, no entanto, outro caminho, o da recolonização.

nhou o *Ultimatum* e os traumas dele derivado. No entanto, como homem de cultura e comércio, Cesário sabia que as relações bilaterais entre Portugal e Reino Unido proporcionavam enormes vantagens para os britânicos, que por isso exerciam forte pressão política e econômica sobre Portugal. Cesário sabia também que essa pressão representava, entre outros fatores, uma ameaça à soberania portuguesa. (Terá sido por isso que Londres não comparece no verso que lista cidades de uma viagem imaginária do narrador?) A conhecida imagem de um imponente e intimidador "couraçado inglês" nas margens do Tejo, na primeira parte de "O Sentimento dum Ocidental", parece apontar para essa direção. Em certa medida, e com alguma liberdade, ela poderia ser lida como prenúncio do *Ultimatum*. Na cena, um navio de guerra britânico lança "escaleres" ao Tejo, caracterizando com essa ação uma possível manobra ou operação militar em águas portuguesas. Enquanto isso, burgueses, representantes da elite de um país que já teve orgulho de sua frota, alheios a tudo, ou temerosos, preferem o alegre e confortável refúgio de "hotéis da moda":

> E o fim da tarde inspira-me; e incomoda!
>
> De um couraçado inglês vogam os escaleres;
>
> E em terra num tinir de louças e talheres
>
> Flamejam, ao jantar, alguns hotéis da moda[17].

O tempo da narrativa em "O Sentimento dum Ocidental" vai do início da noite à madrugada, do crepúsculo à escuridão. Tal percurso temporal alinha-se com a imagem do Portugal crepuscular e decadente que a cidade de Lisboa projeta na consciência do narrador lírico. E é no fundo da noite, na última parte do poema, que o narrador

---

17. Cesário Verde, *Poemas Reunidos*, p. 200.

reitera seu desejo de evasão no célebre verso "Enleva-me a quimera azul de transmigrar"[18], no qual ressoa a alusão inicial aos que estão "felizes" partindo do país. Transmigrar, no entanto, evocado no final do poema, expande-se semanticamente ao assumir sua dupla acepção de deslocamento físico, associado à noção de viagem, e deslocamento anímico, vinculado ao conceito de metempsicose. O narrador viaja no espaço (por Lisboa) e desloca-se no tempo (ao passado glorioso de Portugal). O verbo também antecipa outra viagem temporal, que surge algumas estrofes abaixo: o discurso profético que vaticina o destino do país, destino esse que se confunde com seu passado. Essa aliança do futuro com o passado como fuga do presente, ou sua compensação, também ocorre, mas com significativas variantes, no poema "Nós", última composição publicada em vida do poeta.

"NÓS": A RECUSA DO MODELO QUE VEM DO NORTE

"O Sentimento dum Ocidental" foi publicado em 10 de junho de 1880. Não se conhece nenhuma publicação de Cesário desde essa data até 5 de setembro de 1884, quando o poema "Nós" aparece na revista *A Ilustração*, dirigida por Mariano Pina. Não se conhece também, até a morte do poeta, nenhum poema posterior a "Nós", que ficou sendo assim uma espécie de testamento poético de Cesário. O intervalo de quatro anos entre essas duas composições – consideradas as mais importantes da obra cesárica – parece ter servido para que o poeta repensasse sua poesia e lhe desse um rumo diferente do que até então lhe havia dado. "Nós" difere em tudo ou quase tudo de "O Sentimento dum Ocidental". E não apenas por seu bucolismo. "Nós" difere também de outros poemas bucólicos de Cesário. Sua temática

---

18. *Idem*, p. 204.

autobiográfica, sua perspectiva memorialista, em parte confessional, sua extensão, sua sintaxe, que leva ao extremo a enunciação prosaica, fazem com que "Nós" abra e encerre um nova e derradeira fase na poesia cesárica. E nessa fase, altera-se também o modo de representação do país em relação a seus pares do Norte. O registro ambíguo e irônico, derivado da consciência dividida entre ser ou não ser outro, dá lugar à assunção da identidade agrária portuguesa, de suas raízes campesinas, de suas tradições rurais, do vigor fértil e da energia vitalizadora do campo. O Portugal de "Nós" é um país exportador dessa força vital, e não mais uma cultura recalcada e paralisada por uma espécie de síndrome de subalternidade em busca de um modelo estrangeiro na filosofia alemã, na literatura francesa ou no cientificismo inglês. "Nós" inverte essa lógica e propõe que a exuberância da cultura do Norte possui como uma de suas fontes básicas o frescor salutar, o sabor e a energia nutricionais fornecidos por alimentos que lá chegam de Portugal, sem os quais aquela exuberância se enfraqueceria e perderia seu tônus de pensamento e de ação. Nesse sentido, Cesário se vale de um viés de análise socioantropológico que terá grande repercussão no século xx, associado ao conceito de inter-relação entre identidade cultural e alimentação.

Os alimentos, bem como campos semânticos limítrofes, constituem uma referência recorrente na poesia cesárica, sobretudo a partir de sua fase madura. No entanto, em "Nós", os alimentos, o processo de sua produção, seus aspectos econômicos e culturais, vêm associados mais diretamente à ideia de nacionalidade, ou identidade nacional. Esta, por sua vez, define-se, no século xix, em comparação às nações modernas do Norte da Europa, que ocupam no cenário mundial um lugar sociopolítico outrora ocupado por Portugal, no período das Grandes Navegações. Em "Nós", embora esse período de glórias não seja referido (como o é em "O Sentimento dum Ocidental"), sua presença, de modo oblíquo, ainda se manifesta.

Com a Era dos Descobrimentos, afirma Gilberto Freyre em *Casa-Grande & Senzala*, Portugal tornou-se um país essencialmente mercantil e marítimo, afastando-se assim da cultura da terra, seu cultivo e sua exploração agrícola, que se desenvolvera desde as origens do país até a Idade Média. Daí a limitação alimentar no Brasil colonial, cuja base reduziu-se à farinha de mandioca, secundada pelo milho e pequenas variações regionais de frutas e verduras[19]. Os portugueses que chegaram ao Brasil não dominavam mais, com a extensão de conhecimentos de gerações anteriores, técnicas de plantio e colheita. Essas técnicas já não integravam a formação do homem renascentista, cujos interesses recaíam sobre aspectos da vida "moderna", como as viagens marítimas e o comércio. Ao cantar a beleza e fertilidade do campo, um campo primordial, associando-o e sua cultura ao conceito de identidade nacional, "Nós" em certo sentido retroage a um Portugal medieval, de tradições camponesas, rústico e provinciano, voltado para os limites do seu território, e em busca da simplicidade das harmonias naturais. Esse Portugal, digamos, *profundo* não conhece o dilema entre ser ou não ser outro, entre permanecer na terra ou aventurar-se a outros lugares, pois trata-se de um Portugal primitivo ou pré-renascentista, um Portugal, enfim, integrado às suas origens históricas. É por esse prisma que "Nós" implicitamente descarta a cultura das navegações para regressar no tempo e cantar a cultura original do campo, atualizada no século XIX. Cantar sua técnica, seu cotidiano, suas dificuldades, seus heróis:

"Os fruteiros [...] / – Pobres campônios –", e a competição com a Espanha, eterna rival, que se dá no plano do comércio de produtos agrícolas: "E a concorrência com os espanhóis. / [...] os vinhateiros

---

19. Ver Gilberto Freyre, *Casa-Grande & Senzala*, 26ª ed., Rio de Janeiro, Record, 1989, pp. 32; 121.

d'Almeria / Competem contra os nossos fazendeiros. / Dão frutas aos leilões dos estrangeiros, / Por uma cotação que nos desvia!"[20]

"Nós" é um longo poema, composto de 512 versos divididos em três partes. Seu tema central emerge da reflexão sobre um trágico acontecimento familiar: a morte prematura da irmã do narrador como um sinal contraditório em meio ao esplendor do campo fértil. Há, de um lado, o lamento do narrador pela perda da irmã querida, e de outro, a exaltação do campo, em sua beleza precisa e utilitária. Em meio ao discurso elegíaco-bucólico, mais precisamente entre os versos 129 e 196, o poema se abre numa digressão lírica na qual Portugal rural e Norte industrial são contrapostos, com vantagens do primeiro sobre o segundo. A seção inicia-se com uma apóstrofe direcionada ao interlocutor – nessa passagem – do eu poemático, a Europa do Norte:

> Sim! Europa do Norte, o que supões
> Dos vergéis que abastecem teus banquetes,
> Quando às docas, com frutas, os paquetes
> Chegam antes das tuas estações?![21]

É curioso, e bastante sintomático, que a seção se inicie com uma inversão de atitude no modo como a poesia cesárica costumava se aproximar da Europa do Norte. Ou seja, não mais uma voz lírica, desde o Sul, emite juízos sobre o Norte. Aqui, em oposição, o Norte é questionado sobre que impressão tem do fértil Sul, que o provê de alimentos deliciosamente extemporâneos. E, como que para enfatizar essa mudança de atitude, a mesma pergunta é refeita duas estrofes abaixo:

---

20. Cesário Verde, *Poemas Reunidos*, pp. 252; 254.
21. *Idem*, p. 247.

Ó cidades fabris, industriais,
De nevoeiros, poeiradas de hulha,
Que pensais do país que vos atulha
Com a fruta que sai de seus quintais?[22]

Essa questão, assim feita, ou refeita, pressupõe que o Norte industrial, rico e poderoso, não tem o Sul agrário como uma de suas preocupações, vendo nele porventura um mero fornecedor hortifrutícola, sem maior importância. O narrador de "Nós" parte desse pressuposto para, de forma veemente, fazer uma defesa dos valores do Sul, em contraste com as conquistas do Norte:

Anglo-Saxônios, tendes que invejar!
Ricos suicidas, comparai convosco!
Aqui tudo espontâneo, alegre, tosco,
Facílimo, evidente, salutar![23]

Em termos de unidades semânticas profundas, a comparação entre Sul e Norte ocorre por meio da oposição qualitativa *natural* vs. *artificial*, respectivamente. O narrador reconhece valor na produção industrial do Norte, mas lembra que essa produção carece de estatuto de natureza, o que a torna por isso invariavelmente fria e estéril. Dirigindo-se a seu interlocutor, ainda em modo apostrófico, o narrador nota:

Bem sei que preparais corretamente
O aço e a seda, as lâminas e o estofo:
Tudo o que há de mais dúctil, de mais fofo,
Tudo o que há de mais rijo e resistente!

---

22. *Idem, ibidem.*
23. *Idem*, p. 248.

Mas tudo isso é falso, é maquinal,
Sem vida, como um círculo ou um quadrado,
Com essa perfeição do fabricado,
Sem o ritmo do vivo e do real![24]

O aspecto "falso" e "maquinal" da produção fabril do Norte contamina a vida de suas cidades e de seus habitantes, do mesmo modo com que o "ritmo do vivo e do real" caracteriza o Sul tornando-o mais vibrante e alegre:

Uma aldeia daqui é mais feliz,
Londres sombria, em que cintila a corte!...
Mesmo que tu, que vives a compor-te,
Grande seio arquejante de Paris!...[25]

A parte final dessa seção focaliza e valoriza o papel dos alimentos do Sul na cultura do Norte, como já referido acima. "Ah! Que de glória", orgulha-se o narrador ao descrever uma ação heroica sua: "Quando por meu mandado e meu conselho, / Cá se empapelam as 'maçãs d'espelho' / Que Herbert Spencer talvez tenha comido!"[26] O filósofo Herbert Spencer (1820-1903) foi um teórico evolucionista que partilhava a ideia, defendida também por Hippolyte Taine, Auguste Comte e outros, de que os avanços da Europa do Norte representavam uma etapa superior na história da humanidade. Ao imaginá-lo comendo maçãs portuguesas na Inglaterra, e ao sugerir uma equiparação de valor entre as maçãs e as ideias do filósofo inglês, o narrador parece problematizar o postulado evolucionista da superioridade do Norte. Por esse prisma, produção agrícola e atividade inte-

---

24. *Idem, ibidem.*
25. *Idem,* p. 249.
26. *Idem, ibidem.*

lectual dividem espaços contíguos, com a diferença de que a segunda depende da primeira, e não o contrário. Há nesse argumento algo de irônico, pela disparidade dos elementos comparados, e também de sincero, na defesa da cultura portuguesa. Pode-se ver nessa passagem do poema um tom também trocista e autoirônico, mas ao mesmo tempo autêntico, em relação à Geração de 70 e sua ambição inicial de produzir literatura com um sistema filosófico próprio e original. O projeto de Antero de Quental, Teófilo Braga e Eça de Queirós, de conceber e exportar "Ideias", como faziam ingleses, franceses e alemães, mostrou-se por fim tão pretensioso quanto frustrado. O que, de fato, Portugal sabia e podia produzir e exportar a seus pares do Norte, com eficiência e pontualidade, eram suculentas "maçãs d'espelho" e produtos agrícolas de excelente qualidade, que alimentavam a filosofia e davam prazer aos filósofos. Esse é o ponto de que se vale Cesário e sua poesia para contornar o complexo de inferioridade de Portugal diante dos países industrializados do Norte. Portugal exportava salubridade e cor ao Norte sombrio e enfermo: "Ah! Num jantar de carnes e gorduras / A graça vegetal das sobremesas!..."[27]

CONCLUSÃO

Se, apesar de todas as diferenças, é possível aproximar no plano ideológico "O Sentimento dum Ocidental" e *A Ilustre Casa de Ramires*, como se tentou demonstrar, talvez caiba ensaiar aqui outro paralelo, agora entre o poema "Nós" e o último romance de Eça de Queirós: *A Cidade e as Serras*. Nessa obra, narra-se a história de um fidalgo de origem portuguesa, Jacinto de Tormes, que vive em Paris e viaja a Portugal, na região do baixo Douro, para dirigir e acompanhar a reconstrução da igreja onde jazem

27. *Idem, ibidem.*

seus antepassados, e que fora arrasada por uma tormenta. Jacinto é um homem hiperurbano e, como tal, um adepto entusiasta do progresso e da civilização. Em sua viagem às serras portuguesas, sua bagagem é desviada a um vilarejo espanhol, e com isso Jacinto chega à quinta de sua família, que é também sua propriedade, sem nada mais do que a roupa que veste. Assim inicia-se uma experiência que irá transformar sua vida. No campo, Jacinto torna-se forte, ativo, empreendedor, dotado, enfim, do vigor que vem do ambiente, e também, útil e solidário ao engajar-se na vida dos pobres camponeses que vivem em suas terras, para melhorar suas condições de trabalho. Numa palavra, Jacinto reencontra no mundo rural suas raízes portuguesas, que estavam adormecidas na lúbrica, artificial, pomposa e asfixiante Paris, que no romance figurativiza metonimicamente o conceito de civilização.

Tanto em "Nós" como em *A Cidade e as Serras*, a natureza não clama para si a condição de primitivismo ou bucolismo em estado puro. Ao contrário, nessas obras, a natureza recebe uma moldura histórica. O poema cesárico aborda problemas sociais do campo e o tema da exportação comercial de produtos agrícolas. No romance queirosiano, Jacinto de Tormes empreende esforços para modernizar o campo, sem descaracterizá-lo, com o fim de promover melhorias aos camponeses. Há, portanto, em ambas essas obras, traços de tradição e modernidade conjugados, numa espécie de síntese hegeliana. A Geração de 70, como mencionado no início deste ensaio, posicionou-se em princípio na encruzilhada entre o passado da tradição e o presente da modernidade, que apontava para o futuro. O conceito de modernidade provinha das nações do Norte, e o impasse que encontraram Cesário, Eça e outros intelectuais de seu tempo era o de como conciliar esses dois polos – tradição (nacional) e modernidade (estrangeira) – na cultura portuguesa. No caminho da solução desse impasse, há vários momentos distintos e até contraditórios. No caso da poesia de Cesário, como já assinalado, destacam-se a ambiguidade no modo de encarar o Norte industrial, que seduz e assombra; a síndrome de subalternidade que produz uma representação de Portugal com traços de inferioridade diante das nações do Norte; a admiração pela pujança civilizatória do Norte; o reconhecimento dos males da civilização e sua crítica; o resgate pela memória do passado heroico português como compensação à decadência por que passa o país; e por fim, como uma conclusão possível, a reconciliação de Portugal com suas raízes agrárias, num projeto diametralmente oposto à ideia de o país se tornar mais uma nação industrial da Europa. Há, em suma, entre idas e vindas, um progressivo afastamento dos valores associados ao progresso do Norte, e em paralelo, um gradual retrocesso às origens da cultura portuguesa; um distanciamento, ou uma firme suspeição, enfim, de conceitos como civilização e progresso, tal como propagados e praticados pelo Norte, e uma aproximação a tradições seculares, que remontam à fundação do país, numa espécie de proposta de refundação da pátria. Esse enquadramento, ainda que parcial, e algo esquemático, serve para ilustrar a trajetória da poesia cesárica, entendida pela perspectiva de uma resposta à crise, em todas as sua dimensões, que abalava Portugal na segunda metade do século XIX. Ao mesmo tempo, mostra como essa trajetória se articula de modo coerente com a obra queirosiana, paradigmática da Geração de 70, desde suas narrativas de crítica social, modeladas a partir do Realismo francês, até seus últimos romances, que refletem sobre a condição do país, e postulam um destino para a pátria, que agonizava. Por séculos, Portugal preocupou-se com outras terras, outras culturas, olhou para o mar, especializou-se na arte da navegação, aventurou-se para além de suas fronteiras, engrandeceu-se e enfraqueceu-se por isso; faltava ao país, portanto, nesse momento crucial, recomeçar uma nova história, e para isso reaprender – seguindo o célebre conselho de Voltaire – a arte de cultivar o seu próprio jardim.

3. Lendo Lima Barreto Contra Lima Barreto*

A Ivan Teixeira, in memoriam.

"O DESTINO DA LITERATURA"

Da extensa produção não ficcional de Lima Barreto, a conferência "O Destino da Literatura" figura entre os textos mais conhecidos e comentados. Sua importância deriva não apenas de seu conteúdo crítico mas também dos fatos que envolvem sua composição. Comecemos pelos fatos. Em 1918, o jovem estudante de medicina Ranulfo Prata envia seu primeiro romance, *O Triunfo*, a Lima Barreto, que, no mesmo ano, elogia a obra numa resenha[1]. Ambos logo se tornam amigos. Por esse tempo, Lima Barreto está entregue ao alcoolismo, e Prata toma para si a missão de curar o escritor que admirava. Três anos depois, com essa missão ainda em mente, Prata convida Lima Barreto a passar uma temporada na pequena Mirassol, no Estado de São Paulo, onde então vive e trabalha como médico. Para Prata, o am-

---

* Publicado em *Lima Barreto: New Critical Perspectives,* Lamonte Aidoo & Daniel F. Silva (ed.), Lanham, Lexington Books, 2014, pp. 167-85. Original em inglês. Tradução do autor.

1. Lima Barreto, "*O Triunfo*", *Impressões de Leitura e Outros Textos Críticos*, Beatriz Resende (org.), São Paulo, Companhia das Letras, 2017.

biente rural associado a hábitos e alimentação saudáveis beneficiariam Lima Barreto, que aceita o convite e segue para Mirassol em abril de 1921. Por algumas semanas, tudo corre bem. Sono regular, caminhadas matinais, ar puro, comida fresca, e para beber: água e leite. Lima Barreto mostra sinais de melhora. No entanto, uma proposta bem-intencionada desfez todo o plano. Os amigos de Prata, empolgados com a presença do escritor na cidade, pediram-lhe uma conferência literária. Tímido e sem nunca ter se apresentado em público, Lima Barreto surpreendentemente aceitou a encomenda – talvez para mostrar-se gentil às pessoas que o tratavam com gentileza – e assim escreveu "O Destino da Literatura". A conferência estava programada para ocorrer em Rio Preto (atual São José do Rio Preto), maior cidade da região e vizinha a Mirassol. À medida que a data da palestra se aproxima, Lima Barreto mostra-se mais e mais tenso. No dia da apresentação, desaparece. Prata e seus amigos o encontram horas depois, em completo estado de embriaguez, sem condição alguma, portanto, de apresentar publicamente suas ideias sobre arte e literatura[2].

***

A conferência literária de Rio Preto não ocorreu, mas seu conteúdo foi publicado na *Revista Sousa Cruz*, edição de outubro e novembro de 1921. Embora tenha se manifestado sobre o tema em diversos momentos de sua obra, em resenhas e crônicas, "O Destino da Literatura" possui a singularidade de ser um escrito dedicado à exposição sistemática da perspectiva crítica

---

2. Sobre Ranulfo Prata e sua amizade com Lima Barreto, ver Paulo de Carvalho Neto, "Um Lugar para Ranulfo Prata", *Revista do Instituto de Estudos Brasileiros* 12, pp. 171-90, 1972.

e teórica que fundamenta a visão de Lima Barreto sobre arte e literatura. Tal visão pode ser aplicada à sua própria produção ficcional. Nesse sentido, a conferência tem sido lida como um texto essencial para se alcançar uma compreensão ampla da obra do escritor.

***

Os dois itens a seguir expõem um esforço de leitura crítica de "O Destino da Literatura". Para tanto, sigo por vezes de perto os comentários de Robert Oakley sobre a conferência, que estão no primeiro capítulo de seu estudo sobre Lima Barreto[3]. Procuro, no entanto, ao dialogar com as ideias de Oakley, expandir alguns pontos por ele analisados e introduzir outros.

ARTE SOCIAL *vs.* ARTE PELA ARTE

Pode-se dividir, em linhas gerais, a arte do século XIX em duas grandes tendências: a da arte social, ou socialmente engajada, e a da arte pura, ou arte pela arte. Tal divisão permanece ainda bem demarcada nas primeiras décadas do século XX. Os adeptos da arte social creem que, na obra de arte, a noção de Beleza deve estar subordinada ao conteúdo, que deve comprometer-se com o homem e a sociedade de seu tempo. No extremo oposto, os praticantes da arte pela arte acreditam que a Beleza não pode se submeter ou mesmo se associar às contingências do presente histórico. Os defensores da arte social acusam a arte pela arte de elitista e alienada. Os teóricos da arte pela arte consideram que o viés panfletário da arte social

---

3. R. J. Oakley, *Lima Barreto e o Destino da Literatura*, São Paulo, Unesp, 2011, pp. 3-23.

compromete sua dimensão artística. A arte social se quer utilitária, e se funda na moral e no estudo da sociedade. A arte pela arte rejeita o utilitarismo como meta primária, e seu fundamento basilar é a Beleza, entendida como ideal metafísico.

Em "O Destino da Literatura", Lima Barreto reconhece essa divisão e se posiciona diante dela. Para o conferencista, a arte deve assumir a responsabilidade de aperfeiçoar moralmente o homem e de participar na edificação de uma sociedade mais justa e solidária. É esse, em suma, o destino superior da arte e da literatura. Nesse sentido, como fonte de educação moral e prática, Lima Barreto entende a arte moderna como uma espécie de nova religião, racionalista e humanista, que surge para substituir a antiga, dogmática e supersticiosa, no mundo secular e científico do século XIX.

Uma vez que Lima Barreto assume um posicionamento diante da dicotomia arte social *vs.* arte pela arte, cabe então a pergunta: como a arte comprometida com o homem e a sociedade pode cumprir sua missão? De que ferramentas ela dispõe para pôr em prática seu propósito de aperfeiçoamento moral do homem e da sociedade? Segundo o conferencista, uma forma de alcançar esse objetivo seria através da *transformação da ideia em sentimento*. Vejamos agora, de modo mais específico, o que significa transformar uma ideia em sentimento. Comecemos pela noção de ideia.

Lima Barreto alude à ideia para se referir a um conceito "de interesse humano" concebido pela razão combinada com a moral[4]. Em outros termos, é a ideia um postulado de fundamentação moral que se impõe como valor universal. A solidariedade, ou a comunhão solidária entre os homens, por exemplo, é uma ideia que a arte social pode e deve ajudar a promover. Mas como? Como fazer para que

---

4. Lima Barreto, "O Destino da Literatura", *Impressões de Leitura e Outros Textos Críticos*, p. 272.

a ideia se realize, para que a potência se transforme em ato, para que a solidariedade, por exemplo, crie uma corrente de integração entre os homens baseada no afeto e na inter-responsabilidade? A ideia isolada e fria, como dado elementar, dificilmente surtirá efeito. Para alcançá-lo, ela precisa do apoio do sentimento, ou o *pathos* aristotélico, isto é, a emoção que a obra de arte pode provocar na audiência – dito de maneira simplificada. De acordo com os argumentos de Lima Barreto, a ideia atua no âmbito da razão (teoria), e o sentimento, no âmbito da ação (práxis). Ambos precisam estar em conjunção para que os efeitos buscados se efetivem. Mas a pergunta central ainda persiste: como conjugar ideia e sentimento, ou de modo mais específico, como converter a ideia em ideia-sentimento? Na literatura, essa conversão ocorre no momento em que o leitor *experimenta a ideia*. Fixemo-nos, então, no conceito de *experiência*, que aqui constitui um termo chave. A partir dele, compreenderemos outro conceito que Lima Barreto discute em sua conferência, ainda que não o nomeie: a intersubjetividade, que constitui, como fenômeno, uma forma de experimentar uma ideia.

INTERSUBJETIVIDADE

Abre-se, aqui, uma breve digressão para melhor contextualizar o conceito de intersubjetividade, tal como Lima Barreto a ele se refere, sem no entanto nomeá-lo, em "O Destino da Literatura".

No pensamento ocidental, a primazia do sujeito e da subjetividade sobre o Outro e a outridade, embora remonte à Antiguidade, ganhou relevo durante século XVII pela difusão do método cartesiano. O ato de pensar – *cogito, ergo sum*, ou "penso, logo, existo" – constitui uma atividade ou experiência do sujeito que deriva de suas faculdades sensoriais em conjunto com a razão. Tal experiência sensorial-cognitiva comprovaria a existência do sujeito como ente individual. Ou seja, *eu* penso, *eu* existo; os outros são projeções da *minha* experiência, da *minha* percepção e do *meu* pensamento; parecem existir, porque se assemelham a *mim*, reagem como *eu*, mas sua existência, em última instância, não pode ser comprovada por *mim*, pois *meus* sentidos podem enganar *minha* razão; *meus* sentidos podem ser uma fonte contínua de ilusão. A única realidade que a dúvida sistemática, cartesiana, não pode decompor, questionar ou eliminar é a realidade do ser que pensa, experimentada pelo próprio ser pensante: a realidade do *eu*.

Dessa primazia da subjetividade deriva, por exemplo, o idealismo radical de George Berkeley (1685-1753), que postula em seus escritos que o mundo exterior existe apenas como ideia na mente, ou seja, que fora da percepção de um observador, as coisas deixam de existir, ou de ter funcionamento de existência. Segundo os postulados de Berkeley, aqui simplificados, para que as coisas existam, faz-se necessário que uma mente "acione" sua existência. Esse fundamentalismo no sujeito e na subjetividade, ou no eu empírico, é também denominado, na filosofia, solipsismo. Suas implicações nos últimos séculos, sobretudo na ética e na política, são enormes, e em alguns casos devastadoras[5]. Para restringir o tópico ao século XIX, tomemos a ideia de que um dos desafios da filosofia pós-cartesiana desse período é o da problematização do solipsismo. Como superar as fronteiras do conhecimento empírico-solipsista no qual o *eu* sempre define o *outro*? De que modo o *outro* também *me* definiria? A resposta a essa pergunta só ganhará contornos claros e definidos no século XX, em particular com os escritos de Emmanuel Levinas

---

5. Menciono o tema apenas como referência, pois sua discussão, apesar de relevante, nos desviaria dos objetivos deste ensaio. A menção a Emmanuel Levinas, algumas linhas abaixo, é sintomática à medida que sua obra discute em profundidade o problema do ⁿutro e da outridade. Ver, por exemplo, *Entre Nous: On Thinking-of-the-Other*, trad. ᵃel Smith & Barbara Harshav, New York, Columbia UP, 1998.

(1906-1995). No entanto, a genealogia do pensamento pós-cartesiano (que, de alguma forma, desemboca em Levinas) tem um ilustre representante no alemão Johann Fichte (1762-1814). A importância da obra fichtiana pode ser medida pela influência que exerceu na formação do movimento romântico, e por conseguinte, direta ou indiretamente, na formação intelectual de artistas do século XIX e do início do XX, como Lima Barreto.

Para Fichte, o *impulso para a identidade* (autoconhecimento absoluto) é a vocação última de todos os seres racionais. Tal impulso idealmente se realizaria quando o homem alcançasse um perfeito estado de harmonia consigo mesmo, de conciliação com suas vontades, no qual todas as contradições do eu tivessem sido eliminadas. Mas, diferente do que pensavam cartesianos e empiristas, para Fichte o impulso para a identidade não se realiza por si, como um ato solipsista; para realizar-se, o homem precisa exercitar sua natural habilidade para a sociabilização, que Fichte chama *impulso para a sociedade*. "É *destino* do homem viver em sociedade; ele *deve* viver em sociedade. Aquele que vive isolado não é um ser humano completo. Ele contradiz sua própria identidade", diz Fichte[6]. Dessa forma, o impulso para a identidade, em sua jornada rumo ao eu puro, ao eu absoluto, articula-se com o impulso para a sociedade. Ambos impulsos estão, pois, interligados, e se complementam numa relação coordenada e dialógica. Para Fichte, o eu só se autodefine perante outros eus. A liberdade do eu só se autoafirma perante a liberdade de outros eus. Por isso, o eu *precisa admitir* a existência de outros eus fora dele; admitir e agir. O homem que se empenha racionalmente para ser livre quer tornar livres todos à sua volta, pois a liberdade dos outros assegura a possibilidade de sua própria liberdade. E o espaço

---

6. Johann Fichte, "Some Lectures concerning the Scholar's Vocation", *Fichte: Early Philosophical Writings*, Daniel Breazeale (org. e trad.), Ithaca, Cornell UP, 1988, p. 156.

das inter-relações sociais é o lugar onde ocorre o encontro dessas liberdades. Para Fichte, em síntese, o impulso para a identidade determina o impulso para a sociedade, e este "objetiva *interação*, influência *recíproca*, dar e receber *mútuos*, passividade e atividade *mútuas*"[7].

Ao dar relevo ao conceito de impulso para sociedade, Fichte desvia em parte o foco da filosofia que estava sobre a subjetividade e seus limites, e ilumina também a alteridade como elemento correlativo do sujeito e constituinte na formação da subjetividade. No pensamento de Fichte, o diálogo entre *ego* e *alter ego*, desde que estabelecido sob a égide da liberdade e da interferência recíproca, não constitui uma contradição no processo de constituição do eu, mas antes um exercício cooperativo que fundamenta esse processo. Esse *diálogo de consciências* que se autoconstroem constitui a *intersubjetividade dialógica*, conceito do qual Fichte foi – salvo melhor juízo – o primeiro a se ocupar na filosofia ocidental.

Ainda de acordo com Fichte, para regular e otimizar seus efeitos, o diálogo intersubjetivo reclama um mediador. Este, em tese, funcionaria como guia para que o pensamento racional se encaminhasse na direção da abolição de todas as contradições da consciência, e, por conseguinte, para que o homem conquistasse um estado de perfeita auto-harmonia. Para Fichte, enfim, esse mediador é o sábio, o filósofo, o homem de letras, que com seus ensinamentos e exemplos seria responsável por conduzir a humanidade a um estado de "unificação"[8].

No rastro de Fichte, bem como no de outros idealistas alemães como Schelling e Hegel, a crítica romântica do século XIX expandiu o conceito de intersubjetividade e identificou outro mediador do diálogo intersubjetivo. Para essa crítica, a *arte* e o *artista* estariam mais bem

---

7. *Idem*, p. 158. As proposições de Fichte são anteriores às de Hegel, que em sua *Fenomenologia do Espírito* (1807) discute o tópico com postulados afins.
8. *Idem*, p. 160.

capacitados para mediar a comunicação intersubjetiva. A arte, mais do que a filosofia, exerce poder de associação, encanta e persuade, unindo os homens em torno de altos ideais. Isso porque, entre outros motivos, a arte combina o concreto e o abstrato, a natureza e a cultura, o sentimento e a ciência. Com isso, o gênio do artista seria a manifestação do divino na Terra, e por meio dele, ou de sua arte, os homens seriam elevados a esferas de conhecimento superiores. O contato do homem com o divino através da arte, e por meio de uma experiência íntima, denomina-se *intersubjetividade transcendental*.

No modo de leitura prevalente do texto literário durante o século XIX e início do XX, o valor de um poema, por exemplo, estava associado ao efeito produzido no leitor, que buscava através da sua leitura experimentar o instante mágico de revelação, iluminação, epifania, que todo poema autêntico deveria proporcionar. Esse instante epifânico estava vinculado não a uma compreensão profunda do texto, e sim à compreensão do poeta, do autor, do criador. O fim último da leitura de um poema era o de aproximar o leitor do momento sublime da criação, tal como o criador o havia experimentado[9]. No caso da prosa de ficção, como veremos no próximo segmento, o processo não se altera de modo significativo, isto é, o alvo primordial da leitura continua a não ser o texto, e sim o autor; o efeito último da leitura de um conto ou romance era a concepção, por parte do leitor, de uma imagem do autor.

Essa noção, enfim, de "fusão emotiva", "experiência partilhada", ou "unidade psíquica", que aponta para uma forma de superação dos limites do conhecimento da subjetividade, teve ampla difusão na crítica romântica e pós-romântica. Entre os teóricos pós-românticos,

---

9. Discuto esse tema de modo detalhado no meu estudo sobre a recepção crítica do poema "No Meio do Caminho", de Carlos Drummond de Andrade. Ver Mario Higa, *Matéria Lítica: Drummond, Cabral, Neruda e Paz*, Cotia, Ateliê Editorial, pp. 27-95, 2015.

apenas como menção, destacam-se Theodor Lipps (1851-1914), que denominou o fenômeno de *empatia*, e dividiu sua abordagem entre a Psicologia e a Estética; e Edmund Husserl (1859-1938), que manteve o termo *intersubjetividade*, e o analisou sob a ótica da Fenomenologia. Não cabe aqui discutir esses conceitos em particular, nem em amplitude. Para os fins deste ensaio, basta lembrar que, na evolução do conceito de intersubjetividade, a crítica pós-romântica enquadrou o diálogo intersubjetivo dentro de uma moldura menos metafísica – como haviam feito os românticos – e mais social, em que o conhecimento do outro, ou a experiência da outridade, serviria basicamente para reformar valores morais e aperfeiçoar as relações humanas em sociedade. É aqui, nesse ponto, que se encontram Lima Barreto e o argumento da conversão da ideia em sentimento.

CRIME E CASTIGO

Para ilustrar seus conceitos, Lima Barreto utiliza em sua palestra, como referência, o romance *Crime e Castigo*, de Dostoiévski. Após fazer um sumário da narrativa, o conferencista depreende, segundo sua leitura, a ideia moral que a história de Raskolnikov encena e comunica: a de que a lógica consequencialista, ou qualquer outra, por mais rigorosa que seja, por mais irrepreensível do ponto de vista teórico, é incapaz de justificar o crime de homicídio a uma consciência regida pela ética, seja a consciência do homicida, a do leitor ou a da humanidade. E conclui: "Mas esta pura ideia, só como ideia, tem fraco poder sobre nossa conduta, assim expressa sob essa forma seca que os antigos chamavam de argumentos. [...] É preciso que esse argumento se transforme em sentimento"[10]. É essa, em suma,

---

10. Lima Barreto, "O Destino da Literatura", *op. cit.*, p. 274.

uma das tarefas da arte: transformar o argumento (ideia, *logos*) em sentimento (*pathos*). Ao fazer isso, a arte, e em particular a literatura, promove o encontro interpessoal do sujeito (observador) com o Outro (objeto observado). Ao ler *Crime e Castigo*, por exemplo, o leitor é levado a se identificar com o drama de Raskolnikov, a sentir o que o personagem sentiu[11], a formar com ele uma espécie de aliança afetiva, a entrar em contato com o personagem através de um amálgama de pensamento no qual se fundem a consciência do leitor, a do personagem, e também a do autor, pois na teoria que fundamenta a crítica de Lima Barreto, não há como dissociar criador e criatura, autor e obra. Esse amálgama de consciências tem efeito sobre a compreensão do leitor. Ler *Crime e Castigo* abre aos leitores a chance de vivenciar (ou a ilusão de vivenciar) a história de Raskolnikov, e assim compreender o personagem (e seu autor) sentimentalmente, ou seja, para além da simples apreensão da ideia racional, ou do tema que a narrativa executa figurativamente. A noção de intersubjetividade, portanto, pressupõe que a obra de arte é a expressão de uma vivência (experiência) do autor que só é "compreensível" desde o ponto de vista de uma vivência similar experimentada pelo leitor. Na literatura, ou melhor, na grande literatura, essa vivência interpessoal está sempre disponível ao leitor, pois o drama individual dos personagens é potencialmente o drama da humanidade, o drama de todos nós. No entanto, para que o fenômeno da intersubjetivi-

---

11. Com foco no aspecto moralizador da literatura, George Eliot (1819-1880) afirma em carta de julho de 1859: "O único efeito que eu desejo ardentemente produzir com meus escritos é o de que quem os leia seja capaz de *imaginar* e *sentir* as dores e os prazeres daqueles que, em relação ao leitor, em tudo se diferenciam menos no fato geral de serem criaturas humanas imperfeitas em conflito consigo mesmas"(*Apud* Terry Eagleton, *How to Read Literature*, New Haven, Yale UP, 2013, p. 75).

dade (ou vivência interpessoal) se efetive, ele ainda depende de mais um fator, um efeito de leitura de natureza subjetiva, idealista e moral: o reconhecimento por parte do leitor da *sinceridade* do autor[12].

SINCERIDADE

Em "O Destino da Literatura", Lima Barreto busca estrategicamente o efeito de sinceridade na abertura e no fechamento de sua palestra. Na introdução, o conferencista discorre em tom pessoal sobre o gênero conferência literária, fala de conferencistas famosos que conheceu, narra casos divertidos que ocorreram na capital, e conta também um pouco de sua adolescência, período em que descobriu, com tristeza, sua imensa timidez e sua inabilidade para discursar em público. Diz, no entanto, que vencerá todos os obstáculos pessoais (que, de fato, não venceu) para expor suas ideias sobre arte e literatura àquela audiência.

Esse tom confessional e íntimo tenta claramente construir um canal empático de comunicação entre palestrante e público. Uma análise detida dessa introdução mostraria que Lima Barreto conhecia bem e empregava estratégias discursivas de persuasão, isto é, fazia uso deliberado de recursos retóricos para alcançar certos efeitos previamente programados e estabelecidos de acordo com o destinatário da mensagem. Ao final, Lima Barreto envolve toda sua conferência no constructo da sinceridade ao concluir que suas "desenxavidas" palavras foram, ao menos, pronunciadas "com toda a sinceridade e com toda a honestidade de pensar"[13].

---

[12]. Em "O Destino da Literatura", Lima Barreto cita como uma de suas fontes o ensaio "O Que É Arte?", de Tolstói. Nesse ensaio, Tolstói trata a sinceridade como categoria crítica e a define em termos romântico-idealistas como "a intensidade maior ou menor com que o artista sente a emoção que transmite" (Leo Tolstoy, *What is Art?*, trad. Aylmer Maude, New York, Funk & Wagnalls Company, 1904, p. 153; ver capítulo xv da referida obra).

[13]. Lima Barreto, "O Destino da Literatura", *op. cit.*, pp. 281-82.

Já no fim do século XVIII, a sinceridade havia se tornado "uma valiosa *commodity* literária"[14]. No vocabulário crítico do Romantismo, fixou-se como um termo chave. Em meados do século XX, no entanto, caiu em desuso, quando a noção de intenção autoral cedeu lugar à de estrutura dramática na obra de arte. Lima Barreto sempre esteve atento à questão da sinceridade, que ele via como virtude moral e literária oposta, respectivamente, à hipocrisia arrivista e a "um infantil fetichismo do estilo"[15]. Em uma entrada de seu *Diário Íntimo*, datada de 5 de janeiro de 1908, escreve: "Sempre achei a condição para obra superior a mais cega e mais absoluta sinceridade. O jacto interior que a determina é irresistível e o poder de comunicação que transmite à palavra morta é de vivificar"[16]. E cita uma frase de Thomas Carlyle, extraída de *On Heroes, Hero-Worship, and the Heroic in History* (1841), em que o ensaísta escocês associa sinceridade e heroísmo, associação, aliás, recorrente nessa obra. A frase, citada em inglês, é "I should say sincerity, a deep, great, genuine sincerity, is the first characteristic of all men in any way heroic" ["Devo dizer que a sinceridade, uma profunda, imensa, autêntica sinceridade, é a primeira característica de todo homem de alguma forma heroico"][17].

No âmbito discursivo, a sinceridade pode ser definida como a congruência entre sentimento do enunciador e conteúdo do enunciado, ou, na definição de Eduardo Lourenço, "um acordo

---

14. Sidney Burris, "Sincerity", *The New Princeton Encyclopedia of Poetry and Poetics*, Alex Preminger & T. V. F. Brogan (org.), Princeton, Princeton UP, 1993, p. 1153.
15. Lima Barreto, *Recordações do Escrivão Isaías Caminha*, *Prosa Seleta*, Eliane Vasconcellos (org.), Rio de Janeiro, Nova Aguilar, 2001, p. 162. As palavras são de Isaías Caminha mas podem, por coerência, ser atribuídas a Lima Barreto.
16. Lima Barreto, *Diário Íntimo*, *Prosa Seleta*, p. 1275.
17. No *Diário Íntimo* (*Prosa Seleta*, *op. cit.*) a citação está na p. 1275. Em *On Heroes*, ela aparece na p. 39 (Thomas Carlyle, *On Heroes, Hero-Worship, & the Heroic in History*, Berkeley, University of California Press, 1993).

entre a consciência e a sua expressão no círculo do instante"[18]. Tal acordo não é diretamente observável, ou autoevidente, mas pode ser deduzido a partir de um conjunto de dados externos observáveis. Por esse prisma, a sinceridade é um conceito sistêmico que, para manifestar-se, depende basicamente da coerência do enunciado em relação ao todo da obra à qual pertence e ao *ethos* do enunciador que essa obra construiu. As críticas ao estilo doutoral, ao culto vazio do dicionário, na obra de Lima Barreto, por exemplo, podem ser entendidas como autênticas devido à sua acomodação e recorrência na obra barretiana, e à coerência que essas críticas estabelecem com o *ethos* do autor.

A crítica formalista-estruturalista do século xx fez esforços teóricos para superar a noção subjetiva de autor (intencionalidade, biografismo, sinceridade, identidade biossocial) e substituí-la no campo da crítica pelo conceito objetivo e autotélico de texto (como forma, mais do que como conteúdo, ou com o conteúdo subordinado à forma). Daí que desde a metade do século xx, como já aqui referido, a sinceridade tenha se tornado um conceito crítico-analítico marginal, praticamente em desuso[19]. No século xix, porém, o texto literário funcionava como fator de mediação entre leitor e autor, ou seja, o autor falava ao leitor através do texto. Desse modo, o leitor naturalmente associava, no texto, conteúdo e autoria discursivos. Ambas instâncias – conteúdo e autoria – eram, pois, inseparáveis.

Adepto da arte social, como já mencionado, Lima Barreto entende que o conteúdo deve se sobrepor à forma na literatura. Além disso, prevê que o conteúdo de uma obra literária deve

18. Eduardo Lourenço, *Fernando Pessoa: Rei da Nossa Baviera*, Lisboa, Gradiva, 2008, p. 172.
19. "Um autor deve ser mesmo sincero? De fato, a sinceridade não é um conceito que faça muito sentido na discussão crítica" (Terry Eagleton, *How to Read Literature*, p. 137).

expressar ideias e sentimentos sinceros do autor. Por fim, Lima Barreto entende que a função estilística da sinceridade é tornar o discurso literário simples e acessível, isto é, desonerado do excesso de artifícios que fazem da linguagem um produto estéril e um espelho narcisista de si mesma, ou de seu autor. Mas qual, enfim, a relação entre sinceridade e intersubjetividade?

Do ponto de vista estilístico, a sinceridade busca estabelecer um canal de comunicação por meio do qual a mensagem chegue ao leitor de um modo espontâneo, não afetado, mas sem que a palavra, por isso, renuncie à sua dimensão estético-literária. Em tese, o escritor empreende esforços para criar a impressão, ou o efeito de naturalidade. Do ponto de vista do conteúdo da mensagem, a sinceridade do escritor busca identificação com a sinceridade do leitor. Para idealistas românticos, a cujos princípios Lima Barreto adere, o homem sincero é o homem bom e verdadeiro, o homem natural de Rousseau, que todas as consciências abrigam, mas que os interesses sociais distorcem. Assim, uma meta da sinceridade literária residiria em encontrar esse homem natural, ou despertá-lo, para formar com ele uma aliança regida por valores autênticos, ou autenticamente humanos. Por esse prisma, a intersubjetividade consiste no encontro de sinceridades que se fundem num processo de mútua identificação afetiva e moral. Para que esse encontro ocorra, a expressão do conteúdo deve ser (ou parecer) sincera, e o conteúdo da expressão deve comunicar pensamentos (identificáveis como) sinceros.

HERÓIS

Alicerçado sempre na depreensão dos argumentos que Lima Barreto expõe em "O Destino da Literatura", comentei aqui o fenômeno da intersubjetividade, que ocorre no leitor, e a categoria extratextual da sinceridade, que se imbrica com o autor, embora possua também implicações textuais na busca de um estilo natural, que se opõe à artificialidade das retóricas de convenção, como a oratória bacharelesca, aparatosa e vazia, que Lima Barreto tanto combateu. O último componente a ser examinado neste ensaio é o herói-protagonista. Com ele, fecha-se, por assim dizer, o triângulo leitor-autor-texto – ou *pathos-ethos-logos*, na terminologia aristotélica –, já que o personagem literário emerge como uma realidade textual, um ente verbal, um ser construído com palavras. Ao lado da sinceridade, o personagem literário, com sua força de persuasão, ou "poder de contágio"[20], aciona o fenômeno da intersubjetividade que, por sua vez, aflui para o efeito da práxis – ou *kairos*, como *tempo de ação*, ainda segundo o vocabulário aristotélico[21].

Como se pode concluir pelo exemplo de Raskolnikov, é por meio do personagem que o leitor experimenta a outridade e assim amplia seu horizonte imaginativo-cognitivo (ao "conhecer" o Outro – o personagem – pela imaginação, ou senti-lo através da experiência subjetiva de habitá-lo, ou deixar-se por ele habitar). Com isso, a partir dessa experiência sensível, o leitor estaria apto a reformular seus valores ético-morais e, sobretudo, sentir-se impulsionado a agir para cultivá-los e promovê-los. O efeito prático – o agir – ocuparia, dessa forma, o final da cadeia de efeitos provenientes da relação leitor e discurso literário, ou, em sentido amplo, audiência e arte. Em suma, pela lógica dos argumentos barretianos, a práxis, ou o efeito prático da obra de arte, constitui o componente último e central para o qual todos

---

20. Lima Barreto, "O Destino da Literatura", *op. cit.*, p. 275.
21. Ver Aristóteles, *Retórica*, 2ª ed. rev., trad. e notas de Manuel Alexandre Júnior, Paulo Farmhouse Alberto & Abel do Nascimento Pena, Lisboa, IN-CM, 2005.

os demais convergem – sempre, claro, tomando como referência a obra de arte socialmente comprometida.

Constitui, portanto, aspecto relevante na conferência a questão da práxis associada ao herói-protagonista. Além de Dostoiévski, há três fontes que, em diferentes níveis, fomentam esse tema; três autores que Lima Barreto conheceu e citou em sua obra, três biógrafos de figuras heroicas da História: Plutarco (século I), citado como modelo no prefácio do *Gonzaga de Sá*[22], o já aqui mencionado Thomas Carlyle (1795-1881) e Samuel Smiles (1812-1904). Em comum, além da atividade de biógrafos, todos destacam a função pragmática dos heróis ou sua utilidade na formação intelectual e sentimental dos leitores. Plutarco, por exemplo, na introdução à "Vida de Timoleon", afirma que:

[...] ao estudar suas [dos grandes homens] biografias, recebemos cada homem como convidado em nossa mente, e chegamos a entender seu caráter por meio dessa interação pessoal, pois obtivemos de seus atos a melhor e mais importante maneira de formar uma opinião sobre eles[23].

Com seus "convidado(s) em nossa mente", e o entendimento do leitor baseado "(n)essa interação pessoal", a linguagem de Plutarco poderia até, com algum espaço de tolerância, ser aproximada da moderna noção de intersubjetividade. Carlyle no seu *On Heroes*, por sua vez, fala sobre as vantagens de se travar contato com os heróis: "Grandes Homens, tomados sob qualquer ângulo, são fecundos companheiros. Não há como olhar, mesmo que de maneira imperfeita, para um grande ho-

---

22. Lima Barreto, *Vida e Morte de M. J. Gonzaga de Sá*, *Prosa Seleta*, p. 560.
23. Plutarch, *Plutarch's Lives*, trad. Aubrey Stewart & Georg Long, London, George Bell & sons, 1906, vol. 1, p. 395.

mem sem dele tirar algum proveito"[24]. Em *Self-Help* (1859), "livro de cabeceira" de Isaías Caminha[25], Smiles compara, no sentido da instrução e da utilidade, biografias dos heróis da História a evangelhos da modernidade:

> Biografias de grandes, mas em particular de bons homens são [...] muito instrutivas e úteis como ajuda, guia e incentivo a outros. Algumas das melhores [biografias] são quase equivalentes aos evangelhos – ensinando o alto viver, o alto pensar e a ação enérgica para o bem de si mesmos [os leitores] e do mundo[26].

Pode-se afirmar, em suma, que os "grandes homens" de Plutarco, Carlyle e Smiles são, em grande medida, a bússola que guia e o barro que molda os heróis ficcionais barretianos, sobretudo os de inspiração autobiográfica. Isaías Caminha, por exemplo, num momento de conflito e desespero, lembra-se dos heróis de Smiles e, com orgulho, diz para si mesmo que "havia de fazer como eles"[27]. Mais: sobre seu relato memorialístico, Caminha expressa sua preocupação com a "utilidade", em oposição ao "valor literário", de sua obra:

> Não é o seu valor literário que me preocupa; é a sua utilidade para o fim que almejo. [...] Não é a ambição literária que me move [...] para animar e fazer viver estas pálidas *Recordações*. Com elas, queria modificar a opinião de meus concidadãos, *obrigá-los* a pensar de outro modo[28].

---

24. Thomas Carlyle, *On Heroes, Hero-Worship, & the Heroic in History*, Berkeley, University of California Press, 1993, p. 3.
25. Lima Barreto, *Recordações do Escrivão Isaías Caminha, Prosa Seleta*, p. 122.
26. Samuel Smiles, *Self-Help*, New York, Harper & Brothers, 1878, p. 27.
27. Lima Barreto, *Recordações do Escrivão Isaías Caminha, Prosa Seleta*, p. 153.
28. *Idem*, pp. 162-63. Grifo nosso.

Além de ecoar o pragmatismo de Plutarco, Carlyle e Smiles, a declaração de Caminha nos remete ao trecho final de "O Destino da Literatura" em que Lima Barreto assevera que, ao entrar "no segredo das vidas e das coisas, [...] realçando-lhes as qualidades e zombando dos fúteis motivos que nos separam uns dos outros", a literatura "reforça o nosso natural sentimento de solidariedade com os nossos semelhantes" e por isso "tende a *obrigar* a todos nós a nos tolerarmos e a nos compreendermos". "E, por aí", conclui o conferencista, com uma frase de efeito, "nós nos chegaremos a amar mais perfeitamente na superfície do planeta que rola pelos espaços sem fim"[29].

Sobre a sinceridade, como já vimos, o Carlyle citado por Lima Barreto no *Diário Íntimo* a aproxima da noção de heroísmo: "a sinceridade", diz Carlyle, "é a primeira característica de todo homem de alguma forma heroico". No plano ficcional-narrativo, caberia ao herói sincero, com seu olhar direto e penetrante, descortinar a organização social, revelar os vícios que a corrompem, e denunciá-los. Para tanto, o herói deve conjugar em si arte (estratégia de representação) e experiência (a experiência do autor que se projeta no personagem). A menção a Raskolnikov em "O Destino da Literatura" expõe um modelo literário para os heróis de Lima Barreto. Com seus retratos literários de figuras históricas, Plutarco, Carlyle – citado, aliás, em "O Destino da Literatura" – e Smiles, complementam Dostoiévski. A partir desses modelos, os heróis barretianos, cada um a seu modo, com sinceridade e coragem, denunciam e combatem o preconceito racial, a discriminação social, o poder manipulador da imprensa, a hipocrisia das elites, a burocratização da cultura, a retórica oca e aparatosa dos bacharéis, a exploração econômica do homem pelo homem, e a violência criminosa, ressentida e implacável da Primeira República contra seus opositores.

---

29. Lima Barreto, "O Destino da Literatura", *op. cit.*, p. 280. Grifo nosso.

RECAPITULANDO...

Em "O Destino da Literatura", Lima Barreto define arte socialmente comprometida a partir de suas funções práticas. Daí que a conferência se organize em torno de uma questão pragmática: "Em que pode a Literatura, ou a Arte, contribuir para a felicidade de um povo, de uma nação, da humanidade, enfim?"[30] Para que a arte cumpra sua finalidade, a Beleza pela Beleza não basta, é preciso que a Beleza encante e seja útil, busque e alcance resultados práticos, de aperfeiçoamento moral e intelectual do homem e de melhoramento efetivo das relações humanas. Para esse grande e complexo fim, concorrem o fenômeno da *intersubjetividade*, que funciona como "força de ligação entre os homens"[31]; o efeito da *sinceridade*, que ativa o diálogo intersubjetivo, e põe ênfase na figura do autor e na recepção sensível do texto literário; e a representação do *herói moral*, que exerce força de ascendência sobre o comportamento dos homens. No todo, esses conceitos pertencem ao vocabulário crítico e à cultura literária do século XIX, ou mais especificamente, à hermenêutica romântico-impressionista, também conhecida como crítica impressionista.

LENDO LIMA BARRETO CONTRA LIMA BARRETO

Desde sua publicação, e pelo século XX afora, a recepção crítica da obra de Lima Barreto foi, apesar de irregular, ascendente. Dentro dessa trajetória, há dois momentos chaves. Um

---

30. *Idem*, p. 269.
31. *Idem*, p. 275.

é a década de 1950, quando Francisco de Assis Barbosa publica *A Vida de Lima Barreto* (1952), e prepara, com a colaboração de Antônio Houaiss e M. Cavalcanti Proença, os dezessete volumes da *Obra de Lima Barreto* (1956). O outro momento crucial é a década de 1970, quando cresce significativamente o volume de trabalhos acadêmicos sobre o escritor, e são publicados alguns estudos de fôlego, que ainda são referências para os especialistas. Na década de 1950, em suma, a obra de Lima Barreto ganha maior exposição; na de 1970, consolida-se sua consagração crítica. O intervalo que vai desde a década de 1950 à de 1970 é, por assim dizer, um período de gestação, assimilação, leitura e reflexão metódicas sobre a obra barretiana, cujos resultados mais significativos surgem – repita-se – a partir dos anos 1970.

Curiosamente, esse tempo de gestação da crítica, que culmina com a consagração da obra barretiana no meio acadêmico, coincide com o período em que a crítica literária no Brasil abandona paulatinamente o viés impressionista e assume outro viés: o textualista – ora social-marxista, ora formal-estruturalista. Para a crítica textualista, noções como sinceridade e intersubjetividade localizam-se fora de seu escopo, pois se apresentam como categorias de análise extratextuais. Também nesse período, noções como autor e biografismo perdem prestígio[32], assim como a ideia da literatura como instrumento de reforma moral do homem e da sociedade, ideia esta que constitui uma espécie de espinha dorsal do pensamento barretiano. Com isso, à medida que os conceitos críticos e teóricos defendidos por Lima Barreto foram se desvalorizando, sua obra, fazendo o movimento inverso, foi subindo na estima da crítica, que

---

32. O ensaio "A Morte do Autor", de Roland Barthes, é de 1968, e "O que É um Autor", de Michel Foucault, é publicado no ano seguinte.

a avaliou e a valorizou aplicando-lhe parâmetros de análise, por assim dizer, antibarretianos, ou ao menos não-barretianos. É nesse sentido que nós, leitores modernos, herdeiros da perspectiva textualista e estruturalista, fundada por Ferdinand Sausurre e pelos formalistas russos, lemos Lima Barreto "contra" Lima Barreto, e assim valorizamos sua obra. Valorizamos seu estilo despojado e natural pela ótica do Modernismo (como códigos afins), e não pelo prisma da sinceridade; valorizamos sua representação do subúrbio carioca e seus personagens marginais pela ótica da crítica marxista, e não pelo prisma do biografismo; valorizamos sua aguda crítica da sociedade brasileira pela ótica da sociologia estrutural, e não pelo prisma da literatura militante e da coragem engajada do autor.

PRÁXIS AFIRMATIVA vs. PRÁXIS DUBITATIVA

A partir deste ponto, os dois modos de análise acima citados – o impressionista e o textualista – serão combinados para refletir sobre uma contradição na obra de Lima Barreto. Da conferência "O Destino da Literatura", preservaremos a noção de práxis – e suas ramificações: diálogo intersubjetivo, sinceridade, herói moral –, isto é, o conceito de que a literatura deve interferir historicamente e, desse modo, "contribuir" de maneira efetiva "para a felicidade de um povo, de uma nação, da humanidade". A essa práxis da arte, chamaremos *práxis afirmativa*. Dos romances autobiográficos de Lima Barreto, examinaremos a práxis dos heróis-protagonistas que, segundo tentaremos demonstrar, se opõe à ideia de práxis afirmativa pela dúvida sistemática e pelo ato esclarecido de rejeição da ação. Comecemos por *Vida e Morte de M. J. Gonzaga de Sá*, escrito – ao que tudo indica – entre 1906 e 1907, mas publicado apenas em 1919.

Vida e Morte de M. J. Gonzaga de Sá

Há, nesse romance, um protagonismo compartilhado entre os personagens Augusto Machado, jovem narrador e biógrafo, e Manuel Joaquim Gonzaga de Sá, em torno de quem a narrativa, em princípio, se desenvolve. Ambos podem ser vistos, sob diferentes aspectos, como *alter egos* do autor. Ambos formam uma espécie de unidade complexa que ora se complementa, ora se contrapõe. Dentro de um enquadramento biografista, Augusto Machado pode ser visto como uma projeção ficcional do Lima Barreto do presente da escritura, e Gonzaga de Sá, como uma projeção do autor no futuro; um pouco – descontadas todas as diferenças – como o encontro dos dois Borges, o jovem e o ancião, às margens do rio Charles, em Boston, no conto "El Otro".

O tema do vínculo entre pensamento e ação, ou ideia e práxis, surge já no primeiro capítulo do romance e envolve os dois personagens. Augusto Machado introduz o tema do estoicismo, que figura, como veremos, em outras obras de Lima Barreto. Afirma o narrador, depois de uma reflexão sobre a paisagem local, que "o sol causticante" do verão sobre a Baía de Guanabara o ensinou "a sofrer com resignação" e a se "curvar aos ditames das coisas, sempre boas, e dos homens, às vezes maus"[33]. Da literatura e dos grandes autores – Taine, Renan, M. Barrès, A. France, Swift, Flaubert –, Augusto Machado aprendeu a mergulhar no autoconhecimento, na "sagrada sabedoria de me conhecer a mim mesmo, de poder assistir ao raro espetáculo das minhas emoções e dos meus pensamentos", nas suas palavras. Dessa educação, ou desse "indizível reconhecimento sem limites", Augusto Machado conclui que seu

---

33. Lima Barreto, *Vida e Morte de M. J. Gonzaga de Sá, Prosa Seleta*, p. 565.

autoconhecimento o faz influir "poderosamente no mecanismo da vida e do mundo"[34].

As observações de Augusto Machado associam-se diretamente a componentes do pensamento estoico, segundo os quais a resignação diante dos eventos do mundo não constitui uma forma de renúncia ao mundo, mas apenas de renúncia à ação. Para o estoicismo, o eu e o mundo não se opõem ou formam duas realidades autônomas e distintas; ambos compõem uma única dimensão, composta e interarticulada. A pacificação do eu, nesse sentido, é um modo de pacificação do mundo, ou, em última instância, um modo de contribuir à pacificação do mundo. O tema geral retorna no Capítulo XI do romance, quando Augusto Machado assiste a uma grande festa em comemoração a uma data cívica, provavelmente o Dia da Pátria, que era como então se denominava o feriado da celebração pela Proclamação da República[35]. Ali, entre o Campo de Santana e o Palácio do Catete, em meio ao júbilo cívico e à pompa militar oficial, Augusto Machado tem um instante de revelação epifânica: "E eu ascendi a todas as injustiças da nossa vida; eu colhi num momento todos os males com que nos cobriam os conceitos e os preconceitos, as organizações e disciplinas". Tal súbita e drástica compreensão impõe a Augusto Machado um abrupto desejo: "Quis ali, em segundos, organizar a minha República, erguer a minha Utopia, e, por instantes, vi resplandecer sobre a terra

---

34. *Idem*, p. 566.
35. Oakley supõe ser a celebração relativa à Independência: "Augusto Machado assiste ao desfile do feriado de Sete de Setembro…", *Lima Barreto e o Destino da Literatura*, p. 151. Entretanto, a presença massiva de militares no evento, a estética e a temática militares, bem como a menção de Augusto Machado à *sua* República (citado neste ensaio algumas linhas abaixo), me levam a crer que os festejos cívicos em questão se referem à Proclamação da República.

dias de Bem, de Satisfação e Contentamento. Vi todas as faces humanas sem angústias, felizes, num baile!" Mas essa quimera, por sua vez, logo se desfaz na consciência alerta e ágil de Augusto Machado. Logo, ele compreende que tudo aquilo "era sem remédio. Morto um preconceito ou uma superstição, nasciam outros. Tudo na terra concorre para criá-los: a Arte, a Ciência, a Religião...". Diante desse novo e definitivo quadro, só lhe resta uma conclusão: "Para mim, afinal", diz Augusto Machado a si mesmo, "ficou-me a certeza de que *sábio era não agir*"[36].

Gonzaga de Sá ilustra, por sua vez, uma longa existência de resignação esclarecida; uma vida sem ambições sociais, sem conflitos desnecessários, e dedicada ao acúmulo de conhecimento. O celibato voluntário de Gonzaga de Sá se integra nessa ampla moldura, como ele mesmo confessa: "Fugi das posições, do amor, do casamento, para viver mais independente..."[37]. Todo esse íntegro e enorme empenho para se opor à mediocridade reinante em sua volta e superá-la causa revolta e arrependimento em Gonzaga de Sá no fim da vida. Todo seu esforço foi em vão: "Sou estéril e morro estéril..."[38], diz. A esterilidade anunciada se conecta com a "fantasia", ou conto alegórico, que Augusto Machado encontra entre os papéis de Gonzaga de Sá e reproduz no primeiro capítulo. Intitulada "O Inventor e a Aeronave", a narrativa descreve a saga de alguém que dedicou toda sua vida à invenção de uma aeronave. Organizou primeiro no papel o aparato teórico de engenharia operacional, passou depois à construção minuciosa da máquina voadora, "deu a última demão, acionou manivelas, fez funcionar o motor, tomou o lugar próprio... Esperou... A máquina não subiu"[39].

---

36. Lima Barreto, *Vida e Morte de M.J. Gonzaga de Sá, Prosa Seleta*, p. 619. Grifo nosso.
37. *Idem*, p. 624.
38. *Idem*, p. 622.
39. *Idem*, p. 568.

A revolta de Gonzaga de Sá no fim de sua vida repercute na percepção de mundo de Augusto Machado, que se altera – ao menos pontualmente – de maneira radical. Ao acompanhar, uma noite, Gonzaga de Sá ao teatro, por onde desfila a glamorosa elite carioca e onde até o presidente da República está presente, Augusto Machado tem outra súbita revelação: a da sua covardia e inferioridade perante uma elite espoliadora, ferozmente aguerrida no seu propósito de saltar "por cima de todas as conveniências, por cima de todos os preceitos morais" para ascender socialmente e gozar da exposição pública do seu triunfo; um quadro típico, enfim, de darwinismo social cruel e sombrio. "Percebendo a verdade", diz Augusto Machado em diálogo consigo mesmo, "revoltei-me contra minha fraqueza". Em confronto com a alta-roda do Rio de Janeiro, declara: "Eu era um covarde, um escravo; eles, príncipes e reis". Por fim, assevera: "Não serei mais assim!... Era preciso brigar – briguemos! Escolheram a guerra – tê-la-ão!"[40]

Tal rompante bélico, no entanto, se contradiz algumas linhas abaixo, quando Augusto Machado reconhece, com uma espécie de desencanto estoico, a permanência do estado das coisas, ou a impossibilidade de alterá-las. Após o teatro, Gonzaga de Sá lhe afiança que o espetáculo de frivolidade que acabaram ambos de assistir

> [...] é a mesma coisa de há quarenta anos passados. [...] São os mesmos fazendeiros sugadores de sangue humano; são os mesmos políticos sem ideias; são os mesmos sábios decoradores de compêndios estrangeiros e sem ideia própria; são os mesmos literatos à Otaviano[41], literatos de coisas de *cotillon*, os mesmos agiotas...

---

40. *Idem*, p. 629.
41. Referência ao advogado, jornalista, político e poeta Francisco Otaviano (1826--1889), autor de "Ilusões da Vida", poema que alcançou enorme popularidade na virada do século xx.

E pergunta: "Há quarenta anos era assim; não mudou. Serão sempre assim?" Ao que o fatalismo pessimista de Augusto Machado responde: "Certamente"[42]. Tal proposição dedutiva colide com a ideia de *fazer guerra* aos usurpadores de poder, cuja riqueza se constrói através da exploração inescrupulosa do trabalho das massas de imigrantes, de negros, de mestiços. Afinal, como afirma Augusto Machado algumas páginas antes, "tudo isto era sem remédio. Morto um preconceito ou uma superstição, nasciam outros". Portanto, "sábio era não agir".

A inação de Gonzaga de Sá, por sua vez, lhe trouxe – repita-se – arrependimento. "Estou no fim da vida", diz, "e só agora sinto o vazio dela, noto a sua falta de objetivo e de utilidade..."[43]. Não foi, no entanto, de todo desperdiçada ou inútil a vida de Gonzaga de Sá. Seu modelo de virtude serena e silenciosa, ainda que intercalado por queixumes no final da vida, afetou Augusto Machado, seu biógrafo, que trilha trajetória similar à de seu mestre. Nesse sentido, aliás, a oscilação de Augusto Machado entre o princípio de *não agir* e o desejo de *fazer guerra* pode porventura ser vista como paralela à alternância entre placidez e desassossego em Gonzaga de Sá.

No plano específico da ação, também não caberia a ideia de esterilidade absoluta associada à vida de Gonzaga de Sá: uma atitude sua – uma ao menos – terá impacto decisivo na vida de seu afilhado, Aleixo Manuel. Mulato, de origem humilde, e dotado de inteligência aguda e curiosa – traços que caracterizam também Augusto Machado –, o menino de oito anos torna-se órfão de pai. Vulnerável numa sociedade calculista, hostil e preconceituosa como a que vive, a orfandade de Aleixo Manuel aumenta sua vulnerabilidade, comprometendo ainda mais o seu futuro. Ciente disso, Gonzaga de Sá acolhe

---

42. Lima Barreto, *Vida e Morte de M. J. Gonzaga de Sá, Prosa Seleta*, p. 629.
43. *Idem*, p. 622.

o afilhado, que vai morar com o padrinho, e cuida de sua educação. "Hei de fazê-lo um Tito Lívio de Castro"[44], diz a Augusto Machado. "Hei de fazê-lo gente"[45], repete num dos últimos parágrafos da narrativa. Gonzaga de Sá cumpre sua palavra até sua morte, quando Dona Escolástica, sua tia, continua o que ele havia iniciado.

Recordações do Escrivão Isaías Caminha

O que move Isaías Caminha a escrever suas memórias, como já vimos, não é a "ambição literária", e sim o anseio de "modificar a opinião" dos seus "concidadãos, obrigá-los a pensar de outro modo". A palavra escrita, com efeito, tem esse poder; a imprensa é uma prova disso, com seu controle e manipulação dos fatos, das opiniões, das artes, da política, da sociedade, enfim, como um todo. Caminha testemunhou os bastidores desse poder, viu como sua engrenagem funcionava, e denunciou os orgulhos exaltados e os interesses pessoais que comandavam o jogo fraudulento das redações dos jornais. A palavra escrita que deveria estar a serviço da comunidade, do seu esclarecimento, fortalecimento, e da sua comunhão, servia de fato à vaidade ambiciosa de indivíduos venais, mesquinhos e inescrupulosos. A palavra de Caminha, nesse sentido, nasce do desejo de fazer frente ao influxo nocivo do "quarto poder", se inscreve na página para desmascará-lo, luta para combatê-lo. O esforço desse empenho, no entanto, ou os resultados práticos que dele deveriam derivar, surge como dúvida na consciência do narrador: "não tenho por onde aferir se as

---

44. *Idem*, p. 617. Tito Lívio de Castro (1864-1890), médico e ensaísta brasileiro. Mulato, ou "mestiço irrecusável", como o chamou Sílvio Romero, de quem foi discípulo, deixou obra importante na área da então nascente sociologia. Recém-nascido, foi abandonado na porta de um comerciante português, que cuidou de sua criação e o educou. Morreu aos 26 anos de tuberculose.

45. Lima Barreto, *Vida e Morte de M. J. Gonzaga de Sá, Prosa Seleta*, p. 634.

minhas *Recordações* preenchem o fim a que as destino, se a minha inabilidade literária está prejudicando completamente o seu pensamento"[46]. Em outras palavras, o pensamento literário, ou a ideia transformada em sentimento, quando realizado em plenitude, impulsiona a práxis revolucionária, converte o pensamento puro em ato transformador. Mas Caminha põe em questão sua habilidade literária, e por conseguinte, a capacidade transformadora de sua obra, ou, nas palavras do narrador, "sua utilidade para o fim que almejo". Com isso, o relato torna-se uma incógnita angustiante: "hesito de dia pra dia em continuar a escrevê-lo"[47].

A hesitação do narrador memorialista contrasta com o ímpeto juvenil do Caminha que chega ao Rio de Janeiro e tem sua imaginação povoada pelos heróis de Samuel Smiles. Os obstáculos que surgem, muitos e intimidadores, fortalecem seu caráter e alimentam seu "desejo feroz de reivindicação"[48]. O confronto diário com os poderosos se acirra na sensibilidade de Caminha. Ao mesmo tempo, sua empatia pelos iguais aflora intensa, como na cena da delegacia, onde testemunha um conflito entre duas mulheres por causa de uma galinha e uns ovos. Quando uma delas depõe ao inspetor, o modo como ela fala – "falava desigualmente: ora, alongava as sílabas, ora fazia desaparecer outras; mas sempre possuída das palavras, com um forte acento de paixão, superposto ao choro" – desperta em Caminha uma profunda compreensão da condição daquela mulher oprimida pela pobreza – "Senti-me comunicado de sua imensa emoção; ela penetrava-me tão fundo que despertava nas minhas células já esquecidas a memória enfraquecida desses sofrimentos

---

46. Lima Barreto, *Recordações do Escrivão Isaías Caminha, Prosa Seleta*, p. 163.
47. *Idem*, p. 162.
48. *Idem*, p. 153.

contínuos que me pareciam externos". E conclui: "no fundo da minha organização, espantei-me, aterrei-me, tive desesperos e cristalizei uma angústia que me andava esparsa"[49]. Há, aqui, uma espécie de amálgama intersubjetivo, de súbita superidentificação, que conecta a consciência de Caminha com o sofrimento da rapariga da querela.

Após um mês na cidade do Rio de Janeiro, sem alcançar emprego, sofrendo hostilidades cotidianas e experimentando a dor própria e a alheia, Caminha vai da angústia à letargia.

> Aquele meu fervor primeiro [descreve] tinha sido substituído por uma apatia superior a mim. Tudo me parecia acima de minhas forças, tudo parecia impossível; [...] A minha individualidade não reagia; portava-se em presença do querer dos outros como um corpo neutro; adormecera, encolhera-se timidamente acobardada[50].

Mais adiante na narrativa, reitera: "Invadia-me uma indiferença, uma atonia, que me fazia viver sem me decidir a tentar o menor passo para sair da situação em que me achava"[51].

É esse espírito contemplativo e letárgico que vai fazer uma radiografia implacável da imprensa carioca na segunda parte do romance. Além de contemplativo e letárgico, Caminha vai se conformando ao ambiente em que trabalha, como contínuo da redação de *O Globo*, um diário de oposição que, com jornalistas pusilânimes e um diretor tirano e medíocre, manipulava a opinião pública e assombrava o governo. Ao mesmo tempo que expõe as manobras torpes do diário, Caminha vai se moldando pelo entorno, ganhando sua forma, malícia, hipocrisia.

---

49. *Idem*, p. 159.
50. *Idem*, p. 169.
51. *Idem*, p. 178.

"Não estudei mais", diz o narrador, "não mais abri livro. Só a leitura d'*O Globo* me agradava, me dava prazer"[52]. Aos poucos, enfim, Caminha assume o sistema corrompido para a ele pertencer. O sistema, por fim, engole Caminha, que se deixa ser engolido. "Por que tinha sido?", pergunta o narrador num dos últimos parágrafos de suas memórias; "um pouco devido aos outros e um pouco devido a mim"[53], responde. Sua consciência ainda o repreende: "Sentia-me sempre desgostoso por não ter tirado de mim nada de grande e ter consentido em ser um vulgar assecla e apaniguado de um outro qualquer"[54]; mas seus atos, contradizendo a consciência, trilham rota distinta, seguem outra senda. Na trajetória de Isaías Caminha, em suma, pensamento e práxis são como a cabeça de Jano, que, com sua dupla face em posição de reverso uma da outra, mira para direções opostas.

Tal oposição percorre como um padrão os romances de Lima Barreto de inspiração autobiográfica. Como explicá-la? Os heróis de Plutarco, Carlyle e Smiles fazem coincidir ética e práxis; são personagens dotados de uma vontade que se exterioriza através de ações nobres e transformadoras. Raskolnikov vive um conflito ético derivado dos crimes que cometeu. É possível – Lima Barreto, aliás, não considera essa possibilidade em "O Destino da Literatura" – que o conflito de Raskolnikov derive, de fato, do assassinato não planejado da irmã da usurária, que o acaso trouxe para a cena do crime, forçando assim o criminoso a assassiná-la. Em todo o caso, mesmo que em conflito, há uma coerência no diálogo entre ética (pensamento) e práxis em *Crime e Castigo* no sentido de que o cri-

---

52. *Idem*, p. 195.
53. *Idem*, p. 257.
54. *Idem*, p. 256.

me (práxis) resulta em crise de consciência (ética) do criminoso. No caso de Lima Barreto, a coerência da dissensão é de outra ordem.

Na estrutura do *Gonzaga de Sá*, porém mais bem desenhada no *Isaías Caminha* e no *Triste Fim de Policarpo Quaresma*, que comentarei abaixo, há uma clara oposição entre indivíduo e coletividade. Nessa oposição, fragmenta-se também o pensamento ético. Em outras palavras, a ética que rege o indivíduo não coincide com a ética da coletividade. Os indivíduos associados em grupo tendem a executar um código de conduta que não executariam individualmente. É como se a ética coletiva se segmentasse nos indivíduos até a dissolução. Os heróis barretianos de inspiração autobiográfica são individualidades que se definem a partir de organizações gregárias; como as súbitas revelações de consciência que Augusto Machado experimenta diante da parada militar numa festa cívica ou do desfile da elite carioca num espetáculo musical; como o conflito de consciência de Isaías Caminha diante do corporativismo dissimulado e calculista da imprensa.

Lima Barreto, por esse ângulo, põe o indivíduo acima das massas, ou idealiza o indivíduo na depreciação das massas, sejam elas pequenos grupos, associações, categorias de classes ou instituições, como a imprensa e o governo. A tensão que mantém viva a narrativa opõe, no plano ético, indivíduo e coletividade. Daí ser coerente que o *Isaías Caminha* termine no exato momento em que o narrador cede seus valores ao sistema, do qual aceita fazer parte. Quando cessa a tensão entre Isaías Caminha e o meio, cessa também a narrativa.

Ainda que de modo esquemático, creio que vale a pena identificar no plano ideológico uma tensão que pode nos ajudar a entender o conflito barretiano entre indivíduo e sociedade. Refiro-me às lentes através das quais dois sistemas de pensamento interpretam a História: o marxismo e o protestantismo. A crítica marxista tende a valorizar a noção de conjunto, os ideais comunitários. Os marxistas leem a História pela dialética da luta de classes e propõem a construção de uma sociedade sem classes, onde o coletivo sobreponha-se ao individual. Para alcançá-la, preconizam um poder classista – o proletariado – que substitua a ordem hierárquica dominada pela ambição de indivíduos – reis, governantes, clérigos – que, na sociedade burguesa, manipulariam e explorariam a massa trabalhadora. Do outro lado desse espectro, os protestantes fundeiam seus valores na ética do indivíduo com Deus e na leitura individual (isto é, não mediada por uma autoridade, como no catolicismo) das Sagradas Escrituras. O cristão, no protestantismo, não necessita do jugo institucional da Igreja para encontrar o caminho da libertação da consciência e da salvação do espírito; bastam, para isso, os cinco "solas": *sola fide*, *sola scriptura*, *sola Christus*, *sola gracia* e *soli Deo gloria*, ou seja, o cristão em contato direto com sua fé, a Escritura, o Cristo, a graça divina e a glória a Deus. A ética protestante não implica, no entanto, isolamento ou divisionismo entre os cristãos, e sim uma comunidade de consciências autônomas, dedicadas ao estudo das Sagradas Escrituras.

Pela lógica desses argumentos, a ideologia que sustenta a ficção de Lima Barreto aproxima-se mais de princípios gerais do protestantismo, como a valorização do indivíduo livre e esclarecido, do que aspectos do marxismo coletivista e sua idealização das massas. Esse argumento é corroborado pela curiosa similaridade, no plano ideológico, entre a visão da ficção barretiana – tal como aqui descrita – e uma obra ensaística de 1932 – dez anos após a morte de Lima Barreto – intitulada *Moral Man and Immoral Society: A Study in Ethics and Politics*. Seu autor é o pastor protestante americano Reinhold Niebuhr, que se tornou célebre na esfera do debate acadêmico e religioso nos Estados Unidos devido à polêmica que seu ensaio provocou. O argumento central do livro de Niebuhr sugere que os homens individualmente possuem uma habilidade moral capaz de ir além dos seus próprios interesses, e estão, por vezes, dispostos a abrir mão de uma vantagem pessoal em benefício do próximo. Há neles um poder de empatia que pode e tende a se estender à organização social. Suas faculdades racionais dotam-nos de um senso de justiça que, aliado à disciplina do estudo, pode "purgar elementos egoístas" até o ponto de poder encarar uma dada "situação social, na qual seus interesses estão envolvidos, com uma justa medida de objetividade". Mas essas conquistas se tornam difíceis de ser alcançadas, se não impraticáveis, por agentes coletivos ou grupos sociais.

Em cada coletividade humana [diz Niebuhr] há menos lucidez para examinar e guiar impulsos, menos capacidade de autotranscendência, menos aptidão para compreender as necessidades dos outros, e, portanto, mais egoísmo do que os indivíduos, que formam o coletivo, revelam em suas relações pessoais[55].

Moral Man and Immoral Society antecede e, de certo modo, antecipa os horrores por que a Europa vai passar nos anos seguintes com o avanço do nazifascismo e a eclosão da Segunda Guerra Mundial.

O embate do herói moral e solitário contra uma estrutura organizada de poder emerge também naquela que é considerada a obra-prima de Lima Barreto: *Triste Fim de Policarpo Quaresma*.

Triste Fim de Policarpo Quaresma e *O Cemitério dos Vivos*

Ao contrário de Augusto Machado, Gonzaga de Sá e Isaías Caminha, Policarpo Quaresma não é um personagem de viés autobiográfico. Francisco de Assis Barbosa supõe que Quaresma tenha sido moldado a partir da figura do pai de Lima Barreto,

---

55. Reinhold Neibuhr, *Moral Man and Immoral Society: A Study in Ethics and Politics*, New York/London, Charles Scribner's Sons, 1932, pp. XI-XII.

João Henriques[56], um homem prático, ativo, culto, nacionalista e amante da agricultura. De fato, Machado, Gonzaga e Caminha são heróis sobretudo contemplativos, dos quais emerge uma densa vida interior de sentimentos e pensamentos forjados no contato com a vida social. Policarpo Quaresma, ao contrário, afirma-se por seu pragmatismo, é um homem em que o pensamento encaminha a ação, ou a ideia se exterioriza na forma de uma práxis de intervenção político-social. Ou ainda, nas palavras do narrador, "depois de trinta anos de meditação patriótica, de estudos e reflexões, chegara agora ao período de frutificação". E conclui: Quaresma "sentia dentro de si impulsos imperiosos de agir, de obrar e de concretizar suas ideias"[57]. Ou seja, por esse ângulo de enquadramento, Quaresma difere frontalmente de Machado, um hesitante, de Gonzaga, um autocentrado, e de Caminha, um pusilânime. Os três últimos são, por assim dizer, homens da pena sem a espada. Quaresma, por sua vez, como um herói neorrenascentista, se vale tanto da pena quanto da espada, no seu propósito marxista – do Marx da célebre décima-primeira tese sobre Feuerbach – de não apenas interpretar mas de sobretudo transformar o mundo, ou melhor, o *seu* mundo, o Brasil. Tal propósito, como sabem os leitores do romance, leva à perdição o personagem, que é por fim tragado pelo sistema político da Primeira República.

Nesse sentido, Caminha e Quaresma terminam de modo semelhante, compartem um mesmo *triste fim*: ambos são vencidos pelo meio. No entanto, o fraco Isaías Caminha é derrotado sem combatê-lo, enquanto Policarpo Quaresma cai, abatido pelo Estado brasileiro, depois de lutar com energia e bravura por seus altos

---

56. Francisco de Assis Barbosa, *A Vida de Lima Barreto*, Rio de Janeiro, José Olympio, 1952, p. 57.
57. Lima Barreto, *Triste Fim de Policarpo Quaresma*, *Prosa Seleta*, p. 271.

ideais. A queda de Quaresma vem anunciada desde a epígrafe do romance, que cita uma passagem de Ernest Renan sobre a vida do filósofo e imperador Marco Aurélio[58]. Ali se anuncia a figura do "homem superior" cujos "princípios do ideal" vão se chocar – tal qual "qualidades que se tornam defeitos" – com o "egoísmo" e a "rotina vulgar" dos homens da "vida real". Há nessa epígrafe, além de uma condensação – reduzida ao mínimo – do enredo da narrativa, outros tópicos aqui já postos em discussão. Por exemplo, a tensão entre ideia e práxis, que Marco Aurélio, como filósofo (pensamento) e imperador (ação), representa; o embate do *homem moral*, ou "homem superior" – como os varões de Plutarco, Carlyle ou Smiles, ou como o Marco Aurélio de Renan – e da *sociedade imoral*, ou "vida real", povoada de homens egoístas e vulgares; alusão indireta à ética estoica, da qual Marco Aurélio é um de seus ilustres pensadores, e a cujos preceitos estão, de algum modo, associados os protagonistas barretianos. Também o pensamento estoico reflete sobre a fronteira que opõe indivíduo e coletividade numa relação que confronta independência e subordinação, respectivamente. Epiteto, mestre de Marco Aurélio, trata desse tema no capítulo "Sobre as Interações Sociais" de seu tratado *Sobre a Liberdade Humana*.

Se você valoriza a dignidade [diz Epiteto] e abdica de ser chamado de "boa praça" por seus velhos camaradas, então, esqueça outras considerações, afaste-se deles, siga seu caminho, e corte relações com essa turba[59].

---

58. Para referência, eis a epígrafe do romance, vertida ao português: "O grande inconveniente da vida real e o que a faz insuportável ao homem superior é que, se a ela transportarmos os princípios do ideal, as qualidades se tornam defeitos, de modo que, com frequência, o homem completo tem menos sucesso do que aquele que se move pelo egoísmo ou pela rotina vulgar" (Renan, *Marc-Auréle*).
59. Epiteto, *On Human Freedom*, trad. Robert Dobbin, London, Penguin Books, 2008, p. 83.

A epígrafe do romance de Lima Barreto também nos põe uma questão a que o *Triste Fim de Policarpo Quaresma* tentará responder: se a sociedade tende a inverter os valores da moral e a oferecer condições para que o "egoísmo" e a "rotina vulgar" triunfem sobre os "princípios ideais" do "homem superior", como deve este agir? Que atitude deve tomar o homem moral, que está fadado a fracassar na sociedade imoral, ou no mundo desconcertado, onde "qualidades se tornam defeitos"? Lutar, mesmo sabendo que sua derrota será iminente? Agir, mesmo ciente de que suas ações não alcançarão os resultados a que se destinam? Quaresma lutou, agiu, e sua luta e ação só lhe trouxeram incompreensão, humilhação, sofrimento e morte. A ação e a luta, nesse caso, tal como empreendidas por Quaresma, não valeram a pena à medida que os frutos colhidos foram todos amargos, e, no caso da luta armada, para ambos os lados do confronto. É o que testemunha Quaresma no campo de batalha. Após lutar com armas em favor da República, após brutalizar-se e assistir à brutalidade dos homens na guerra, e refletir sobre suas causas e consequências, Quaresma por fim decreta, na famosa e pungente carta que escreveu à sua irmã:

> *O melhor é não agir*, Adelaide; e desde que o meu dever me livre destes encargos, irei viver na quietude, na quietude mais absoluta possível, para que do fundo de mim mesmo ou do mistério das coisas não provoque a minha ação o aparecimento de energias estranhas à minha vontade, que mais me façam sofrer e tirem o doce sabor de viver...[60]

A renúncia de Quaresma à ação o aproxima de Gonzaga de Sá numa relação de reflexo invertido. Ou vejamos: Gonzaga viveu uma vida "na quietude mais absoluta possível" – tomando emprestadas as palavras de Quaresma –, afastou-se dos conflitos

---

60. Lima Barreto, *Triste Fim de Policarpo Quaresma*, *Prosa Seleta*, pp. 396-97. Grifo nosso.

externos para cultivar a virtude da resignação e do autoconhecimento; Quaresma, por sua vez, optou pela atitude reformista – linguística, agrária e política – na defesa de um país sonhado e de um nacionalismo tão ufanista quanto utópico. Ao final, Gonzaga revolta-se ao reconhecer dentro de si um "coração sáfaro"[61], ao ver que sua existência havia sido estéril, que havia passado quarenta e um anos girando em torno de si mesmo. Quaresma também se revolta, mas por motivo oposto, por haver feito de sua existência uma contínua e incansável batalha em favor de altos ideais pátrios, adquiridos no metódico e meticuloso estudo das coisas brasileiras, ao qual dedicara toda sua juventude. "Envelhecera atrás de tal quimera"[62], e esta, como o monstro mítico, ou como o país real, viera no fim para cobrar-lhe a vida. Em suma, o estoicismo resignado de Gonzaga e a prática reformista de Quaresma, apesar de opostos entre si, resultam por fim num sentimento de profunda insatisfação para ambos.

Num primeiro plano de análise, poderíamos sintetizar esse conflito na fórmula dicotômica: agir ou não agir. Afinal, Quaresma afirma que o "melhor é não agir", e Augusto Machado, ecoando Quaresma (ou este àquele, se considerarmos que o *Gonzaga de Sá* foi composto antes), diz que "sábio é não agir". O ativismo de Quaresma lhe traz sofrimento; no entanto, a passividade de Gonzaga lhe proporciona desgosto. Agir ou não agir? Não agir, nesse caso, equivale a uma atitude estoica de aceitação resignada do curso dos eventos, que, regidos pelo Destino, dispõem-se acima da vontade dos homens. Nesse contexto, não agir é um modo de ação, e agir, uma forma de reação: reagir contra a "ação" do Destino. No pensamento estoico, agir é estar em conformidade com o Desti-

---

61. Lima Barreto, *Vida e Morte de M. J. Gonzaga de Sá*, *Prosa Seleta*, p. 622.
62. Lima Barreto, *Triste Fim de Policarpo Quaresma*, *Prosa Seleta*, p. 405.

no, ou com a Natureza; reagir equivale a um ato de revolta ou de violência contra o Destino, no ímpeto vão de tentar alterar seus ditames. Em outras palavras, o estoicismo não é uma filosofia da inação; não agir não significa inatividade ou estado de inércia. Ao contrário, a ética estoica, que é também uma ética do tempo, de como utilizar com sabedoria o tempo, propõe uma existência ativa, mas de uma ação desinteressada, serena, desapaixonada, lúcida, livre das imposições do meio, livre, aliás, de todas as imposições que não sejam as de um eu livre, que busca conformar-se com a Natureza e seus mistérios, e não confrontá-los.

Num segundo plano de análise, poderíamos afirmar que o dilema da ficção barretiana, encarnado em seus protagonistas, localiza-se a meio do caminho entre duas formas de agir: a do estoicismo clássico, que prega a ação desinteressada, e a do marxismo moderno, que propõe a ação revolucionária. Assim, Augusto Machado, diante de um festejo cívico, sonha em "organizar" a sua "República", "erguer" a sua "Utopia", mas logo vê que "tudo isto era sem remédio". Assim, Policarpo Quaresma luta para reformar a pátria, dedica toda a sua vida a este sonho, e ao final, antes de morrer, se dá conta de que "vidas mais valiosas que a dele, se vinham oferecendo, sacrificando e as coisas ficaram na mesma, a terra na mesma miséria, na mesma opressão, na mesma tristeza". E pergunta de si para si: "As condições gerais tinham melhorado? Aparentemente sim; mas, bem examinado, não"[63].

Em suma, o conceito que vai aqui proposto de *práxis dubitativa* repousa nessa constante hesitação dos heróis barretianos entre agir ou não agir – ou, pela lógica do pensamento estoico, tal como acima apresentada, entre agir (em conformidade com a Natureza) e reagir (contra a Natureza). Em *O Cemitério dos Vivos*, último romance de Lima Barreto, que ficou incompleto, e que foi escrito pouco antes ou

---

63. *Idem, ibidem.*

pouco depois da estada do escritor em Mirassol, o protagonista Vicente Mascarenhas sintetiza de modo claro e judicioso a antinomia da práxis dubitativa, ou do dilema agir ou não agir. Diz Mascarenhas:

> O sábio é *não agir*. Quando li esta conclusão nos meus manuais baratos de filosofia, assustei-me. Aceitava a concepção, mas a conclusão me repugnava. Se verdade era que, em presença desse tumulto da vida, desse entrechocar de ambições, as mais vis e imundas, desse batalhar sem termo e sem causa, o homem beneficiado pela sabedoria tinha o dever superior de afastar-se disso tudo e tudo isso contemplar com piedade; era verdade também que a *ação*, julguei assim, seria favorável à nossa reincorporação no indistinto, no imperecível, desde que fosse orientada para o Bem. Como conhecer o Bem?[64]

Vicente Mascarenhas, último protagonista de Lima Barreto, repete literalmente Augusto Machado, primeiro herói barretiano, ambos de raiz autobiográfica, na expressão da máxima estoica "sábio é não agir". Mascarenhas e Machado, por sua vez, ecoam Policarpo Quaresma, o grande personagem da galeria barretiana, que diz "o melhor é não agir". Aos três se unem Gonzaga de Sá, com sua resignada existência, sua "fraqueza de gênio prático"[65], e Isaías Caminha, que em sua passividade pusilânime confessa no final de suas memórias que não havia "sabido arrancar da [sua] natureza o grande homem que desejara ser; abatera-se diante da sociedade; não soubera revelar-[se] com força, com vontade e grandeza"[66]. São todos Grandes Homens tristes e fracassados. E há uma razão calculada para que assim o sejam. Vicente Mascarenhas, uma vez mais, nos concede uma explicação.

---

64. Lima Barreto, *O Cemitério dos Vivos*, *Prosa Seleta*, p. 1450. Grifo nosso.
65. Lima Barreto, *Vida e Morte de M. J. Gonzaga de Sá*, *Prosa Seleta*, p. 585.
66. Lima Barreto, *Recordações do Escrivão Isaías Caminha*, *Prosa Seleta*, p. 253.

Ao entrar no hospício pela primeira vez, Mascarenhas sofre o impacto de assistir ao "grosso espetáculo doloroso da loucura", repleto de sofrimento, miséria e tristeza "a envolver tudo". No entanto, diz o narrador, "pareceu-me que ver a vida assim era vê-la *bela*, pois acreditei que só a tristeza, só o sofrimento, só a dor faziam com que nós nos *comunicássemos* com o Logos, com a Origem das Coisas e de lá trouxéssemos alguma coisa transcendente e divina"[67].

CONCLUSÃO

Com o tema da beleza como um veículo de comunicação transcendental, retornamos à conferência-ensaio "O Destino da Literatura". Ali, como já vimos, Lima Barreto pleiteia que a obra de arte tem o poder de elevar os homens a esferas superiores de conhecimento, e que tal elevação criaria neles uma aliança da razão com o sentimento por meio da qual a sociedade se reformaria na direção da liberdade e da justiça. Arte e literatura podem e devem contribuir para reduzir o sofrimento dos homens. A beleza, longe de ser um valor aprisionado em si, deve atuar como bálsamo da dor humana e como bússola da moral. A essa concepção, que está no centro de "O Destino da Literatura", denominamos *práxis afirmativa*.

No entanto, no plano ficcional, como também já analisamos, os heróis barretianos questionam a validade da ação que visa ao aprimoramento da sociedade e das relações humanas. Quando agem nesse sentido, são castigados; quando se eximem da luta, são punidos pela própria consciência, ou se deixam engolir pelo sistema. A convicção, por assim dizer, do ego (Lima Barreto) se transforma em dúvida sistemática no espírito de seus *alter egos* (heróis barre-

---

[67]. Lima Barreto, *O Cemitério dos Vivos*, *Prosa Seleta*, pp. 1450-51. Grifo nosso.

tianos autobiográficos) ou protagonistas (como no caso de Policarpo Quaresma). À essa dúvida sistemática sobre a validade da ação social transformadora – que reforma, revoluciona, aprimora –, traduzida na fórmula binária *agir ou não agir*, cunhamos de *práxis dubitativa*. Ambas as práxis, em princípio, se contradizem. Ambas tomam caminhos opostos, da segurança e da descrença, do apostolado e do ceticismo. Retomando, no entanto, a reflexão de Mascarenhas transcrita no final do item anterior deste ensaio, talvez tenhamos uma pista para alcançar uma forma de conciliação desse confronto. Ali Mascarenhas afirma que a tristeza, o sofrimento e a dor nos põem em comunicação com o Logos, por meio do qual traríamos de volta para o mundo algo da natureza divina. Por meio dessa afirmação, poderíamos especular sobre uma possível conclusão: a de que a ficcionalização do fracasso da ação do pensamento e sua consequente problematização (práxis dubitativa) constituem uma premissa estética necessária para que o pensamento se converta em ação nos limites do espaço social (práxis afirmativa).

4. Geraldo Ferraz e um Poema (quase) Esquecido*

O JORNALISTA

Geraldo Ferraz (1905-1979) foi jornalista, crítico de arte e escritor, com incursões na ficção e na poesia. Seu primeiro contato com o meio literário deu-se ainda na adolescência quando trabalhava como tipógrafo em São Paulo. Por essa época, conheceu escritores modernistas, e desse convívio, parece, nasceu-lhe o interesse por literatura e arte modernas. De tipógrafo, Geraldo logo passou a revisor de textos, e de revisor a repórter. Em 1928, foi apresentado a Oswald de Andrade, que, numa conversa informal sobre artes, ficou impressionado com o repertório incomum e sofisticado do jovem repórter. Oswald então buscou integrar Geraldo ao grupo modernista, e em pouco tempo, já o apresentava a amigos como "a mais nova aquisição do Modernismo".

---

* Publicado em *Babel: Revista de Poesia, Tradução e Crítica*, n. 7, pp. 126-30, 2017. É o mais antigo dos textos aqui apresentados. Foi encomendado e escrito em 2007. Na publicação original, o ensaio antecede o poema "Guernica: Poema Vozes do Quadro de Picasso", de Geraldo Ferraz.

Costuma-se associar o nome de Geraldo Ferraz à segunda fase ou "dentição" da *Revista de Antropofagia* (março-agosto/1929), da qual participou na condição de "açougueiro". Há que se esclarecer, no entanto, essa associação e participação para que não se incorra no equívoco de superdimensionar o papel de Geraldo no movimento antropófago, sobretudo na sua etapa final. Com efeito, considerando a trajetória do jornalista e crítico de arte, pode-se afirmar que, das duas fases distintas da *Revista de Antropofagia*, Geraldo esteve sempre mais próximo ideologicamente da primeira, na qual não atuou, do que da segunda – como mais adiante se procurará demonstrar. Mas quais eram, afinal, as atribuições do "açougueiro"? Ao "açougueiro" cabia diagramar a "revista" que, na verdade, ocupava uma página semanal no *Diário de S. Paulo*, onde Geraldo trabalhava. O convite para participar da *Revista de Antropofagia* foi feito por Oswald e Raul Bopp, que desejavam vincular a publicação a alguém de dentro do jornal. E Geraldo, por sua vez, jovem e cheio de ideias, entusiasmou-se com a perspectiva de colaborar para um órgão de vanguarda, sem abandonar seu trabalho de repórter, que o mantinha financeiramente.

Mas ao "açougueiro", que apenas recortava matérias e as paginava, não se podem imputar responsabilidades sobre o conteúdo das publicações, que na segunda fase da revista oswaldiana, ganhou contornos peculiares. Sob o pretexto de "radicalizar" para manter acesa a chama do espírito modernista, ou de um certo espírito modernista, Oswald e Oswaldo Costa, mentores dessa fase da *Revista de Antropofagia*, criaram uma plataforma de comunicação que basicamente se dividiu entre a crítica ditada pela parcialidade autopromocional do programa antropófago e a difamação pessoal daqueles que se opunham a esse programa. A Mário de Andrade, por exemplo, só para se ter uma ideia da temperatura dos ataques, chamaram-no "o nosso Miss S. Paulo traduzido no masculino". (Isso valeu para que Drummond, que havia contribuído para a revista em sua primeira fase, e que vinha sofrendo pressão para aderir ao movimento antropófago, saísse em defesa de Mário e rompesse com os canibais através de uma nota na qual justifica seu ato com uma frase que por fim se tornou célebre: "Toda literatura não vale uma boa amizade".) E como Mário, foram tratados pelo mesmo diapasão nomes como Tristão de Ataíde, Guilherme de Almeida, Paulo Prado e Augusto Frederico Schmidt.

Tal "radicalização" editorial ocorreu como forma de alterar a rota que a publicação havia tomado em seu primeiro momento. Ao ser convidado por Oswald para dirigir a *Revista de Antropofagia* quando esta era apenas um projeto, Antônio de Alcântara Machado fez uma imposição: que a revista fosse aberta a diversas tendências e não apenas um canal a serviço de um grupo específico. Oswald concordou. E Alcântara Machado reviveu na antropófaga o mesmo espírito pluralista com que havia dirigido, ao lado de Couto de Barros, o periódico *Terra Roxa e Outras Terras*, em 1926. Assim, a primeira fase da *Revista de Antropofagia* (maio/1928-fevereiro/1929) emparelhou textos tão distintos e diversos como os de Mário de Andrade e Plínio Salgado, Oswald de Andrade e Yan de Almeida Prado, Carlos Drummond de Andrade e Luís da Câmara Cascudo, Murilo Mendes e Augusto Frederico Schmidt. Nesse período, a linha editorial da revista adotou uma postura irônica, provocativa, inovadora, típica do Modernismo, mas nunca agressiva ou irresponsável. E Geraldo, por certo, atentou para essas diferenças.

Em 1946, Assis Chateaubriand passou a Geraldo Ferraz a tarefa de criar e dirigir um suplemento cultural para o *Diário de S. Paulo*, mesmo periódico que abrigara dezessete anos antes a segunda "dentição" da *Revista de Antropofagia*. Geraldo havia se tornado, então, um dos jornalistas e críticos de arte mais destacados de São Paulo. A capital paulista, por esse tempo, apesar do desenvolvimento econômico, continuava, do ponto de vista cultural, em descompasso com a moderna arte europeia quase tanto quanto a São Paulo que serviu de palco aos modernistas de 1922. O projeto do primeiro Modernismo de atualizar a sociedade paulistana (e brasileira) a partir da difusão de obras de vanguarda internacionais, e também da divulgação da produção modernista brasileira, havia de fato surtido pouco efeito, ou menos efeito do que o planejado. Assim, na tentativa de cumprir uma promessa que em parte falhou, o suplemento cultural do *Diário de S. Paulo* desempenhou papel crucial e histórico. Sério, moderno e diversificado, o suplemento ganhou prestígio e leitores, auxiliando-os na sua formação e atualização. A diversificação de temas, autores e perspectivas recuperou, de certo modo, o espírito pluralista da *Revista de Antropofagia* dirigida por Alcântara Machado, pluralismo que Geraldo sempre cultivou e que o afasta, como já referido, da linha "radical" da doutrina antropofágica. Aliado a isso, ressalte-se e repita-se, está o empenho do suplemento em tornar acessível ao público não especializado tópicos relevantes da cultura e arte modernas nacionais e internacionais.

Muitos leitores nascidos na década de 1960, sobretudo paulistas, devem parte de sua formação cultural aos suplementos semanais "Folhetim", da *Folha de S. Paulo*, e "Cultura", de *O Estado de S. Paulo*, que circularam por mais de uma década, desde 1977 e 1980 respectivamente. Essas publicações tiveram como modelo direto o "Suplemento Literário" de *O Estado de S. Paulo*, idealizado por Antonio Candido, e dirigido por Décio de Almeida Prado entre 1956 e 66. Não seria incorreto afirmar, no entanto, que o modelo precursor dessa linhagem nobre de suplementos culturais paulistas, aquele que talvez tenha sido o mais determinante, foi o do *Diário de S. Paulo*, publicado entre 1946 e 48, sob as batutas de Geraldo Ferraz e Patrícia Galvão.

O FICCIONISTA E O POETA

O espírito desbravador de Geraldo Ferraz já havia se manifestado no início de 1930, quando, para o *Diário da Noite*, idealizou e executou uma série de entrevistas com figuras relevantes da cidade de São Paulo sobre o tema "educação sexual e divórcio". No final do mesmo ano, ao enfrentar censores que se instalaram na redação do *Correio da Tarde*, Geraldo tornou-se o primeiro jornalista a ser preso por se manifestar contrário à censura imposta pela administração Vargas. Foi também na prisão, mas na condição de visitante, que em 1937, Geraldo começou sua relação amorosa com Patrícia Galvão. Geraldo fora ao presídio para acompanhar um amigo que namorava Sidéria, irmã de Patrícia. Ambas estavam presas por motivos políticos. Geraldo conhecia Patrícia desde os tempos em que ela era mulher de Oswald. A partir desse reencontro, formou-se uma parceria intelectual e amorosa – esta oficializada em 1940 – que durou até a morte de Pagu, em 1962.

Na década de 1940, Geraldo e Patrícia escreveram um romance em colaboração: *A Famosa Revista*, publicado em 1945. A autoria dos capítulos é intercalada e o último é escrito a quatro mãos. Experimental, na linha oswaldiana, e político, com ecos de Huxley e Orwell, o romance satiriza o terror e os desmandos de um Estado autoritário e o engessamento hierárquico-burocrático do partido de oposição. Combinam-se, pois, na narrativa dois polos, em princípio, antagônicos: o fascismo e o comunismo, ou mais especificamente, o Estado Novo e o Partido Comunista. Na carreira do ficcionista, *A Famosa Revista* pode ser considerada um exercício preparatório para Geraldo escrever sua ficção mais importante, o romance *Doramundo*, publicado em 1957, e adaptado para o cinema por João Batista de Andrade, em 1978.

Geraldo trabalhou em *A Tribuna*, de Santos, em dois momentos de sua carreira de jornalista: de 1937 a 42, como redator político e crítico de arte, e de 1954 a 67, como secretário de redação. A partir de 1967, ano em que se aposentou, até sua morte, em 15 de setembro de 1979, Geraldo continuou colaborando na *A Tribuna* como crítico de arte, editorialista e cronista. Entre 1937 e 38, interessou-se por uma série de crimes ocorridos em Paranapiacaba. Rascunhou uma reportagem sobre o caso que por fim não vingou; ou vingou mas transfigurada em narrativa romanesca anos depois. *Doramundo* baseia-se nos relatos recolhidos sobre os crimes de Paranapiacaba. Concluído o romance, Geraldo mostrou os originais a seu amigo Sérgio Milliet, que considerou a obra pronta, mas previu dificuldades para encontrar um editor, devido a forma sofisticada com que a narrativa era tramada. O ideal, segundo Sérgio, seria editá-la de modo independente e aguardar que uma possível e provável repercussão positiva encaminhasse o livro a uma edição comercial. E foi o que de fato aconteceu. *Doramundo* teve excelente acolhida crítica, chegando mesmo a ser comparado a *Grande Sertão: Veredas*, que havia saído em 1956. Por indicação e insistência de Rubem Braga, foi reeditado em 1959 pela José Olympio, num volume em conjunto com *A Famosa Revista*.

A comparação entre *Doramundo* e *Grande Sertão: Veredas* pode soar hoje exagerada. E talvez seja. Mas se há certa dose de exagero, não há despropósito. O espaço regional e a experimentação linguística e narrativa, ainda que tratados de forma diferente em Geraldo e Rosa, são aspectos que aproximam as duas obras. Também as aproxima o motivo do diabo, que em *Doramundo* não ocupa o centro da narrativa mas está presente no universo de Cordilheira, cidade fictícia, onde a trama se desenvolve. Veja-se, por exemplo, um parágrafo, extraído do capítulo VIII, em que o personagem

Juventino faz referência a Olga, solteirona que foi violentada por um grupo de homens, perdeu o juízo, e passou a recontar o fato traumático na forma de delírio, em que a presença de demônios substitui a visão dos criminosos.

> No depoimento a gente fala o que sabe, responde e assina: comigo porém não. Eu Juventino que fui "caixa quente" eu não. Eu não falo o que vi, não respondo e não assino. Sei não se existe o diabo, se dona Olga viu mesmo o coisa-ruim, tostaram ela no fogo das brasas, só deixaram um pedaço de roupa para identificar. Há uma garganta que eu ouvi que cantou nas alturas montanhosas da serra, dona Olga fez aquele escândalo[1].

Uma das virtudes de *Doramundo* reside em combinar de modo eficiente lirismo e realismo social, ou linguagem poética e acuidade de representação factual, ou ainda opacidade linguística e clareza referencial, tudo isso articulado a uma trama policialesca com tintas psicanalíticas. Escrito em um momento-chave da ficção brasileira, a década de 1950, *Doramundo*, obra mais comentada do que lida, clama hoje por uma revisão crítica que dê conta de suas conquistas estilísticas, equilibradas entre a herança realista-naturalista e o legado das vanguardas. Como amálgama concentrado dessas duas tendências, e a meio do caminho entre o romance social e a narrativa de invenção, *Doramundo* ocupa espaço singular e de relevo na literatura brasileira moderna.

Mas se o ficcionista tem sido pouco lembrado, o mesmo não se pode dizer do jornalista e crítico de arte. Nesses dois campos, Geraldo atuou de modo ativo e regular por mais de quatro décadas. Foi o primeiro crítico de arte a conquistar espaço fixo no jornalismo paulista, na década de 1930. Esteve à

---

1. Geraldo Ferraz, *Doramundo*, 3ª ed., São Paulo, Edições Melhoramentos, 1975, p. 160.

frente dos mais importantes eventos ligados às artes plásticas e à arquitetura. Não houve acontecimento marcante nas artes em São Paulo, e também no Rio – sobretudo no período em que lá viveu, de 1942 a 45 –, do qual Geraldo não tenha sido testemunha ou parte integrante. Por isso, seu nome está intimamente associado à história do jornalismo cultural. E dentro desses limites, tem sido reconhecido e estudado em ensaios e teses universitárias.

Geraldo fez parte da comissão julgadora das duas primeiras Bienais de São Paulo, ocorridas em 1951 e 53. Nesta, um dos quadros expostos foi *Guernica*, de Pablo Picasso. É possível que a ideia de compor um poema que dialogasse com a obra do pintor espanhol tenha nascido aí, diante do quadro, na segunda Bienal de São Paulo. *Doramundo* levou anos de gestação. O mesmo pode ter se passado com o poema "Guernica", publicado em 1962, para recordar os 25 anos do bombardeio da cidade basca, alvejada por forças alemãs em 26 de abril de 1937.

De um ponto de vista técnico, o poema estrutura-se a partir da noção de écfrase, que consiste na descrição literária de um objeto artístico. Como prática, a écfrase constitui um *locus classicus* do discurso épico, já presente nos poemas homéricos. A descrição do escudo de Aquiles, na *Ilíada*, serve de paradigma para que Virgílio componha, na *Eneida*, a descrição do escudo de Eneias. Camões, em *Os Lusíadas*, baseia-se em modelos antigos para criar a cena em que Paulo da Gama, no início do Canto VIII, descreve ao Catual, em Calicute, o sentido das imagens dispostas nas bandeiras que decoravam a nau portuguesa. A descrição da máquina do mundo também pode ser considerada outro momento ecfrástico no poema camoniano, ainda que o objeto descrito não possua referente material prévio. Na literatura moderna, uma obra paradigmática no uso da écfrase é

Ode on a Grecian Urn, de John Keats. Outro exemplar bastante referido é *Musée de Beaux-Arts*, de W. H. Auden, composto a partir de *Paisagem com a Queda de Ícaro*, de Pieter Brueghel. No Brasil, a écfrase foi convenção praticada com certa regularidade durante o Parnasianismo. No caso específico da *Guernica* de Picasso, Geraldo não foi o único a fazer uso ecfrástico do quadro em um poema de língua portuguesa. O escritor português Carlos de Oliveira também trabalhou o mesmo motivo na sua "Descrição da Guerra em *Guernica*", publicado em 1971.

No poema de Carlos de Oliveira, o grau, por assim dizer, de écfrase, ou descrição, é maior do que o presente na obra de Geraldo. Em "*Guernica*": *Poema Vozes do Quadro de Picasso*, o narrador toma personagens da pintura ("Mulher com a Criança", "Mulher Incendiada"), e outros implícitos e alegóricos ("Autor", "Civilização", "Dois Soldados e Picasso"), e lhes empresta voz. Trata-se, por esse prisma, de uma composição dramática, embora não dialógica, ou não predominantemente dialógica. Salvo na última parte do poema, os personagens não falam entre si, mas ou diretamente ao leitor, ou liricamente a si mesmos. Nesse drama imóvel e fragmentado, pode-se reconhecer algo da presença do teatro estático de Mallarmé (*Herodiade*) ou Fernando Pessoa (*O Marinheiro*), por exemplo. Com isso, a determinante dramática intervém na estrutura ecfrástica do poema e lhe empresta um sentido particular, que em termos estruturais oscila entre o teatro e a pintura, além da poesia.

Desde uma perspectiva elocutória, o estilo caracteriza-se por procedimentos próprios do discurso oratório e de retórica política. Esse é, talvez, o aspecto mais vulnerável do poema ao leitor contemporâneo. Vejam-se, nesse sentido, os primeiros versos da seção "Fala do Autor":

Generalíssimo!

Pútrido infame general fascista
muito tempo correu e estão vivas
ficarão para sempre sempre vivas
testemunhas do assassínio e da traição[2].

....

A apóstrofe emocional, a sonoridade grandiosa, as repetições oralizantes são marcas desse tipo de discurso neorromântico, socialmente comprometido, que lembra o Neruda dos poemas políticos, como "España en el Corazón":

Generales
traidores:
mirad mi casa muerta,
mirad España rota[3]:

....

O verso "EU CANTO EM PROTESTO CONTRA A MORTE", da seção "Elegia do Guerreiro"[4], poderia ser aproximado de "Aunque mueras, no mueres!", verso de "Canto a Stalingrado", de Neruda[5], poema que também protesta contra a violência da guerra e homenageia uma cidade bombardeada por forças alemãs. Na *Guernica*

---

2. Geraldo Ferraz, "Guernica: Poema Vozes do Quadro de Picasso", *Babel: Revista de Poesia, Tradução e Crítica*, n. 7, p. 119, 2004-2017.
3. Pablo Neruda, "España en el Corazón", *Obras Completas*, Barcelona, RBA Coleccionables, 2005, vol. I, p. 371. "Generais / traidores: / vede minha casa morta, / vede a Espanha quebrada".
4. Geraldo Ferraz, "Guernica: Poema Vozes do Quadro de Picasso", p. 126.
5. Pablo Neruda, "Canto a Stalingrado", *op. cit.*, p. 395. "Embora morras, não morres".

de Geraldo, a figura das mães desesperadas, das crianças mortas, do combatente anônimo, as imagens de ruínas, o apelo à esperança, à harmonia dos povos, são convenções próprias de um tipo de discurso poético, derivado da poesia cívica do século XIX, que emprestam à obra um viés militante de poema ou libelo – termo este, aliás, usado por Geraldo no prefácio ao poema – civilizatório.

Em meio a tantas convenções mais ou menos datadas, seja na forma, seja no conteúdo, uma seção do poema se destaca: "Declamação da mulher incendiada". Os versos longos, que se espraiam em um período labiríntico e ininterrupto, produzem efeito de rio-corrente de imagens e de sons entretecidos, que mimetizam a vertigem da violência e da morte. O vento atiça o fogo e a linguagem, que se descontrola e se desgarra de certos nexos lógicos. Em contraposição, ou como força de represamento, há uma espécie de meticulosidade ponderada na fala da mulher que reage ao desbordamento da linguagem, e com ele compõe um amálgama de beleza estranha e aliciante. Salvo melhor juízo, é o ponto alto do poema.

O POEMA (QUASE) ESQUECIDO

Em 1978, Geraldo Ferraz terminou de escrever suas memórias, publicadas postumamente, em 1983, sob o título *Depois de Tudo*. É curioso que, pelas quase duzentas páginas em que o narrador reconstrói sua trajetória pessoal, não haja uma linha sequer de referência ao poema "Guernica". Teria Geraldo renegado sua obra? Por que motivo não lhe faz nenhuma referência? Aliado a esse fato, a página final do livro, posterior ao texto, e que apresenta uma minibiografia do autor e uma lista de suas obras – página provavelmente preparada pela editora – tampouco registra "Guernica: Poema Vozes do Quadro de Picasso". Também a terceira edição de *Doramundo*, de 1975, não arrola, por algum motivo, o poema entre as obras do autor. Tal omissão tem se repetido em publicações acadêmicas recentes. É como se o poema não existisse ou tivesse sido esquecido. A iniciativa da revista *Babel* de republicá-lo em versão integral deve assim ser enaltecida. A despeito do valor ou desvalor que se possa atribuir ao poema, e que será sempre precário por mais consistente que pareça, a obra vale, antes de qualquer avaliação crítica, por integrar a história de um jornalista cultural e crítico de arte, além de ficcionista de boa mão, dos mais influentes da imprensa brasileira no século xx. A partir deste ponto, a extensão da validade do poema de Geraldo Ferraz, quem deve descobri-la agora é você, leitor. Aproveite esta oportunidade, e mãos à obra!

5. Caetano Veloso*

UMA EXPLICAÇÃO NECESSÁRIA (APESAR DE ÓBVIA)

O exercício crítico depende de certo grau de isenção sem o qual a análise e avaliação de um autor ou uma obra de arte tornam-se, no mínimo, suspeitas. Mas como alcançar esse grau de isenção necessário à atividade crítica? O distanciamento histórico é uma alternativa, a mais natural. À distância, com o tempo de permeio, o julgamento crítico tende a madurar-se e, na maturação, a revelar-se mais nítido, equilibrado e imparcial. Por isso, até meados do século xx, uma regra vigente nas universidades europeias e brasileiras não permitia que se estudasse, em cursos ou teses, autores vivos, ou recém-falecidos. Os autores estudados deveriam pertencer a gerações passadas. Hoje essa regra se per-

---

* Inédito. Texto encomendado para fazer parte do *Dictionary of Literary Biography*, vol. 384: *Twenty-First-Century Brazilian Writers*, Monica Rector & Robert Anderson (Ed.), Farmington Hills, Gale, a Cengage Company, 2019. Depois de submetido, os editores o consideraram (com razão) mais ensaístico do que biográfico. O verbete, por isso, ficou de fora do volume. Seu público-alvo é o leitor estrangeiro. Original em inglês, tradução do autor.

deu. Talvez tenha mesmo até se invertido, com universidades pelo mundo produzindo maior volume de estudos acadêmicos sobre autores vivos do que mortos. E qual o preço dessa "nova" tendência? A contemporaneidade compartilhada entre crítico e autor aumenta, em tese, o grau de vulnerabilidade da isenção crítica. Não cabe aqui discutir as razões nem as consequências desse fenômeno. Cumpre, no entanto, ressaltar que esse aspecto – a vulnerabilidade da isenção crítica – permeará este ensaio. Mais: isso ocorrerá não apenas pelo compartilhamento do tempo histórico, que une ensaísta e autor, mas também por insuperáveis fatores de caráter pessoal e passional. Quanto a este último, explico-me no próximo segmento.

QUEM É CAETANO VELOSO?

Caetano Veloso é figura estelar da cultura brasileira, com cuja obra nós, brasileiros, mantemos uma relação passional. Tal passionalidade não advém apenas da qualidade da sua criação, que é inegável, mas também, e principalmente, do fato de sua obra estar entranhada em nossa memória, como parte de nós mesmos. Assim, amamos Caetano porque amamos, antes de tudo, nossa memória afetiva, formativa e identitária, dentro da qual a presença do compositor e de suas canções pode ser mais ou menos intensa, mas nunca nula. Por esse ângulo, Caetano não é apenas um patrimônio nacional, como todos os grandes artistas são; Caetano é, em última instância, e de modo, creio, mais significativo, um patrimônio pessoal de cada brasileiro jovem ou adulto. E isso – repito – independe do grau de admiração que porventura sentimos por sua obra, a qual – e este é o ponto a ser destacado – não podemos contornar, pois, além de integrar nossas experiências individuais, seus tentáculos se estendem vivos e fortes por praticamente todos os setores da cultura brasileira nos últimos cinquenta anos: da prosa de ficção ao teatro, da televisão ao cinema, da crítica cultural à política, da poesia à música popular.

POESIA E MÚSICA POPULAR

Hipóteses antropológicas afirmam que a poesia e a música, e provavelmente também a dança, em suas origens mais remotas, nasceram integradas. Com o passar do tempo, essa integração se desmembrou, mas suas raízes, sob diversos aspectos, permaneceram. Durante a Idade Média, por exemplo, surgiu na Europa, desde Provença, no Sul da França, um movimento de poetas-músicos, que exerciam sua arte dentro e fora das cortes. As trovas – poemas para o canto – eram compostas por nobres, incluindo reis, e artistas do povo, também chamados jograis. Por esse tempo, a língua portuguesa, ainda misturada ao galego, estava em processo de formação, e era o idioma de prestígio em toda a Península Ibérica. Assim, no alvorecer da língua portuguesa, ou em sua origem moderna, poesia e música formavam um núcleo coeso e indissociável. Hoje, as trovas galego-portuguesas constituem valiosos documentos históricos e literários.

Apesar de todas as distâncias, pode-se dizer que fenômeno semelhante ao Trovadorismo medieval ocorreu no Brasil durante o século xx. Nesse período, desenvolveu-se e consolidou-se no país uma tradição lítero-musical de alta qualidade, cujo paralelo mais próximo, e talvez único por esse tempo, encontra-se na canção norte-americana. Tal tradição, no entanto, não foi recebida sem resistência por setores da crítica especializada. Tanto no Brasil quanto nos Estados Unidos, questionou-se com frequência – maior ou menor, dependendo da época – o valor estético da letra de música, tomando como ponto de referência e comparação o poema. Ou seja, questionou-se se letra de música deveria ser considerada e lida como artefato literário ou apenas como produto comercial, de natureza efêmera, regido predominantemente por leis de mercado. O debate reacendeu-se em 2016, quando Bob Dylan foi agraciado com o prêmio Nobel de literatura. É curioso, no entanto, que no começo do século XXI essa discussão tenha assumido um viés distinto. Após o anúncio da academia sueca, grande parte dos artigos publicados na imprensa de língua inglesa e portuguesa debateu se Dylan deveria ou não ser colocado à frente de outros escritores, naturais candidatos ao Nobel, e não se o que Dylan escreve pertence ou não à esfera do que se considera arte literária.

Da mesma forma, não se questiona hoje a arte de Caetano Veloso. Suas letras de músicas são poemas escritos para o canto, na mais fina tradição dos trovadores medievais. E como tal, isto é, como artefatos literários, serão comentadas nesta breve apresentação.

DUAS EPIFANIAS: JOÃO GILBERTO E GLAUBER ROCHA

Caetano Veloso nasceu no dia 7 de agosto de 1942, numa família de classe média, em Santo Amaro da Purificação, cidade próxima a Salvador, na Bahia. Durante a infância e a juventude, Caetano mostrou interesse por música, cinema, teatro e artes plásticas. Em sua narrativa semiautobiográfica (*Verdade Tropical*, 1997), Caetano conta sua juventude dela ressaltando momentos *fortes*, que, desde uma perspectiva narrativa, poderiam ser chamados *epifanias*. Destaco duas. A primeira deu-se no início de 1959, quando Caetano, aos dezesseis anos, ouviu pela primeira vez João Gilberto, um dos fundadores da Bossa Nova. À época, Caetano já conhecia e admirava os principais nomes da canção brasileira: Vicente Celestino, Luís Gonzaga, Francisco Alves, Sílvio Caldas, Orlando Silva. Mas o estilo pormenorizadamente minimalista de João Gilberto foi uma revelação e uma revolução, do ponto de vista estético e musical, para Caetano. A segunda epifania ocorreu em 1967, quando Caetano, então morando no Rio de Janeiro, assistiu ao filme *Terra em Transe*, de Glauber Rocha, um dos pais do Cinema Novo. Caetano pressentiu ali a figuração de um Brasil novo: misterioso e profundo, cuja linha de pensamento parecia buscar angustiada e ardorosamente uma espécie de *autodefinição refundacional* do país. Foi, de modo sumário, a partir da Bossa Nova e do Cinema Novo, ou mais pontualmente de João Gilberto e Glauber Rocha, que Caetano modelou sua arte nesse período, e com ela contribuiu de maneira decisiva para a formação e afirmação de um movimento cultural que fez história no Brasil a partir do fim da década de 1960: o Tropicalismo.

TROPICALISMO E DERRIDA

O Tropicalismo foi um movimento coletivo que nasceu no interior da música popular, mas que possui ramificações no teatro, na literatura, no cinema e nas artes plásticas. Dele participaram, ou têm seu nome associado ao movimento, Tom Zé, Os Mutantes, Torquato Neto, Gal Costa, Maria Bethânia, Rogério Duprat (música), José Celso Martinez Correia (teatro), José Agripino de Paula (literatura), Joaquim Pedro de Andrade, Cacá Diegues (cinema), Hélio Oiticica (artes plásticas), além de figuras emblemáticas da cultura brasileira como Carmen Miranda (considerada pré-tropicalista) e Abelardo Barbosa, o Chacrinha. Desses, aqueles que mais reveladoramente representam e expressam o Tropicalismo, por suas obras e ideias, são seus primeiros idealizadores: Gilberto Gil e Caetano Veloso.

O movimento nasceu como embrião em 1967, quando Gil lança, com Os Mutantes, a canção *Domingo no Parque*, e Caetano, *Alegria, Alegria*, no III Festival de Música Popular Brasileira da TV Record. Vivia-se então a era dos festivais, da qual surgiu uma geração de grandes talentos, como – para citar apenas alguns – Chico Buarque, Jair Rodrigues, Edu Lobo, Elis Regina e Roberto Carlos. A consolidação do Tropicalismo ocorre no ano seguinte, com dois lançamentos: o disco *Caetano Veloso*, cuja primeira faixa é *Tropicália*, considerada a canção-manifesto do movimento, e o disco-manifesto *Tropicália ou Panis et Circencis*, uma obra coletiva, da qual participaram os principais nomes do movimento, capitaneados por Gil e Caetano.

E qual a proposta dos tropicalistas, afinal? Há vários modos de abordar essa questão desde um ponto de vista crítico. Aqui, tentaremos entender o Tropicalismo pelo viés da crítica ao logocentrismo de Jacques Derrida. O texto seminal dessa crítica intitula-se "Estrutura, Signo e Jogo no Discurso das Ciências Humanas"; foi proferido numa conferência nos Estados Unidos em 1966, e publicado no ano seguinte. É, portanto, uma reflexão que coincide historicamente com o advento do Tropicalismo. Nessa reflexão – aqui exposta de maneira excessivamente sumária –, Derrida identifica uma estrutura recorrente na história da filosofia. Desde os filósofos pré-socráticos, mas sobretudo desde Platão, a existência tem sido filosoficamente analisada e compreendida por meio de binários, em que o primeiro termo, privilegiado, representa *logos* (uma espécie de centro fixo do qual derivam e para o qual convergem todas as coisas do universo), e o segundo, uma degradação ou corruptela de *logos*. Assim, no sistema platônico, temos o *mundo inteligível* do qual o *mundo sensível* é um simulacro. Esse sistema se refaz em binários como alma/corpo, essência/existência, teoria/prática, fala/escrita, natureza/cultura. Há, na história moderna, tentativas de superação desse sistema – Marx, Nietzsche, Freud –, mas essas tentativas ou acabaram gerando outros binários, ou apenas invertendo os já existentes, como no caso de Freud, que, ao propor a primazia do inconsciente sobre a consciência, inverte o modo como esse binário era projetado na cultura. Em seu ensaio, Derrida propõe romper com o sistema metafísico de binários e, em seu lugar, adota a noção de "jogo". No jogo derridadiano, os mesmos elementos, tomados em sua dimensão puramente linguística, isto é, como "signos", são inseridos "num espaço multifacetado e acêntrico, onde os sentidos – por lhes faltar um centro – se refazem permanentemente sem nunca se fixarem"[1]. Vejamos, agora, como esse argumento – aqui, repito, apenas esboçado – poderia ser aplicado ao Tropicalismo.

No fim da década de 1960, o Brasil era um país polarizado, dentro de uma realidade global também polarizada. Vivia-se no mundo o ápice da Guerra Fria; no Brasil, um regime de exceção, ditado pelos militares, cerceava liberdades democráticas desde março de 1964. Há, por esse tempo, uma polarização política entre esquerda e direita, que praticamente forçava os cidadãos, sobretudo intelectuais e artistas, a se posicionarem num desses polos. Não se admitia a neutralidade. No Brasil, era necessário filiar-se ao nacionalismo de esquerda (anti-imperialista e folclorizante) ou de direita (ufanista e conservador). Dentro desse contexto, Caetano adotou uma postura independente, que sem ser neutra não aderiu diretamente a nenhum dos polos em conflito. Daí as críticas que, por essa época, recebeu de setores à direita e à esquerda. Mas ao contrário do que se poderia supor, com o Tropicalismo, Caetano não postula uma terceira via, no sentido de apresentar uma alternativa ideológica à polarização (ou ao binário) esquerda/direita no Brasil. Ser uma alternativa ideológica implicaria *negar* os elementos dessa polarização. E o que fazem Caetano e o Tropicalismo é *incorporar* ambas ideologias para *problematizá-las* (e

---

1. Mario Higa, *Matéria Lítica: Drummond, Cabral, Neruda e Paz*, Cotia, Ateliê Editorial, 2015, p. 243.

não para sintetizá-las). Caetano, com isso, não oferece nem pretende oferecer uma práxis ou um caminho para o país; o Tropicalismo não é um movimento dogmático ou teleológico como as ideologias políticas; a arte de Caetano é um modo de expressão que se apropria e reformula outros modos de expressão num gesto que dialeticamente pressupõe aproximação e distanciamento de suas fontes. Com uma arte de assimilação criativa, Caetano propõe uma releitura do passado e a superação das contradições do presente por meio de uma inventiva refundação dessas instâncias, reorientando-as na melhor tradição moderna da cultura brasileira, ou – como afirma o próprio Caetano em textos e entrevistas – na melhor tradição da antropofagia de Oswald de Andrade (1890-1954).

BRASIL OCIDENTAL *vs.* PRIMITIVO, OU DIALÉTICA DA OCIDENTALIDADE

Oswald de Andrade e os modernistas de 1922 empreenderam esforços no sentido de redefinir a noção de Brasil e, ao mesmo tempo, definir um conceito amplo de brasilidade. Nessas (re)definições, o Brasil europeu parcialmente se "desacultura" para resgatar e reincorporar suas raízes indígenas e africanas, "esquecidas" durante o processo de colonização e ocidentalização do país. Não se trata de negar as matrizes ocidentais da cultura brasileira, que nos foram trazidas pelos portugueses, mas de refundá-las sobre as bases do Brasil índio e africano. Pode-se ver aqui, também, uma atitude pré-derridadiana que reivindica a superação de um binário, no caso, o do Brasil ocidental (racionalista, moderno, cristão) *versus* o Brasil primitivo (místico, festivo, animista), ambos unidos e potencializados na arte modernista.

A ideia de refundação do Brasil também permeia a obra de Caetano, para onde convergem ritmos e expressões culturais do Brasil índio, negro e europeu, ao lado da presença da cultura de massa norte-americana, do *pop-rock* inglês, e do cinema italiano e francês. O Brasil que emerge das canções de Caetano é um país culturalmente superassimilativo, dinâmico e plural; uma alegoria da indeterminação por sua multiplicidade em conflito, que não alcança uma síntese; uma formulação coerente impossível por sua complexa diversidade, mas que contraditoriamente se afirma por essa impossibilidade. Caetano, assim, resgata o programa do primeiro modernismo brasileiro, que viu o país como um espaço cultural aberto à apropriação e reelaboração criativa das várias culturas, internas e externas, de raízes ocidentais e não-ocidentais, que o formam.

OSWALD DE ANDRADE E MÁRIO DE ANDRADE

Em *Verdade Tropical*, Caetano afirma que Oswald de Andrade era "o ponto de união entre todos os tropicalistas"[2]. Mais adiante, no mesmo relato, Caetano vê Oswald como o elo central que une tropicalistas, poetas concretos e um grupo de artistas independentes e experimentais como José Agripino de Paula, José Celso Martinez Correia e Jorge Mautner[3]. De fato, a antropofagia oswaldiana alimenta o ideário de todos esses grupos com sua premissa fundamental da "devoração" do Outro (o estrangeiro e o primitivo) como princípio elementar para a criação do nacional, ou formação da identidade cultural do Brasil. Para Oswald, em suma, uma arte genuinamente brasileira só existe dentro de um marco no qual o artista negocia – para usar outra metáfora – com todas as fontes que construíram a cultura no Brasil, sem reprimi-las ou submeter-se a elas. E é certo que Caetano e os tropicalistas souberam como poucos estabelecer essa

---

2. Caetano Veloso, *Verdade Tropical*, São Paulo, Companhia das Letras, 1997, p. 155.
3. *Idem*, p. 245.

negociação, e assim valer-se do capital cultural moderno e arcaico, ocidental e primitivo, para, com ele, revitalizar a cultura brasileira.

Mas se a antropofagia de Oswald de Andrade estabeleceu, de início, um horizonte aberto de possibilidades para Caetano, hoje, cinquenta anos depois de lançado o Tropicalismo, é um verso de um poema de Mário de Andrade, escrito em 1929, que talvez melhor traduza a trajetória do compositor baiano: "Eu sou trezentos, sou trezentos-e-cinquenta"[4]. A inquietação criativa incessante de Caetano tornou-se uma das marcas mais características de sua obra. Desde 1967, Caetano se reinventa a cada disco. O início fulgurante com *Tropicália* foi, nesse sentido, emblemático. A canção, que intercala acordes sombrios, que lembram uma forma moderna de marcha fúnebre, e ritmo de baião nordestino, é uma espécie de réquiem e de exaltação do Brasil. A letra compõe um mosaico de imagens poéticas e perturbadoras, que anunciam um país moderno e arcaico: o Brasil da "Bossa" e da "palhoça". A geografia se expande entre o litoral e o interior, e viaja entre o Norte e o Sul. A cultura se desdobra em alta e letrada ("da-da-da-da", referência velada ao Dadaísmo; *Iracema*, que alude a uma praia em Fortaleza, mas também ao romance oitocentista de José de Alencar), e popular (*Fino da Bossa*, título de um programa de TV; "que tudo mais vá pro inferno", verso de uma canção de Roberto Carlos; "a banda", título de uma canção de Chico Buarque). As referências estrangeiras surgem no plano lexical ("bang-bang") e no das alusões culturais ("Viva a Maria-ia-ia" remete à comédia francesa *Viva Maria!*, lançada em 1965, e dirigida por Louis Malle). *Tropicália*, enfim, é uma espécie de hino ao Brasil *total*, o Brasil da "rua antiga" e o dos "cinco mil alto-falantes", um país que se ergue e se desmorona, e que é, aliás, retomado no verso de outra canção, de 1991, intitulada *Fora da Ordem*: "Aqui tudo parece que é ainda construção e já é ruína".

---

4. Mário de Andrade, *Poesias Completas*, São Paulo, Martins Editora, 1955, p. 221.

É desse Brasil total que nasce a obra *brasileiramente totalizante* de Caetano Veloso. Não há, nessa obra, um marco demarcatório de possibilidades rítmico-temáticas. Há nela samba e política, *rock* e memória, *rap* e amor, frevo e exílio, experimentalismo e crítica, silêncio e cidade, bossa nova e sertão, carnaval e cinema, baião e floresta, balada e negritude, axé e beleza, afoxé e revolução, maracatu e religião. A obra de Caetano é talvez o exemplo mais efetivo e poderoso de congraçamento multicultural do Brasil, conceito que, em sentido amplo, perpassa a história da cultura brasileira durante século xx. Com a notável exceção de *Macunaíma* (1928), de Mário de Andrade, pode-se dizer, por esse argumento, que o sonho dos primeiros modernistas de compor uma síntese criativa e múltipla do Brasil, ou uma poética radical da brasilidade plasmada em linguagem estética, consolida-se na obra de Caetano Veloso.

Nesse ponto, uma pergunta se impõe: qual seria a unidade que daria coerência e sentido a essa gama tão dinâmica de diversidade? Do ponto de vista crítico, há que haver uma unidade, ou núcleos de unidade, que funcionem como fatores de coesão e identidade, sem os quais a pluralidade toma aparência de caos. E no caso de Caetano, a pluralidade de sua obra é orientada e não caótica. Um núcleo de unidade, óbvio mas insuficiente, é o Brasil. A obra de Caetano é uma tentativa contínua de definição do Brasil, cujo conceito se define ali por sua indefinibilidade. Daí seu caráter insuficiente para o propósito de nossa análise. Outro núcleo possível de unidade, constantemente referido por Caetano, é a antropofagia de Oswald de Andrade. A antropofagia oswaldiana, no entanto, é um método mais do que um conceito, ou um método que busca definir um conceito, o conceito de brasilidade, cuja definição, repito, na obra de Caetano, define-se por sua indefinibilidade.

Um núcleo de unidade, também óbvio mas pertinente, é a *persona* ou o *ethos* do autor. Por *ethos*, entenda-se a imagem que uma obra de arte projeta de seu autor. Também a imagem pública desse autor produzida pelas mídias de comunicação contribui para a construção de seu *ethos*. Assim, as letras, as melodias, os arranjos, as performances, as entrevistas, os livros, os julgamentos críticos, os depoimentos de amigos, tudo isso constrói um Caetano para nós, receptores de sua obra, que não é o Caetano-pessoa (seja lá o que isso for), mas uma imagem do autor, o Caetano-*persona* (*persona* de personagem, Caetano como personagem de si mesmo), ou o *ethos* de Caetano, que como tal, ou seja, como constructo, interfere diretamente no modo como percebemos e avaliamos sua obra. Nesse sentido, dois aspectos desse *ethos* interferem de modo direto na recepção da obra de Caetano: a polêmica e o carisma.

O *ETHOS* DE CAETANO: POLÊMICA E CARISMA

"Quem teve essa coragem de assumir essa estrutura e fazê-la explodir foi Gilberto Gil e fui eu! [...] Nós, eu e ele, tivemos coragem de entrar em todas as estruturas e sair de todas. E vocês?"[5] Essas frases foram extraídas de um discurso inflamado que Caetano fez na noite de 15 de setembro de 1968 a uma plateia que ostensivamente o hostilizava por sua composição *É Proibido Proibir*, inscrita no III Festival Internacional da Canção Popular. A canção era provocativa, e sua performance no festival, com Os Mutantes, procurava também causar escândalo. Causou, de fato. O público reagiu com vaias, tomates, ovos e latas. Era previsto que Caetano declamasse um poema de Fernando Pessoa no

---

5. https://www.youtube.com/watch?v=4xEz2uva_ZE (Acessado em 14 de julho de 2020).

meio da canção. Nesse dia, porém, ao invés do poema, Caetano lançou uma invectiva contra a audiência em que a palavra "coragem" surge algumas vezes para referir-se ao seu trabalho e ao de Gilberto Gil.

Essa coragem indomável, da qual Caetano se vale para criar suas canções, expressar suas ideias ou rebater seus críticos, nunca abandonou o compositor. São inúmeras, por isso, as polêmicas em que Caetano se envolveu nos últimos cinquenta anos. Não houve praticamente nenhum tema controverso da política ou da cultura no Brasil que passasse despercebido pelo crivo crítico do compositor, que sempre assumiu uma posição clara e definida diante dos impasses que dividem o país. Essa faceta de polemista repercute na recepção de sua obra. Ou seja, o polemista não se dissocia do artista, cuja obra valoramos tendo no horizonte o grau de afinidade que estabelecemos com as ideias proferidas pelo intelectual público.

Ao lado do polemista enérgico, por vezes agressivo, há um outro Caetano, construído a partir de suas canções, interpretações, entrevistas e aparições públicas em geral, que colide com aquele. Refiro-me ao Caetano afetuoso e sereno, que é, ao mesmo tempo, um fenômeno de carisma. Como traço de personalidade que, para existir, depende da confirmação do outro, que a identifica pela percepção da subjetividade, não se considera, em geral, a virtude do carisma como categoria crítica. No entanto, não se deve desprezar a existência do carisma, e sobretudo seus efeitos, pelo simples fato de ser essa uma virtude reconhecida e dimensionada por parâmetros da subjetividade. Não se faz isso em política, não se deveria fazê-lo em crítica – apesar de todas as distâncias que separam essas duas áreas. No caso de Caetano, a combinação do intelectual polemista e do artista carismático torna em certa medida instável a recepção de sua obra, cuja coerência e valor são por vezes questionados no ato de avaliação crítica, por conta desses extremos, que permeiam a construção do *ethos* do autor, e em consequência contaminam o ato crítico de quem avalia suas canções[6]. A identificação de outros núcleos de unidade na variada obra de Caetano ajuda, nesse sentido, a conter um pouco essa instabilidade.

A CONSCIÊNCIA POÉTICA DA LINGUAGEM E O "NÃO AO NÃO"

Além do *ethos* do autor, dois outros núcleos de unidade na obra de Caetano que aqui comentaremos são a consciência poética da linguagem e a atitude afirmativa perante a realidade. É consenso na crítica, e o próprio Caetano reconhece, que das três habilidades do compositor – músico, intérprete e letrista –, a de letrista se destaca sobre as demais. Do ponto de vista lexical, não há barreira de contenção em suas letras. Numa mesma canção, como *Fora de Ordem*, convivem em harmonia estrangeirismos ("trupe", *show*) e termos indígenas ("cocar", "ianomâmis"), registros do cotidiano ("chicletes", "batata da perna") e vocábulos preciosos ("pletora"). Do ponto de vista espacial, *Fora de Ordem* une a "cidade" e a "floresta", *Sampa*, *Trianon* e *Leblon*. Quanto aos temas, a violência urbana se opõe à sexualidade, que por sua vez se bifurca sugestivamente em hétero e homossexual. Do ponto de vista sonoro, o texto alterna momentos de tensão, em que a sonoridade se adensa com rimas internas

---

6. Sobre o tema, ver o texto de José Manuel Diogo, intitulado "Fama de Terrível que José Saramago Teve não Passa de Inveja", publicado na *Folha de S. Paulo*, 18 jun.2020. Nesse breve, pessoal e esclarecedor depoimento, José Manuel discorre sobre a relação entre a imagem (ou *ethos*) do artista e a recepção de sua obra. Sobre Caetano, diz: "Uma vez conheci o Caetano Veloso numa entrevista que lhe fiz, em Portugal, na cidade de Coimbra para Rádio Universidade, no final da década de 1980; ele foi tão mal disposto (e distante) comigo que estive dez anos sem lhe ouvir uma música. Fiquei sozinho no silêncio da noite, sem *Beleza Pura*, sem *Sampa*, sem *Leãozinho*. Fina estampa de perder".

("Es*cu*ras coxas d*uras* t*uas* d*uas* de acrob*ata* mul*ata* / T*ua* bat*ata* da p*erna* mod*erna*, a *trupe* in*trépi*da em que fluis"), e outros em que a impressão de oralidade se impõe.

Há em *Fora de Ordem*, bem como em outras tantas letras de Caetano, uma consciência poética da linguagem que atua sobre o texto para fazê-lo significar pelo conteúdo mas também pela forma, numa relação de isonomia forma-conteúdo. No entanto, dado o caráter formalista do texto de Caetano, pode-se dizer que em suas letras a forma precede o conteúdo e o determina. Como um artesão da linguagem, Caetano faz com que a forma, ao condensar o conteúdo, comunique por si, além de comunicar o conteúdo.

No plano específico do conteúdo, há um modo de abordagem nas canções de Caetano que, em certo sentido, funciona como fator de coesão dos mais variados temas de que trata a obra do compositor. Refiro-me a uma atitude afirmativa perante a realidade que parece ter suas raízes no Existencialismo francês e em Nietzsche. Vejamos, como exemplo, três versos da canção *Fora de Ordem*": "Eu sei o que é bom / Eu não espero pelo dia em que todos os homens concordem / Apenas sei de diversas harmonias bonitas possíveis sem juízo final". A ausência do "juízo final" retira da realidade sua dimensão metafísica e empresta-lhe um sentido pura e emancipatoriamente humanista. Daí a ideia de afirmação da existência em sua finitude, que é a finitude do homem. Nietzsche não lamenta essa finitude, nem a procura definir pela noção oposta de infinito. Ao contrário, Nietzsche e os filósofos existencialistas dizem sim, um sim libertário, ao humano e sua finitude. "E eu digo não ao não", diz Caetano na letra de *É Proibido Proibir*. Ainda que esse verso, no contexto em que foi escrito, possua um sentido primariamente político, pode-se vê-lo, em perspectiva, como um critério de conduta mais amplo, que abarca um modo humano de existir. "I came around to say yes, and I say" é outro verso desse mesmo período, de uma canção – *London, London* – composta no exílio, em inglês. Como o "não ao não", esse parecia à época um "sim" provisório. No entanto, para deleite dos que o admiram e amam, Caetano continua até hoje, a cada nova canção, a dizer *sim* como celebração à imprecisão da palavra, à voracidade do tempo, à insuficiência do desejo e à beleza imperfeita do humano.

CODA

"No fundo, amo apenas a vida – e, na verdade, sobretudo quando a detesto!"[7] Em suas andanças pelo mundo, o Zaratustra, de Nietzsche, se depara num dado momento com um grupo de garotas, que dançam numa floresta longínqua. Diante delas, e para que continuassem a dançar, Zaratustra entoa um canto. A frase que abre esta seção foi extraída desse canto. Seu conteúdo, em certa medida, sintetiza a arte e a visão de mundo de Caetano Veloso. Poderia servir-lhes de epígrafe, creio, na medida em que seu espírito permeia não apenas o trabalho do poeta e compositor, mas também o do ensaísta, crítico de cultura, intelectual público, memorialista e cineasta. Na passagem citada do livro de Nietzsche, Zaratustra se descreve como um pequeno deus que se deita na relva, imóvel, de olhos fechados, cansado de perseguir borboletas. O pequeno deus Zaratustra fecha os olhos para ver mais longe, emprega sua divina energia para perseguir a Beleza, e celebra a vida em todas as suas facetas no canto que embala nossa dança. Assim falou Zaratustra. Assim fala e canta Caetano Veloso[8].

---

7. Friedrich Nietzsche, *Assis Falou Zaratustra*, trad. Paulo César de Souza, São Paulo, Companhia das Letras, 2017, p. 104.
8. Agradeço a José de Paula Ramos Jr. pelas sugestões que enriqueceram meu ensaio.

II. RESENHAS

1. Condição de Fronteira*

Em 1906, o naturalista e fotógrafo francês Eugène Robuchon desapareceu em condições misteriosas na selva amazônica; seu corpo nunca foi encontrado. Duas versões tentam esclarecer seu desaparecimento. A primeira sugere que Robuchon teria sido capturado por índios antropófagos enquanto fazia o levantamento topográfico da região transnacional de Putumayo, que era então disputada pelos governos do Peru, Equador e Colômbia. O autor dessa versão é o seringalista peruano José César Arana, que explorava a extração da borracha nessa região. A segunda versão nos é dada pelo irlandês Roger Casement, que visitou Putumayo como observador internacional. Em sua inspeção, Casement descobriu que a câmera fotográfica de Robuchon, além de retratar a selva, registrou também excessos praticados contra seringueiros, na maioria indígenas, por administradores dos seringais de Arana. Estes, ao saber disso, teriam mandado assassinar o francês.

* Resenha de *Paraíso Suspeito: A Voragem Amazônica* de Leopoldo Bernucci, trad. Geraldo Gerson de Souza. Edusp, São Paulo, 2017. Publicada em *Luso-Brazilian Review*, n. 55, pp. 126-30, 2018.

O enigma que envolve a morte de Robuchon pode ser visto como uma síntese microscópica de outro, imensamente maior: o da floresta amazônica, espaço em permanente movimento entre o esplendor e a violência, a riqueza e a exploração, a diversidade e a morte. Esse gigantesco e desafiador mistério, seus encantos e suas agruras, é a matéria-prima sobre a qual se debruça o professor Leopoldo Bernucci, em seu *Paraíso Suspeito: A Voragem Amazônica*. Em termos mais específicos, o livro constitui um alentado estudo crítico sobre a Amazônia no período do Ciclo da Borracha, a partir de suas representações literárias. Dessas, destaca-se uma em particular: o romance *La Vorágine*, do escritor colombiano José Eustasio Rivera, publicado em 1924.

Como Robuchon, desfilam no estudo de Bernucci vários personagens fascinantes e enigmas intrincados. Bernucci, porém, não se dispõe a decifrar esses enigmas, e sim a aprofundá-los e lapidá-los para que o brilho de sua nitidez insinuante trague o leitor, como uma voragem. E é o que, de fato, ocorre: o grande enigma amazônico traga o leitor desde a primeira até a última página do livro. A voragem do romance de Rivera, no entanto, é outra. O termo, no limite, remete a um evento histórico tão relevante quanto atrozmente esquecido: o genocídio de povos indígenas e de trabalhadores brancos e mestiços que foram contratados por empresas de extração de látex, durante o Ciclo da Borracha na Amazônia, cujo ápice ocorreu durante as décadas de 1890 a 1920.

Calcula-se que apenas no período de 1900-1910, na área da Amazônia não brasileira, ou mais precisamente na Amazônia peruana e colombiana, cerca de trinta mil seringueiros tenham sido cruel e brutalmente explorados, escravizados, torturados e mortos. Esses números, ainda que *suspeitos*, ou seja, ainda que considerada sua margem de flutuação, e outros, ainda não calculados, fazem do genocídio amazônico durante o Ciclo da Borracha um dos maiores crimes contra a humanidade ocorridos no século xx. Bernucci o compara a outros massacres como o dos armênios, na Primeira Guerra; o Holocausto, na Segunda Guerra; e o extermínio dos povos Tútsi em Ruanda, em 1994. Entretanto, à diferença destes, o genocídio perpetrado pelos barões da borracha contra povos amazônicos possuiu motivações predominantemente comerciais, e não étnicas – embora estas não estivessem de todo ausentes, dado que os indígenas foram suas maiores vítimas. Será por isso, então, que o massacre amazônico foi tão rápida e contundentemente esquecido? Seremos nós, ocidentais, mais lenientes com crimes bárbaros motivados pela noção de progresso econômico? Ou seremos nós, ocidentais latino-americanos, menos sensíveis aos crimes infligidos às nações nativas (isto é, não ocidentais) da América?

Bernucci nos guia por essas e outras intrincadas questões amazônicas, sem, no entanto, nos fornecer respostas fáceis. Seu ponto de referência, como já mencionado, é o romance *La Vorágine*. José Rivera, seu autor, testemunhou as condições de trabalho desumanas a que eram submetidos os seringueiros numa viagem à Amazônia colombiana, venezuelana e brasileira, que fez de setembro de 1922 a outubro de 1923, como membro, do lado colombiano, da Comissão Demarcadora de Fronteiras entre Colômbia e Venezuela. Dessa viagem, isto é, do contato direto com a floresta, os povos e os seringais amazônicos, nasceu o projeto de escrever *La Vorágine*, e de fazer do romance um libelo literário contra a ambição desenfreada e criminosa dos seringalistas, e em favor da selva e seus habitantes. Trata-se de um projeto, em princípio, de risco por sua natureza híbrida em que se combinam o discurso literário e a denúncia social. Tal risco residiria no fato de que essas duas formas discursivas se opõem pelo caráter perene da primeira e circunstancial da segunda. Por outro lado, pode-se concluir, como faz Bernucci, que a proposta de Rivera era exatamente esta: a de dar perenidade às circunstâncias a fim de tornar a denúncia tão inesgotável quanto a ambição comercial e materialista dos homens.

Tal conclusão, no entanto, pode parecer natural e elementar à medida que, digamos, toda obra literária que abraça uma causa social, como *La Vorágine*, quer, em tese, fazer transcender no tempo seu clamor de justiça, para que os ideais proclamados, em si eternos, não cessem de ser expressos. O que faz do livro de Bernucci um estudo brilhante é o desdobramento dessa conclusão, ou seja, a análise pormenorizada das estratégias literárias de que se vale Rivera para dar forma estética a seu discurso socialmente comprometido. E nesse processo analítico, o que talvez mais surpreenda o leitor é a demonstração incontestável que Bernucci faz da presença de escritores brasileiros, particularmente Euclides da Cunha, Alberto Rangel e Mário Guedes, na fatura do texto riveriano. Mas antes, para situar melhor o leitor, Bernucci revisita, no Capítulo 1, a curiosa e irregular recepção crítica da obra de Rivera, com ênfase no período do chamado *Boom* latino-americano (décadas de 1960 e 70).

Por esse tempo, *La Vorágine* foi mal recebido. Críticos e escritores do *Boom*, em geral, partilharam a mesma relutância em reconhecer as virtudes que haviam sido atribuídas ao romance de Rivera, e que o elevaram à condição de obra canônica da literatura latino-americana. Com maestria, Bernucci nos mostra que os argumentos que problematizavam o valor de *La Vorágine* se direcionavam não apenas à obra de Rivera mas também, e sobretudo, ao gênero do romance realista de denúncia social. Os pressupostos que norteiam esse gênero narrativo se distanciam do horizonte estético que estava no campo de visão da geração do *Boom*. Assim, problematizar *La Vorágine* e o romance realista socialmente engajado equivalia, de fato, a uma forma sutil de promover e valorizar, por oposição, ou por distinção, os parâmetros "modernos" e "originais" que moldavam as criações dos autores do *Boom*. Trata-se, enfim, de uma leitura crítica altamente *suspeita*, para usar um termo chave da análise de Bernucci, ou com baixo grau de isenção, a que a geração do *Boom*, "enfeitiçada pelas seduções da modernidade" (p. 35), fez da obra de Rivera.

Em sua leitura, Bernucci tenta corrigir essa perspectiva *interessada*, não oferecendo outra, *desinteressada*, e sim, mudando seu foco de interesse. Consciente de que não existe grau zero de isenção, Bernucci tenta otimizar a imparcialidade crítica por meio de uma leitura de resgate, que recoloque tanto quanto possível *La Vorágine* em seu tempo histórico. Nessa tentativa, ganha relevância o modo intertextual de análise, que coloca lado a lado, em contraste e em perspectiva, a obra de Rivera e algumas de suas fontes históricas e literárias. A intertextualidade, em sua dimensão material, constitui outro modo de conter a leitura crítica sectária ou impressionista. Há, contudo, especulações coerentes do ensaísta, que permeiam sua análise, feitas no intuito de preencher lacunas históricas. Ao rigor da análise, portanto, mesclam-se a intuição e a paixão especulativas. Mas estas, no caso de Bernucci, emergem de modo invariável do meticuloso exame textual.

Não é especulativa, no entanto, a relação de Rivera com o Brasil e com a literatura brasileira. Como muitos autores do século xx, que buscam esconder ou apagar suas fontes[1], Rivera nega essa relação em sua obra, ou procura relativizá-la. Uma contribuição decisiva do estudo de Bernucci reside na demonstração, por meio da análise intertextual, do modo como Rivera se apropria e incorpora em sua escrita, por exemplo, traços estilísticos de Euclides da Cunha, escritor brasileiro com quem o colombiano mais se identifica. São muitas, aliás, as aproximações biográficas, literárias e ideológicas entre Euclides e Rivera, como aponta Bernucci. Para ficar apenas

---

1. Trato desse tema no meu estudo sobre a poesia de João Cabral de Melo Neto em *Matéria Lítica: Drummond, Cabral, Neruda e Paz*, Cotia, Ateliê Editorial, 2016, pp. 97-171.

em um fato, basta dizer que, num tempo em que os intelectuais latino-americanos se lançavam a Paris ou Nova York, ávidos da tão decantada "modernidade", Euclides e Rivera fizeram o caminho inverso e se aventuraram em partes recônditas da América Latina à procura da "identidade profunda" de seus respectivos países. E dessas aventuras ao coração da América portuguesa e espanhola nasceram obras que em grande medida contribuíram para um diálogo efetivo, que ainda está em curso, sobre implicações históricas e culturais de ser brasileiro ou colombiano, ou ainda latino-americano.

O nacionalismo talvez tenha sido um fator para que Rivera hesitasse em reconhecer de modo aberto a influência que Euclides, Rangel e Guedes tiveram em sua obra. Bernucci, no entanto, para além de minuciosas análises intertextuais que atestam essa influência, rastreou a viagem de Rivera pela Amazônia brasileira, listando algumas das livrarias pelas quais o escritor colombiano passou, e identificando-as através dos selos comerciais apostos aos volumes da biblioteca particular de Rivera, que Bernucci consultou. São vários os títulos da literatura brasileira adquiridos durante essa viagem. Mas a história não cessa aqui, com uma lista de livrarias e títulos. No exame desse material, Bernucci vai além e nos oferece um detalhe de aparência irrelevante, mas que surge no contexto como fundamental: as notas que o colombiano escreveu nas margens de alguns desses livros, notadamente *Inferno Verde* (1908), de Alberto Rangel, e *Os Seringaes* (1914), de Mário Guedes. Por essas notas, vemos o modo sistemático e meticuloso como Rivera lia os autores brasileiros. Por essas notas também, observamos como alguns dos temas tratados por esses autores reaparecem transfigurados em *La Vorágine*. E nesse processo de transfiguração, as notas funcionam como importantes elementos mediadores entre a fonte e a obra de Rivera. Outro aspecto que demonstra o modo também sistemático e meticuloso da pesquisa de *Paraíso*

Suspeito é o exame que Bernucci faz do manuscrito de *La Vorágine*. A permuta, por exemplo, de um termo – "saltos", no manuscrito, alterado para "a brincos", na versão impressa – nos revela, segundo a hipótese fundamentada de Bernucci, uma possível manipulação de Rivera para apagar, ou tornar rarefeita, a presença de Euclides numa passagem de *La Vorágine* decalcada de *Os Sertões*.

Como nos lembra Bernucci, a relação de Rivera com o Brasil e com autores da literatura brasileira havia sido até então negligenciada, subvalorizada ou, quando reconhecida, examinada de maneira superficial. Em seu estudo, Bernucci nos faz ver que essa relação possui raízes mais profundas do que se supunha. É esse o argumento, extensivamente tratado no segundo capítulo, porventura, o mais original de *Paraíso Suspeito*. Apesar disso, o livro guarda sua maior surpresa para o capítulo final, intitulado "Os Infortúnios da Ficção".

* * *

La Vorágine é um romance geograficamente de fronteira. Seus personagens, sob diversas formas, assumem essa condição. Em geral, são seres étnica e moralmente ambíguos. O discurso narrativo, em suas múltiplas instâncias, também incorpora uma condição fronteiriça. Isso se manifesta, por exemplo, na linha demarcatória que separa ficção e história. Ainda que essa linha esteja claramente demarcada no romance, sua permeabilidade permite que a história cruze constantemente a fronteira da ficção e vice-versa. A partir da consulta exaustiva de documentos, muitos dos quais coletados pessoalmente em sua pesquisa, e de fontes autorizadas, Bernucci discorre em detalhes sobre a complexa inter-relação história-ficção em *La Vorágine*, buscando mapear, tanto quanto possível, algumas de suas áreas de interassimilação, para uma leitura crítica mais apurada da obra de Rivera.

Pode-se dizer que o estudo de Bernucci também trabalha sobre uma fronteira: a que delimita crítica literária e história (também a antropologia é por vezes convocada, mas sempre que seus resultados auxiliam a história e a crítica literária, e otimizam a compreensão da obra de Rivera). O capítulo quinto, último do *Paraíso Suspeito*, emerge, nesse sentido, como o momento mais sintomático do livro à medida que essa fronteira, por assim dizer, se ergue mais alta e ao mesmo tempo se apaga. Nele, Bernucci discute o papel da fotografia como documento histórico em *Os Sertões*, uma obra de não ficção, e *La Vorágine*. Dessa discussão, emerge outro ponto de aproximação entre Euclides e Rivera. O escritor brasileiro foi o primeiro na América Latina a combinar fotografia e ensaio literário (texto literário não ficcional); Rivera, por sua vez, foi pioneiro entre os latino-americanos – motivado, quiçá, pelo exemplo de Euclides – na integração orgânica de fotografia e texto ficcional. Os efeitos dessas montagens, como nos mostra Bernucci, são surpreendentes, para dizer o mínimo. As falsas legendas que acompanham as fotos em *La Vorágine*, e que atribuem identidade ficcional a pessoas "reais", produzem um efeito de jogo de espelhos, cuja carga de "modernidade" supera a de muitas obras proclamadas ou autoproclamadas de vanguarda. A imagem dessas fotografias, quando articuladas às falsas legendas, projeta uma verdade dissimulada que invade o texto literário, acentuando-lhe a dimensão "verdadeira" da ficção, ao mesmo tempo que ficcionalizando a verdade histórica. "Este vaivém entre o fictício e o real é uma de suas [de Rivera] maiores realizações em *La Vorágine*" (p. 254), conclui Bernucci.

Por razões não esclarecidas, Rivera decidiu remover as três fotografias que integravam as quatro primeiras edições de *La Vorágine*, e a partir da quinta, de 1928, incluiu uma série de quatro mapas. Mapas imprecisos, fora de escala, mais propensos a desorientar o leitor do que a guiá-lo pela narrativa e pela selva amazônica. Por sorte, esse leitor acaba de ganhar um guia instruído e seguro, capaz de dar norte à sua leitura, sem, no entanto, torná-la mecânica ou esquemática. Isso porque *Paraíso Suspeito* não é apenas um guia nem um guia comum; de sua alentada pesquisa documental e bibliográfica, nasce, antes de tudo, uma reflexão atual e contundente sobre a Amazônia, esse "universo paralelo" tão exuberante quanto misterioso, tão desconhecido quanto necessário. Seja, enfim, como análise da obra de Rivera, seja como ensaio amazônico, *Paraíso Suspeito* é, desde já, um título obrigatório aos amantes da literatura e da história latino-americanas e aos leitores que buscam no pensamento crítico uma forma híbrida de rigor e paixão.

2. Em Defesa do Barroco*

Publicado em 1888, *Renascença e Barroco*, do crítico suíço Henrich Wölfflin, é considerado um marco divisor de águas na história da recepção crítica da arte barroca. O ensaio reavalia a produção artística do século XVII, defendendo-a do reducionismo hostil de que fora vítima. Desde então, as ideias de Wölfflin ganharam adeptos cujos trabalhos também contribuíram para uma percepção renovada da estética seiscentista: Benjamin, Dámaso Alonso, Rousset, Wellek e, mais recentemente, Gilles Deleuze e Buci-Glucksmann estão entre os mais influentes. Passado mais de um século de revisionismo crítico, o Barroco não precisa mais de defensores.

No entanto, para o professor de literatura de Harvard Christopher Johnson, a bibliografia continha uma lacuna injustificável: não havia um estudo de fôlego que discutisse em profundidade um dos tópicos centrais da poética do Barroco: a noção de excesso e sua figuração no discurso da época. Para suprir essa falta,

---

* Resenha de *Hyperboles: The Rhetoric of Excess in Baroque Literature and Thought* de Christopher Johnson, Harvard University Press, Massachusetts, 2010. Publicada em *O Estado de S. Paulo*, 21 de agosto de 2010.

Johnson escreveu *Hyperboles: The Rhetoric of Excess in Baroque Literature and Thought* (*Hipérbole: A Retórica do Excesso na Literatura e no Pensamento Barrocos*).

Para Johnson, a excessividade foi o traço mais característico e também o mais vulnerável do estilo barroco. Críticos de formação clássica no século XVIII continuamente condenaram o maneirismo seiscentista por seu modo hiperbólico de representação. Por outro lado, se a tendência ao exagero em um dado momento pôs o Barroco em descrédito, em outro, emprestou-lhe credibilidade.

Essa flutuação histórica, sempre segundo Christopher Johnson, reside em potência na hipérbole, figura retórica de amplificação, que, entre as prestigiadas do período, é a mais ambivalente: "O manipulador da hipérbole é como um trapezista sem rede, ora voa às alturas mais elevadas, ora desaba no ridículo mais ignominioso", afirma Johnson.

Hyperboles organiza-se em cinco partes, que se subdividem em dezesseis capítulos. Na primeira, composta dos três primeiros capítulos, o autor repassa e comenta o conceito de hipérbole segundo pensadores da Antiguidade clássica, do Renascimento e do Barroco. Desde Aristóteles, Longino, Cícero, Quintiliano, passando por Erasmo de Roterdam, J.C. Scaliger, chegando enfim a Tesauro e Gracián, Johnson apresenta um conjunto rico e variado de especulações teóricas que buscam definir conceito e funções, limitações e possibilidades semânticas da hipérbole.

Os capítulos 4 a 7, que compreendem a segunda parte do livro, são dedicados à poesia barroca de língua espanhola. Pelo método da leitura cerrada, Johnson discorre sobre o emprego e os efeitos da hipérbole na "Fábula de Polifemo y Galatea" e nas "Soledades" de Góngora, no lirismo petrarquista de Quevedo e no poema

"Primero Sueño", de Sóror Juana. As hipérboles do *King Lear*, de Shakespeare, em confronto com o teatro de Sêneca e sua recepção no Renascimento são analisados nos capítulos 8 a 11, que formam a terceira parte do ensaio. A quarta parte, que ocupa os capítulos 12 a 15, examina o discurso filosófico. Descartes e a dúvida hiperbólica, Pascal e a hipérbole como recurso retórico negativo (que amplifica a ideia de insuficiência do conhecimento empírico) são alguns dos temas abordados nessa parte.

O último capítulo coincide com a última parte do livro. Nele, três filósofos pós-barrocos são abordados em suas relações com o que Johnson denomina "razão hiperbólica": Kant, Wittgenstein e Stanley Cavell, ou, de modo mais específico, o sublime kantiano na teoria da linguagem de Wittgenstein, à luz da interpretação de Cavell. Aqui, Johnson mostra que nas dobras do racionalismo moderno permanecem espaços conceituais e retóricos de hiperdimensão.

O capítulo de *Hyperboles* que fala mais de perto ao leitor de língua portuguesa é o quinto, sobre Góngora. Ao comentar a "Fábula de Polifemo y Galatea", Johnson aproxima o ciclope gongorino do Adamastor de Camões, cujo modelo de "gigantomaquia" e de "hipérbole simultaneamente ética, histórica, mítica e cosmográfica" serviu de fonte para o escritor espanhol – ao lado de outras já bastante conhecidas (Homero, Virgílio, Ovídio).

Em outro momento do capítulo, Johnson discute a cena da primeira "Soledad", em que um pastor ancião toma a palavra e condena com veemência a febre das navegações e os valores morais, como a ambição, derivados da aventura expansionista. Como termo de comparação, Johnson elege a célebre fala do Velho do Restelo, em *Os Lusíadas*, cujo tom grandioso e revestimento ideológico ressoam no discurso do pastor gongorino.

Hyperboles conquista o leitor exigente com sua erudição ampla, clara, articulada, regular e penetrante, que faz bem aos dias de hoje. Em tempos de culturalismo dominante nos departamentos de línguas estrangeiras e literatura das universidades americanas (Harvard é exceção), culturalismo que, em sua versão menos nobre, despreza a leitura cerrada por considerá-la elitista e valoriza aproximações do tipo Polifemo/King Kong, o antídoto de Johnson, digo, seu livro, chega em excelente hora.

3. Diante das Armadilhas da Interpretação*

Dimensionar a importância da obra máxima do alemão Hans-Georg Gadamer (1900-2002), *Verdade e Método*, que completa meio século este ano, não é tarefa que caiba neste espaço. Para se ter uma breve noção, no entanto, basta dizer que, nos últimos cinquenta anos, as ciências humanas passaram por um rigoroso processo de reformulação, com enormes consequências nos modos e resultados de pesquisa. E desse processo participa, direta ou indiretamente, *Verdade e Método*. Da antropologia à linguística, da sociologia à teoria literária, da teologia à jurisprudência, praticamente todos os ramos do conhecimento humanístico foram, em algum grau, afetados por postulações que Gadamer expôs em sua notável teoria da interpretação. Por seu valor intrínseco e pelo grau extensivo de sua intervenção na cultura, *Verdade e Método* pertence ao seleto e restrito grupo de obras teóricas seminais do século xx, ao lado de, entre outras, *Curso de Linguística Geral*, *Tristes Trópicos* e *Gramatologia*. Por isso, também, no mundo inteiro,

---

* Resenha comemorativa dos 50 anos de *Verdade e Método*, de Hans-Georg Gadamer, publicado em 1960. Publicada em *O Estado de S. Paulo*, 25 de setembro de 2010 (há edição brasileira pela Vozes).

congressos estão sendo organizados e publicações lançadas com o propósito de celebrar e discutir o legado do tratado de Gadamer.

De início, o tratado gadameriano se chamaria *Hermenêutica Filosófica*. O editor que recebeu os originais rejeitou o título por considerar "hermenêutica" um termo obscuro. Hoje, ironicamente, Gadamer é considerado um dos fundadores – ao lado de Paul Ricoeur – da moderna hermenêutica, conceito que ajudou a resgatar e redefinir. Conhecida como ciência da interpretação de textos, cuja tradição remonta à Antiguidade, a hermenêutica em seus primórdios, e até o século xix, pressupunha o estabelecimento de um método de leitura pelo qual fosse possível a uma comunidade de leitores chegar às mesmas verdades fundamentais sobre um dado texto. Nesse sentido, *Verdade e Método* é um título enganoso.

O ensaio de Gadamer não propõe um "método" de interpretação nem concebe a "verdade" como noção estável, derivada da razão metódica, tal como preconizado por Descartes e, depois, pelos iluministas. Para Gadamer, todo entendimento é um efeito da história, cuja percepção depende do repertório cultural do observador. A instabilidade desse repertório, que contínua e periodicamente sofre alterações, torna falível qualquer método de interpretação proposto como definitivo. Para responder à contingência do entendimento e seu estatuto provisional, ou seja, para descobrir-lhe uma base comum de articulação, Gadamer elabora o conceito, hoje clássico, da "fusão dos horizontes", no qual intérprete e objeto da interpretação buscam um acordo por meio do diálogo. Para Gadamer, em suma, o entendimento nasce de uma negociação entre interpretante e interpretado, ambos situados histórica e linguisticamente.

Por esse sumário, vê-se que *Verdade e Método*, refazendo e ampliando caminhos abertos sobretudo pela filosofia alemã do século xix (Schleiermacher e Dilthey) e xx (Heidegger), altera o questionamento central da hermenêutica antiga, deslocando-o dos limites do pragmatismo ("como interpretar") para os da teoria do conhecimento ("o que é a natureza da interpretação"), cuja práxis não se fundamenta no resultado da operação hermenêutica, e sim na operação em si. Isso não implica, como se poderia supor, descritivismo ausente de revisionismo crítico. Ao contrário, o estudo de Gadamer desenvolve-se em grande parte em torno da ideia básica de que o método obstrui a verdade, se por método se entender a via cartesiana, e por verdade, a noção ortodoxa de correspondência, representação ou adequação. Tal conceito de verdade, vigente na filosofia desde Platão, desconsidera especificidades culturais do sujeito histórico, abolido "cientificamente" por meio da formulação de postulados de valor universal. Para Gadamer, no entanto, o universalismo é um sonho e uma falácia da ciência, pois descarta a historicidade do intérprete. No fluxo da história, todo entendimento é tentativo, e todo significado, dialógico.

No campo da teoria literária, a contribuição de Gadamer é ampla e decisiva. *Verdade e Método* rejeita a hermenêutica romântica, que, entre outros procedimentos, diviniza o momento psicológico do autor no ato da criação e toma esse instante de vivência interior como categoria interpretativa, da qual dependeria o leitor para formar o sentido integral de uma obra. Como muitos filósofos de sua geração, Gadamer desconfia do alcance da subjetividade. Além disso, centralizar a interpretação no sujeito autoral significa negar a hermenêutica do diálogo, cuja negociação do sentido deve ocorrer entre os horizontes do intérprete e o da obra interpretada. Vale lembrar que pressupostos de hermenêutica romântica dominavam extensos setores da crítica literária em 1960, ano de publicação de *Verdade e Método*.

Como contraponto à centralização e divinização do sujeito e da subjetividade, Gadamer oferece e analisa o conceito de R. G. Collingwood, professor de filosofia de Oxford na década de 1930, denominado "lógica da pergunta e resposta". Collingwood entende todo texto como um evento cultural cujas motivações são essencialmente históricas. Portanto, além de não ser possível, não é necessário penetrar na mente de um autor para melhor entender as razões que o levaram a produzir uma dada obra. Como parte integrante do discurso histórico, toda obra responde a uma pergunta disponível na cultura de seu tempo. Ao intérprete, pois, cabe formular adequadamente essa pergunta, cujo conteúdo iluminaria o entendimento da obra sob análise. Para tanto, o esforço hermenêutico deve reconstruir em detalhes não o momento psicológico da criação, e sim, o meio cultural que a possibilitou.

Para Gadamer, a lógica da pergunta e resposta, embora apresente vantagens, sobretudo a de possuir uma estrutura dialógica, traz consigo um problema: considera o passado como um quadro estático. Collingwood pretendia que, auxiliado por uma arqueologia cultural ou hermenêutica de resgate histórico, o leitor moderno pudesse ler Byron ou Goethe por meio do horizonte dos leitores contemporâneos desses escritores. Com isso, é certo, a lógica da pergunta e resposta combate outro equívoco da hermenêutica romântica, o de ler distorcidamente o passado com olhos do presente para justificar valores do presente. Por outro lado, ler nitidamente o passado com olhos do passado, como propõe Collingwood, equivaleria a um contraequívoco, o de ignorar a historicidade do leitor.

Entre outros enquadramentos possíveis, a publicação de *Verdade e Método* localiza-se nesse ponto, entre o colapso da hermenêutica romântica, para o qual contribui, e o impasse do historicismo moderno, para o qual também contribui. Desde então, a presença de Gadamer no debate cultural das ciências humanas só tem feito crescer. Isso apesar da resistência de teóricos marxistas, que veem como conservadoras as postulações gadamerianas sobre autoridade, tradição e cânone. A efeméride que se celebra este ano serve de ocasião para que *Verdade e Método* seja repensado sob a luz de cinco décadas de recepção crítica e para que sejam propostas alternativas renovadas de leitura da obra de Gadamer.

4. Julio Cortázar[*]

Há algo errado com a crítica literária no Brasil. Essa é apenas uma conclusão a que podemos chegar depois de ler a presente edição da *Estação Literária*, dedicada a Julio Cortázar (1914-1984). Tal conclusão, no entanto, não provém da leitura dos ensaios que a revista publica, e sim do atual estágio dos estudos cortazianos em nosso país, que os ensaios reunidos nesta edição tentam, de alguma forma, reverter.

Há mais de meio século Julio Cortázar fascina seus leitores. Os motivos desse fascínio são múltiplos como é múltipla a obra cortaziana. Sua malha textual, engenhosamente tramada, como uma teia de aranha, captura o leitor; seus labirintos narrativos, repleto de passagens subterrâneas, onde perder-se é a regra, cativam o leitor; sua multiplicidade de temas e perspectivas, como um universo íntegro e paralelo, magnetiza o leitor. As consequências desse fascínio, por sua vez, são múltiplas também. Escritores tomam a obra cortaziana como modelo, e a reelaboram; críticos a tomam como objeto de análise, e a dissecam. E Cor-

---

[*] Resenha de introdução à revista da Universidade Estadual de Londrina. Publicada em *Estação Literária*, vol. 14, pp. 6-7, 2015.

tázar, múltiplo em si, crítico e criador, se multiplica em outros críticos, outros criadores.

No caso da crítica, a obra esfíngica de Cortázar propõe ao leitor o contínuo desafio de interpretá-la. E tal desafio tem recebido um caudal de respostas. Desde 1963, ano de publicação de *Rayuela*, a produção acadêmica sobre Cortázar – teses, livros, ensaios, artigos – mantém-se em crescimento. Dessa produção, Sara Lo, em 1985, elenca mais de 2600 títulos, entre fontes primárias e secundárias, no seu *Julio Cortázar, His Works and His Critics: A Bibliography*. Esse número encontra-se hoje, claro, completamente desatualizado. Uma breve consulta a bancos de dados de bibliotecas especializadas nos mostra que o volume total de textos críticos sobre Cortázar, sobretudo na América hispânica e nos Estados Unidos, mas também em centros universitários europeus, tem aumentado, ano a ano, de modo substancial. Os números atualizados da bibliografia crítica sobre Cortázar – números, vale repetir, em constante expansão –, se os obtivéssemos, apenas atestariam por estatística o que todos nós já sabemos pela percepção da experiência: que a obra cortaziana é um marco incontornável da moderna literatura latino-americana.

Por esse prisma, afigura-se no mínimo preocupante que, no Brasil, a principal referência crítica sobre Julio Cortázar seja um estudo de 1973(!): *O Escorpião Encalacrado*, de Davi Arrigucci Jr. Houve, é certo, publicações mais recentes, de pesquisadores brasileiros, que examinam a obra cortaziana. No entanto, a bibliografia dos ensaios desta edição, bem como o texto de chamada da revista para a publicação dos ensaios – só para ficar em dois exemplos próximos – reforçam a ideia de que o livro de Arrigucci Jr., publicado há 42 anos, e a onze da morte de Cortázar, continua a ser a principal referência bibliográfica dos estudos cortazianos no Brasil. Se esse argumento estiver correto, há definitivamente algo errado com a nossa crítica literária, e seu olhar autocentrado, que a *inibe* (não sei se este é o verbo mais apropriado) de cruzar suas fronteiras na direção de outras línguas, outras culturas, outras literaturas.

Louvem-se, nesse sentido – e este é o ponto a que se queria chegar nesta apresentação –, uma revista como a *Estação Literária*, e sua presente edição, ou mesmo edições passadas, como a do Vagão 8A, que focalizou a África lusófona e a afro-brasilidade, ou a do Vagão 7, que pôs em destaque a América Latina, ou ainda a divulgação de ensaios em outras línguas que não o português, ou dedicados a outras literaturas que não a brasileira. É preciso internacionalizar nossa crítica, fazê-la menos autocentrada (quase diria menos provinciana) e mais ambiciosa; e uma revista como a *Estação Literária* contribui decisivamente para isso.

Nesta edição, o leitor encontrará um Cortázar multidimensional. O Cortázar mítico-poético e o político. O Cortázar viajante, ou da narrativa de viagens. Cortázar e suas relações com a antropologia e a filosofia. O Cortázar do conto, do romance e da crítica. A obra cortaziana desde um ponto de vista semiótico. São muitos Cortázares, e muitos ainda por revelar. Que a metáfora da "partida dos vagões" seja, no caso desta edição, o prenúncio de um caminho cuja trilha nos leve a *redescobrir* um *novo* Cortázar. Redescobrir o novo. Não é para isso, entre outras funções, que serve a crítica?

III. ENTREVISTAS

1. "Ele Acreditava numa Verdade Objetiva"*

Jay Parini é professor de Literatura Americana e Escrita Criativa no Middlebury College (EUA), e autor de títulos de ficção, poesia e crítica literária. Sua obra *A Última Estação*, biografia romanceada sobre o derradeiro ano de vida de Tolstói, já foi traduzida para mais de vinte idiomas e ganhou adaptação cinematográfica. Atualmente, outro romance-biografia de Parini está sendo filmado: *A Travessia de Benjamin*, sobre os últimos momentos do filósofo Walter Benjamin. Seu livro mais recente, *Passages of H. M.*, acaba de sair nos EUA (por aqui, a Record, editora dos outros dois, anuncia interesse em publicá-lo); trata-se de uma ficção sobre a vida do escritor Herman Melville. A entrevista a seguir foi feita no escritório de Parini, no Middlebury College.

* * *

MH: *Como nasceu o seu interesse pela vida e pela obra de Tolstói?*
JP: Durante a pós-graduação na Escócia. Por indicação de um de meus melhores amigos, especialista em Tolstói, li muitos livros

---

* Entrevista de Jay Parini a Mario Higa. Publicada em *O Estado de S. Paulo*, 20 de novembro de 2010.

dele e sobre ele. Até que descobri uma edição do diário de Vladimir Bulgákov, que vivera próximo de Tolstói no último ano de vida do escritor. Ele menciona que praticamente todos que viviam próximos do autor mantinham diários. Um dia tive um estalo: isso podia dar um romance, com muitos pontos de vista se sobrepondo. O que é a realidade? É algo construído por subjetividades. E o que eu tinha? Vários pontos de vista.

MH: *Qual foi o fato da vida de Tolstói que mais chamou a sua atenção?*

JP: Ninguém parece compreender o conflito entre ele e sua esposa, Sofia. Quando li os diários, era como um caleidoscópio: todos tinham sua versão para a história. Sofia era histérica? Ou apenas reagia às ideias radicais de Tolstói? Meu romance é um estudo sobre a percepção, encena uma busca, ainda que vã, pelo sentido da verdade. Outro aspecto que me interessou foi a dedicação de Tolstói à ideia de verdade. Ele acreditava na possibilidade de uma verdade objetiva; eu, não.

MH: *O sr. acredita que, ao escrever* A Última Estação, *o seu estilo sofreu alguma influência do estilo de Tolstói?*

JP: Creio que meu estilo é profundamente influenciado por Tolstói desde o início da minha carreira. Tolstói é tão direto… Lendo suas histórias, o leitor sempre sabe onde está. Por outro lado, possui uma visão do mundo que é muito sensorial. Tudo é físico em Tolstói. Eu tentei imitar isso também.

MH: *Sua Sofia Andrêievna me lembrou Anna Kariênina. Ambas são um misto de heroína e vilã. Você concorda que sua Sofia, nesse sentido, é bastante "tolstoiana"?*

JP: Sim. Ao escrever, o modelo literário de Tolstói a que mais recorri foi *Anna Kariênina*. Repare que, como no romance de Tolstói, há no meu duas histórias em paralelo, a de um jovem casal e a de um casal mais experiente. Este está se separando, aquele está se unindo. Sob esse aspecto, eu moldei minha narrativa a partir de *Anna Kariênina*. E tentei fazer minha Sofia uma versão da personagem Anna Kariênina.

MH: *Em seu romance, há um conflito entre Tolstói e Sofia. Ele é magnânimo mas não pensa na família. Ela é egoísta mas suas reivindicações baseiam-se em 48 anos de casamento. O leitor é convidado a tomar uma posição nesse conflito. Qual seria ela? Ou tomar uma posição seria simplificar a leitura de sua obra?*

JP: Eu diria que meu propósito não foi o de responder mas o de propor perguntas. Eu queria desconcertar o leitor. Eu mesmo oscilei entre os valores que Tolstói defende – paz, verdade, Deus – e os direitos que Sofia reivindica para ela e para sua família. Ao final, talvez o leitor deva concluir que a vida contém coisas maravilhosas mas também nos oferece muitas perguntas sem respostas.

MH: *Em A Última Estação, a sexualidade possui uma presença marcante. Por quê?*

JP: A sexualidade é um dos núcleos de minha obra. É também um dos aspectos centrais da condição humana. Somos criaturas sexuais. E Tolstói teve uma vida sexual muito ativa. Podemos negar isso? Que Tolstói era provavelmente bissexual? Creio que é nosso dever falar aberta e honestamente sobre sua sexualidade. Tolstói foi um homem em parte dominado pelo impulso sexual, e por isso no fim de sua vida condenou a luxúria.

2. Tirando Poesia de Pedra*

Fruto da tese de doutorado que Mario Higa defendeu na Universidade do Texas, em Austin (EUA), o livro *Matéria Lítica: Drummond, Cabral, Neruda e Paz* – o 50º título da Coleção Estudos Literários, da Ateliê Editorial – acaba de ser lançado. Na obra, o autor oferece quatro ensaios de leitura crítica de poesia a partir da obra de quatro poetas latino-americanos. São ensaios autônomos, que podem ser lidos de modo independente, mas que também possuem uma unidade de recorrência: a imagem da pedra, ou a referência ao mundo mineral, que perpassa os textos analisados. A entrevista a seguir foi feita por *e-mail*.

* * *

RA: *Como foi fazer um doutorado nos EUA estudando poetas cujas raízes latino-americanas são tão fortes (ainda que todos possam ter uma leitura "universal")? Eles são autores conhecidos nos EUA?*

---

* Entrevista de Mario Higa a Renata de Albuquerque. Publicada no *blog* da Ateliê Editorial, 1 de março de 2016.

MH: Ainda que o termo "imperialismo" esteja hoje em desuso, creio que se poderia, num sentido positivo, mas não despolitizado, aplicá-lo à política das universidades americanas de atrair e manter no país estudantes e pesquisadores estrangeiros. Por conta dessa política, muitos estudiosos chegam aqui, às vezes para uma temporada, e quando podem, decidem ficar. Quem ganha com isso é a comunidade acadêmica, que se torna assim mais exposta à diversidade cultural e, como consequência, à constante reavaliação de suas ideias. Lembro-me de que Gilberto Freyre, já em 1920, louvava, no seu diário, o cosmopolitismo de Columbia. "Ai de universidade que não for cosmopolita", dizia-lhe um colega inglês, também impressionado. Pois bem, nesses centros universitários e *universalistas*, a presença da América Latina é, de fato, bastante forte. No entanto, por razões históricas, e também geográficas, ou geopolíticas, é mais forte do lado espanhol do que do português. Logo, se você me pergunta se Drummond, Cabral, Neruda e Paz são conhecidos aqui, eu diria que, nos círculos universitários dos estudos latino-americanos, sim. Naturalmente, mais Neruda e Paz, cuja repercussão internacional, e mesmo não acadêmica, de suas obras é imensa, do que Drummond e Cabral, que ainda precisam de maior exposição fora do Brasil. Nesse sentido, a boa notícia para nossos poetas é que o interesse pelo Brasil, por parte de estudantes americanos, hispano-americanos, e de outras nacionalidades, cresceu de modo expressivo nas duas últimas décadas. Quando isso ocorre, mais estudantes se matriculam nos cursos de português, e com isso, expande-se o conhecimento da cultura brasileira (e lusófona) em terras estrangeiras, ou mais especificamente, americanas. A má notícia é que, por conta dos mais recentes acontecimentos no Brasil, essa tendência tem mudado de rumo, com impacto negativo na demanda por cursos de português. Em resumo, o conhecimento de Drummond e Cabral, ou de qualquer outro autor brasileiro ou de língua portuguesa, nos Estados Unidos, depende menos da qualidade de suas obras do que de fatores externos, isto é, políticos e econômicos. A volatilidade desses fatores, sobretudo no Brasil, mas também no restante do mundo lusófono, produz efeitos quase que imediatos nas universidades americanas que oferecem cursos de português. Isso ocorre também com o espanhol. No entanto, como a América espanhola é fragmentada, o impacto dos acontecimentos lá chega aqui fragmentado também. Além disso, há outros fatores – históricos, geográficos, políticos, como já mencionado – que interferem na questão do estudo do espanhol e das culturas hispano-americanas nos Estados Unidos. Por fim, fazer o doutorado nesse ambiente multicultural foi, para mim, uma experiência bastante enriquecedora.

RA: *Por que da escolha de Drummond, Cabral, Paz e Neruda? O que eles têm em comum que lhe permitiu uni-los em seu estudo?*

MH: Meu estudo nasceu do gosto que tenho pela análise, pelo comentário, e pela interpretação de textos literários, mais especificamente, poéticos. A questão do sentido, em amplo espectro, sempre me fascinou, e ainda me fascina. Assim, eu diria que meu livro é menos sobre os poetas que você menciona e mais sobre *a questão do sentido*, ou melhor, como o sentido, segmentado em suas várias dimensões – linguística, estética, política, crítica, teórica, dialética... –, se forma na confluência do texto poético e da mente do leitor num dado contexto histórico-cultural em que ambos (texto e leitor) se inserem, e do qual ambos são, a um só tempo, agentes e produtos. Para investigar a questão do sentido, fixei-me inicialmente no célebre caso da polêmica provocada pelo poema de Drummond, "No Meio do Caminho". O chamado "poema da pedra" incitou o debate mais acalorado da história do Modernismo brasileiro. E no centro desse debate, encontrava-se a discussão em torno de seu sentido e valor. As leituras que o poema, então, recebeu foram as mais disparatadas. Mas afinal, que fatores textuais, teórico-culturais e históricos possibilitaram tanta divergência de atribuição de sentido? E por que essa divergência perde força na década de 1960? Essas são algumas questões sobre as quais me debruço e às quais tento responder. Da pedra de Drummond, passei à pedra de Cabral, por razões distintas. No caso de Cabral, interessava-me não o processo de atribuição de sentido, e sim a problematização de um sentido atribuído: o da relação pedra/despersonalização lírica na poesia cabralina. Isso me levou, entre outros exercícios, ao da análise do poema "A Educação pela Pedra". A relação entre pedra e educação também surge num poema da última fase de Neruda: o de número XVII, de *Las Piedras del Cielo*, coletânea publicada em 1970. Nessa última fase, pouco estudada pela crítica, mesmo nos países de língua espanhola, predomina um tom desencantado em relação ao homem e à história, que a poesia nerudiana havia decantado na fase épico-política de *Canto General*. O curioso é que a imagem da pedra se mostra recorrente nessa trajetória que vai do entusiasmo ao desencanto. O ápice da afirmação do homem e da história *através* da pedra encontra-se, pela minha hipótese de leitura, em "Alturas de Macchu Picchu". E um dos pontos mais baixos do desencanto em relação a esses mesmos elementos pode ser lido no poema XVII. No entanto, a imagem da pedra, que serviu de figura de afirmação do homem e da história, é duas décadas depois retomada para corrigir e negar tal afirmação. E o que eu faço é tentar compreender como Neruda manipula os sentidos ou as metáforas do mundo mineral para expressar percepções díspares do homem e da história. Já na poesia de Paz, examino a pedra como metáfora de origem, mito e sagrado, a partir da análise de um poema sem título, referido pelo primeiro verso: "Como las piedras del Principio". Como se vê, há muito pouco, ou mesmo quase nada, ligando esses poetas, que eu reúno por meio de uma imagem forte, no caso de Drummond, e, além de forte, recorrente ou identitária no caso da poesia de Cabral, Neruda e Paz: a imagem da pedra.

RA: *Por que Drummond é a "pedra porosa"; João Cabral é a "pedra narcísica"; Neruda, a "desencantada"; e Paz, a "logocêntrica"?*

MH: Os títulos dos capítulos de meu livro sintetizam um aspecto semântico de cada "pedra" examinada. Creio que a resposta anterior esclarece um pouco essa questão. A porosidade da pedra de Drummond aponta para a permeabilidade ou vulnerabilidade de sentido que essa imagem alcança no contexto do poema "No Meio do Caminho", articulado ao contexto cultural de rivalidade entre modernistas e antimodernistas. No caso de Cabral, os conceitos de narcisismo e antinarcisismo, eu os tomo emprestados a Antonio Candido e Eduardo Escorel, que os usam, respectivamente, para caracterizar a poesia cabralina desde uma perspectiva predominantemente psicológica. No meu ensaio, emprego a noção de narcisismo dentro de um enquadramento estritamente retórico, ou seja, tal conceito serve para nomear "(i) manobras textuais de autorreferencialidade [metapoesia] em poemas que, em princípio, objetivam o outro, e (ii) manobras extratextuais, isto é, externas e paralelas aos poemas, que visam à construção de um *ethos* autoral legitimador *a priori* da obra de Cabral". Pode parecer um tanto técnica essa definição, que foi extraída da introdução do meu estudo. No entanto, em meu ensaio sobre Cabral, examino vários exemplos que ilustram esses argumentos. Sobre a imagem da pedra, ela é uma metáfora dessa autorreferencialidade na poesia cabralina. Sobre Neruda, queria entender o pessimismo histórico de sua última fase. Ou seja, como sua poesia, por um lado, incorpora os fatos históricos pós-1956, quando os horrores do stalinismo são revelados, e por outro, como essa incorporação coincide com um retorno parcial do poeta à sua fase "residenciária" (de *Residencia en la Tierra*). Em relação à pedra nerudiana, sua simbologia oscila entre o entusiasmo e o desencanto com a história. Mas meu ensaio, embora examine essa oscilação, centra-se nas ideias de desencanto, desilusão, ceticismo, com que o poeta observa o fluxo da história. Por fim, no capítulo sobre Paz, localizo em sua poesia uma tensão discursiva, na forma de impasse, entre a noção de sagrado mítico (*logos*) e o conceito de vitalidade tal como proposto por Nietzsche. Para tanto, defino o sagrado mítico em Paz e a vitalidade nietzschiana, e mostro como essa tensão se afigura inconciliável desde o ponto de vista da crítica logocêntrica de Jacques Derrida. Todas essas questões, no entanto, nascem da leitura crítica dos textos poéticos, e são reflexões desenvolvidas com o intuito de ampliar a compreensão desses textos.

RA: *Quais os desafios de analisar a obra de poetas que escrevem em línguas diferentes (português e espanhol), tentando, ao mesmo tempo, uni-los em um mesmo estudo?*

MH: Volto um pouco ao ponto das universidades americanas e às ideias de diversidade e intercâmbio culturais que nelas ocorrem. Historicamente, o Brasil tem adotado uma postura mais de isolamento do que de integração em relação à América hispânica. Houve – e eu cito isso no capítulo sobre Neruda –

uma política pan-americanista promovida pelo Estado Novo na década de 1940, que deu seus frutos na cultura brasileira. Mas nenhuma política integracionista pode funcionar sob o jugo de um regime autoritário. E o fato é que durante o século XX, de modo geral, o Brasil teve seus olhos voltados para a Europa e os Estados Unidos, quando poderia tê-los voltados também, com mais frequência, e até com mais afeto, aos nossos vizinhos de língua espanhola. Tudo isso, repito, tem mudado nas últimas décadas, embora não se saiba se essas mudanças continuarão seu curso. Aqui, nos Estados Unidos, cresce o interesse pelos estudos interamericanos, que em parte se assemelham ao pan-americanismo do Estado Novo, e que englobam aspectos comparativos das Américas, desde o Canadá até a Argentina, passando pelo Caribe francês, inglês e espanhol. Trata-se de uma iniciativa cujo foco principal recai numa ideia de integração dos países das Américas. Com meu livro, tento contribuir – e esse é o meu desafio – para uma maior integração dos estudos literários de língua portuguesa e de língua espanhola, desde uma perspectiva latino-americana, e tendo o Brasil como centro de convergência. Assim, ao abordar a poesia nerudiana, examino a princípio a história de sua recepção no Brasil. Não é exagero dizer que, em relação a Neruda, o mundo de língua espanhola se dividiu, e ainda se divide, entre nerudistas entusiasmados e antinerudistas furiosos. No Brasil, ainda que em proporção menor, não foi e não é diferente. E isso tem suas raízes e razões históricas, que procuro esclarecer. Haroldo de Campos, por exemplo, foi um antinerudista e um pró-octaviano (ou pró-Octavio Paz). Mas, curiosamente, Paz não foi um antinerudista, embora ele e Neruda tivessem divergido radicalmente no plano das ideias políticas. Tudo isso, eu trato como notas de enquadramento histórico nos capítulos sobre Neruda e Paz. Também trato um pouco das relações poético-literárias entre Drummond e Neruda, e Cabral e Neruda. Desse modo, espero contribuir para um melhor entendimento dos vínculos que nos ligam culturalmente, seja por afinidade, seja por dissidência, à América hispânica, representada em meu estudo pelo Chile de Neruda e o México de Octavio Paz.

RA: *O livro não traz uma "conclusão" para o estudo. A que isso se deve? Há uma "conclusão" possível?*

MH: A natureza do sentido é dinâmica e, portanto, o sentido é sempre provisório. Seu caráter provisional, no entanto, não impede que o busquemos; ao contrário, incita-nos a buscá-lo pelo prazer lúdico da busca desonerada do pressuposto da existência de uma verdade final e fixa. Essa é uma conclusão possível, e também provisória, do meu estudo. Se não dediquei um espaço específico para ela, isso se deve ao fato de o último capítulo, sobre Octavio Paz, discutir esse argumento na abordagem da crítica ao logocentrismo de Jacques Derrida. Assim, de certa maneira, o último capítulo do livro funciona como uma forma, ainda que indireta, de conclusão.

IV. *POSTS*

1. Uma História Borgiana em Burlington*

Em 1853, dois anos depois de ter publicado *Moby-Dick; or, The Whale*, Herman Melville escreveu uma narrativa menos conhecida e bem pouco convencional: *Bartleby, the Scrivener*. Trata-se de um conto centrado na figura enigmática do personagem que dá nome à história. Como tenho gosto por enigmas – "decifra-me ou te devoro" –, sobretudo os indecifráveis como Bartleby, o personagem de Melville tornou-se para mim uma espécie de obsessão. Há anos tem sido assim. Há décadas, na verdade. Penso em Bartleby e o releio com certa regularidade. Mas, apesar disso, não tenho o hábito de ler textos *sobre* Bartleby. Gosto de elaborar minhas próprias teorias sobre os enigmas que me fascinam, sem a influência de outros intérpretes.

---

* Publicado no *blog Mandrágora*, do Departamento de Estudos Luso-Hispânicos do Middlebury College. Os textos do *blog* eram primordialmente dirigidos a estudantes de português e espanhol do Middlebury College. Há neles um tom mais informal, ou, se se quiser, menos acadêmico. Nesse sentido, por seu estilo algo despojado e inflexão quase íntima, não são propriamente ensaios de crítica literária mas, eu diria, reflexões pessoais sobre cultura literária e temas afins. O blog foi desativado no segundo semestre de 2019. O *post* foi publicado em 1 de outubro de 2018.

No último verão, porém, abri uma exceção e li *Bartleby y Compañía*, do escritor espanhol Enrique Vila-Matas. Nesse livro, por acaso, encontrei o tema deste *post*, que não é Bartleby ou Vila-Matas. O tema deste *post* mistura Burlington e Borges, e foi extraído da página 44 – da minha edição, Barcelona: Debolsillo, 2016 – do livro de Vila-Matas. Transcrevo abaixo a passagem. Nela, o narrador discute bibliotecas reais e imaginárias:

>Biblioteca não menos fantasma, mas com a particularidade de que existe, de que pode ser visitada em qualquer momento, é a Biblioteca Brautigan, que se encontra em Burlington, Estados Unidos. Essa biblioteca tem seu nome em homenagem a Richard Brautigan, escritor *underground* americano, autor de obras como *The Abortion*, *Willard and His Bowling Trophies*, e *Trout Fishing in America*.
>
>A Biblioteca Brautigan reúne exclusivamente manuscritos que, recusados pelas editoras às quais foram submetidos, nunca foram publicados. Essa biblioteca reúne apenas livros abortados. Quem tiver manuscritos com esse histórico e quiser enviá-los a Biblioteca do Não, ou Biblioteca Brautigan, devem remetê-los por correio à cidade de Burlington, em Vermont, Estados Unidos.

Claro, levei um susto quando li esses parágrafos! Como assim? Não sabia da existência dessa biblioteca em Burlington! Há quanto tempo existiria? Em que lugar de Burlington estaria instalada? Quem é Richard Brautigan? Quem idealizou a Biblioteca Brautigan? Busquei as respostas para essas perguntas, e eis aqui o resultado.

Richard Brautigan é um escritor americano que viveu entre 1935 e 1984. Apesar de uma vida relativamente curta, foi bastante prolífico. Escreveu onze romances, dez livros de poesia, além de ensaios, contos, cartas... Não alcançou reconhecimento crítico, mas criou, com seus escritos, uma comunidade fiel de leitores, que ainda o leem e o admiram. Um desses leitores chama-se Todd R. Lockwood, que atualmente vive em Burlington. Inspirado na leitura do romance *The Abortion*, Lockwood fundou, em 1990, a Biblioteca Brautigan.

O narrador de *The Abortion* trabalha e mora numa biblioteca pública em San Francisco, Califórnia. Mas não se trata de uma biblioteca convencional. Nela são aceitos apenas manuscritos não publicados, entregues pessoalmente por seus autores, que, depois de registrarem os títulos de sua obras no catálogo, escolhem um lugar, em uma das muitas prateleiras, para colocar o seu trabalho. No capítulo de abertura, uma senhora de cerca de oitenta anos chega à biblioteca às três horas da manhã para entregar um magro caderno, ilustrado e escrito com giz de cera, no qual ela explica a técnica de "como cultivar flores à luz de velas num quarto de hotel". A autora, que mora num quarto de hotel sem janelas, e adora flores, se mostra muito entusiasmada, pois havia acabado de terminar sua obra, na qual trabalhara por cinco anos. No capítulo terceiro, o narrador lista e comenta alguns dos títulos da biblioteca: *My Trike* (*Meu Triciclo*), por exemplo, foi composto por Chuck, um menino de cinco anos. O livro não possui palavras, apenas desenhos do triciclo do autor. *A History of Nebraska* (*Uma História do Nebrasca*), foi escrito por Clinton York, que nunca foi ao Nebrasca, mas sempre se interessou pelo Estado. *UFO versus CBS*, de Susan deWitt, discorre sobre uma conspiração de marcianos contra a rede CBS. São muitos, pois, os temas e gêneros das obras dessa peculiar biblioteca. Há, no entanto, um título que me parece o mais próximo do espírito da futura Biblioteca Brautigan, idealizada por Lookwood. Sua descrição está na página 26, da edição de 1972 (a primeira edição de *The Abortion* é de 1971):

Amor Sempre Lindo, de Charles Green. O autor tinha cerca de cinquenta anos e disse que estava tentando encontrar um editor para o seu livro desde os dezessete, quando escreveu o livro.

"Este livro bateu todos os recordes mundiais de recusa", ele disse. "Ele foi recusado 459 vezes, e agora eu sou um homem velho".

A Biblioteca Brautigan foi criada precisamente com esse intuito: o de abrigar apenas obras rejeitadas, manuscritos esquecidos, livros que poderiam ter sido e que não foram, títulos que não encontraram espaço no circuito comercial, ou que, voluntária ou involuntariamente, negaram esse espaço. Com a Biblioteca Brautigan, Lookwood transportou para a realidade social um conceito que existia somente no plano da ficção: o conceito de inclusão de livros excluídos. Por quinze anos, a Biblioteca Brautigan recebeu, pessoalmente ou por correio, manuscritos de obras não publicadas de várias partes dos Estados Unidos, bem como de países como Canadá, Índia, Reino Unido e Arábia Saudita. Em 2004, seu catálogo contava 325 títulos. No ano seguinte, porém, sem recursos financeiros e humanos, Lookwood viu-se obrigado a fechar a biblioteca e a armazenar seu acervo em um depósito. A Biblioteca Brautigan ainda funcionava em Burlington quando Vila-Matas publicou seu *Bartleby y Compañía*, em 2000.

Em 2010, depois de cinco anos inativa, a Biblioteca Brautigan finalmente reabriu suas portas ao público. Mas não em Vermont (infelizmente para nós que moramos aqui). Após negociações que duraram dois anos, seu acervo foi transferido para Vancouver, Washington, onde é hoje administrado pelo programa de Creative Media & Digital Culture da Universidade de Washington em parceria com o Museu Histórico Clark County. Desde 2013, a biblioteca passou a receber originais via correio eletrônico. Essas obras estão à disposição do público para consulta na página web da biblioteca, cujo link está abaixo, no rodapé[1].

---

1. http://www.thebrautiganlibrary.org

Mas, afinal, qual o sentido borgiano dessa história? A imagem da biblioteca é sem dúvida um fator, mas em si não o mais significativo. Seu aspecto mais decisivamente borgiano consiste, em síntese, na realização da réplica física (a Biblioteca Brautigan) de uma matriz ficcional (a biblioteca descrita em *The Abortion*). A ficção, assim, alimenta e invade a realidade – e não o contrário. A ficção, por esse prisma, ocupa o lugar da metafísica. Ou, no mínimo, a metafísica se realiza por meio da ficção. Essa, enfim, não é uma ideia exclusivamente borgiana – algumas de suas raízes podem ser encontradas no Simbolismo francês, por exemplo –, mas foi Borges, sem dúvida, quem a consagrou no âmbito da arte do século XX.

2. Ceticismo em Três Versões*

UMA DEFINIÇÃO DE CETICISMO

No *podcast* cujo *link* disponho no rodapé[1], três professores de filosofia (Adriano Machado Ribeiro, Luiz Eva e Roberto Bolzani) discutem o ceticismo dentro de uma perspectiva histórica, que remonta à Antiguidade, e também como método ou instrumento filosófico. Ao final, um deles (Roberto Bolzani) nos oferece uma breve definição do conceito, que transcrevo abaixo. O trecho está em 56:48.

O ceticismo é uma espécie de bastião da racionalidade no seguinte sentido: se é possível ainda ser racional neste mundo, ser racional significa pelo menos ser capaz de compreender que as posições das quais nós discordamos certamente também apresentam razões dignas de consideração. Isso é o que nós chamamos de tolerância.

---

* Publicado no *blog Mandrágora*, 1 de maio de 2019. Sobre *Mandrágora*, ver nota ao texto anterior.
1. http://oestadodaarte.com.br/ceticismo/

UM TANGO CÉTICO (E TAMBÉM BUDISTA)

Os versos abaixo foram extraídos do tango "Naranjo en Flor", cuja letra é de Homero Expósito:

> Primero hay que saber sufrir,
> Después amar, después partir,
> Y al fin andar sin pensamiento...[2]

UM FILÓSOFO CÉTICO

Emil Cioran amava a Espanha. Falava e compreendia bem a língua espanhola. Dizia que seu amor pelo país de Cervantes havia começado num trem, ainda nos anos de sua juventude. Viajava de terceira classe pela Romênia, quando um camponês espanhol subiu, e enquanto atirava sua pesada bagagem ao chão, exclamava, desacorçoado: ¡Qué lejos queda todo![3] Desde então, mesmo sem conhecê-la, Cioran amou a Espanha. Nunca deixou de amá-la. Amava, sobretudo – dizia a amigos próximos – "o gênio fracassado de Espanha". ¡Qué lejos queda todo!

---

2. "Primeiro, é preciso saber sofrer, / Depois amar, depois partir, / E, por fim, andar sem pensamento..."
3. Não é uma frase simples de traduzir, por seu ritmo e concisão. Eis uma possibilidade: "Por que tudo é tão longe!?"

3. 2006, Um Ano (Definitivamente) Borgiano*

Eventos dentro e fora da Argentina lembraram, em 2006, os vinte anos da morte de Jorge Luis Borges. A efeméride, no entanto, não faria desse um ano *definitivamente* borgiano. Outros fatos justificam a definição. Refiro-me, em particular, a duas notícias sem relação direta com Borges, mas que, por seus temas, nos remetem a dois de seus contos mais célebres: "Funes, el Memorioso" e "Tres Versiones de Judas". As notícias anunciam fatos que os contos de Borges parecem prenunciar, como se a ficção precedesse a história.

A primeira foi publicada em fevereiro de 2006 na revista científica *Neurocase*. Ali, três pesquisadores da Universidade da Califórnia narram, pela primeira vez, o caso de uma mulher dotada de supermemória individual. Aos 34 anos, A.J. (assim referida no estudo) podia recordar, com impressionante precisão, todos os dias de sua vida desde os onze anos de idade. Sua memória não é seletiva, como a nossa, e sim aparelhada de uma poderosa capacidade de rememorar, ou reviver, com detalhes, fatos e datas pessoais. No *e-mail* que enviou aos

---

* Inédito. Foi escrito para o *blog Mandrágora*, mas não chegou a ser publicado. Sobre *Mandrágora*, ver nota ao *Post* 1.

pesquisadores, para contatá-los, A.J. se descreve como uma mulher governada por uma memória "automática, contínua, incontrolável e totalmente extenuante"[1]. No primeiro encontro, os pesquisadores contam que a receberam "com grande ceticismo e curiosidade". Na literatura médica, casos de deficiência de memória são relativamente comuns, sobretudo quando comparados com os de memória superior. Estes, quando ocorrem, se manifestam em pessoas capazes de memorizar e repetir, sempre que requisitadas, grandes quantidades de números ou de nomes (números aleatórios ou longas listas de compras, por exemplo). Não era o caso de A.J., que logo foi identificado como único e inédito. Para documentá-lo no estudo de 2006, os pesquisadores recorreram a extensivos testes e entrevistas, que se estenderam por cinco anos. Durante esse período, a memória de A.J. se mostrou profundamente pessoal. A.J. não é capaz de memorizar longos textos ou números, ou datas de eventos remotos, fortuitamente extraídos dos livros de história. Por outro lado, oferecida a ela uma data aleatória, sem aviso prévio, de sua vida – 27 de abril de 1994, por exemplo –, A.J. podia imediata e automaticamente recordar o dia da semana (quarta-feira), onde estava, com quem, o que vestia, o que comeu, o que seus pais fizeram, que Nixon havia falecido no fim de semana anterior etc. Os pesquisadores podiam, então, saltar para 27 de novembro de 1982, e na sequência para 14 de julho de 1998, e os resultados se mostravam inalteráveis no grau de precisão. Como A.J. manteve um diário por muitos anos, com milhares de páginas, era possível conferir datas e eventos. Mas outras formas de aferição foram também utilizadas, sempre com respostas positivas.

    Certa feita, por exemplo, os pesquisadores deram a A.J. uma folha de papel e lhe pediram que escrevesse a data de todas as Páscoas desde

---

[1]. Cf. Elizabeth Parker, Larry Cahill & James McGaugh, "A Case of Unusual Autobiographical Remembering", *Neurocase*, n. 12, pp. 35-49, 2006.

1980 até 2003. Como se sabe, a Páscoa não possui data fixa ou fórmula sequencial, podendo cair em qualquer dia entre 22 de março e 15 de abril. Em menos de dez minutos, A.J. escreveu todas as datas com anotações pessoais para cada dia (11. abr. 1982, meus avós vieram nos visitar, ou 12. abr. 1998, a casa cheirava a presunto). Todas as datas estavam corretas, exceto uma – incorreta por dois dias. Esse resultado não foi revelado a A.J. Dois anos depois, sempre sem antecipação alguma, os pesquisadores lhe solicitaram a mesma tarefa. Dessa vez, todas as datas foram escritas corretamente, ao lado de praticamente as mesmas anotações pessoais; e quando lhe mostraram a folha anterior, A.J. reconheceu e apontou prontamente o erro cometido dois anos atrás.

O grupo de pesquisadores que trabalhou com A.J. propôs o termo *hipertimésia* ou *síndrome hipertimésica* (do termo grego *thymesis*, que significa "recordar") para nomear a condição apresentada por A.J. Sua identidade, inicialmente omitida, foi depois revelada: A.J. é Jill Price, uma mulher californiana, nascida em 1965, que em 2009 escreveu suas memórias no livro *The Woman Who Can't Forget: The Extraordinary Story of Living with the Most Remarkable Memory Known to Science* (*A Mulher que não Consegue Esquecer: A História Extraordinária de como É Viver com a mais Notável Memória Conhecida pela Ciência*). Com a divulgação do caso, outras pessoas, na maioria mulheres, foram identificadas com o que se passou a chamar, na imprensa, de síndrome da supermemória. Nos meios acadêmico-científicos, a síndrome é também referida pela sigla HSAM, que em inglês significa *highly superior autobiographical memory*. A síndrome é rara, ou melhor, raríssima; estima-se que no mundo, hoje, haja por volta de sessenta pessoas que a desenvolveram[2]. Quem quiser conhecer a história de algumas dessas pessoas, incluindo Jill Price, pode acessar vídeos na internet. São, de fato, histórias impressionantes, que, aos leitores de Borges, nos re-

---

2. Cf. https://www.rd.com/article/highly-superior-autobiographical-memory/

metem imediatamente a Funes, o inesquecível personagem borgiano dotado de memória absoluta.

O conto "Funes, el Memorioso" foi publicado pela primeira vez em 1942. Nele, narra-se a história de Irineo Funes, um jovem uruguaio que sofre um acidente de cavalo e, ao recobrar a consciência, se vê paralítico e incapaz de esquecer qualquer detalhe, por mais insignificante, de seus dias desde a infância. "Agora sua percepção e sua memória eram infalíveis", diz o narrador, referindo-se a Funes. No entanto, a memória de Funes, supra-humana – daí Funes ser comparado, no conto, ao super-homem de Nietzsche –, na qual tudo entra e nada sai, é um fardo mais do que um dom, em sua nitidez "quase intolerável". É também uma metáfora da qual Borges se vale para discorrer sobre alguns de seus temas favoritos como o tempo, a realidade, o infinito, e a ideia de uma linguagem artificial, que Funes elabora, sem concluí-la, entrevado em sua cama, num rancho perdido no interior do Uruguai. Como nada, ou quase nada, é ocasional em Borges, também não o é a referência a Nietzsche, filósofo que refletiu, em vários momentos de sua obra, sobre a dialética da memória e do esquecimento. Na *Genealogia da Moral*, por exemplo, Nietzsche define o esquecimento como o "zelador da ordem psíquica", e como uma "força inibidora ativa" que produz uma "forma de saúde *forte*". Nesse sentido, "Funes, el Memorioso" pode ser lido como um relato menos sobre a memória e mais sobre o esquecimento, sua função e sua necessidade: esquecer é preciso. "Não poderia haver felicidade, jovialidade, esperança, orgulho, *presente*, sem o esquecimento"[3], diz Nietzsche, ao que Funes parece responder: "Minha memória, senhor, é como um vazadouro de lixo"[4].

3. F. Nietzsche, *Genealogia da Moral*, trad. Paulo César de Souza, São Paulo, Companhia das Letras, p. 43, 2017.
4. Jorge Luis Borges, *Obras Completas*, Buenos Aires, Emecé Editores, vol. 1, pp. 519-25, 2005.

Quando conhecemos a história de Jill Price, notamos que a memória dela e a de Funes não funcionam exatamente da mesmo forma: Funes, por exemplo, possui natural facilidade para aprender línguas estrangeiras, e Jill Price não. A perfectibilidade da memória de Price é, repito, fundamentalmente pessoal e afetiva, enquanto a amplitude ilimitada da memória de Funes é superassimilativa e totalizadora. Um aspecto, no entanto, faz Funes e Price se corresponderem: a assustadora ideia de que ambos são reféns de um poder imperfectível que os controla e os subjuga. A noção de perfectibilidade, nesse caso, lhes tolhe os caminhos da liberdade individual, pois ambos são prisioneiros da memória (ou seria prisioneiros *na* memória?). Os conceitos de liberdade e perfectibilidade, ou este como sintoma daquele e ambos como signos de distinção do humano, associados a Funes e Price, nos levariam a Rousseau e ao seu *Discurso sobre a Origem da Desigualdade*. Isso, no entanto, nos desviaria da nossa rota original, tal como estabelecida no início deste *post*. Deixo a senda rousseauniana aqui apenas registrada, e aberta para quem quiser por ela se enveredar. Voltemos à nossa rota.

A segunda notícia de 2006 que fala diretamente aos leitores de Borges, e que também possui um viés, digamos, antecipacionista, no sentido de uma ideia que sai da ficção e invade a realidade do mundo físico, foi divulgada na revista *National Geographic*. A edição de abril relata a descoberta de um manuscrito copta do século III ou IV da nossa era, que contém o texto porventura mais perseguido da história, certamente o mais perseguido da história do Cristianismo: o Evangelho de Judas Iscariotes. Sabia-se da existência de tal documento, citado como herético por Santo Irineu no século II. Por essa época, cristãos ortodoxos estabeleceram o *corpus* de sua doutrina no qual estão inseridos os quatro evangelhos canônicos: Mateus, Marcos, Lucas e João. Nos primórdios do Cristianismo, relatos não-canônicos, gnósticos ou heréticos, eram não apenas refutados como também destruídos. Daí o descobrimento do Evangelho de Judas cerca de 1700 anos depois de escrito poder ser considerado um verdadeiro... milagre.

A história do códice é também repleta de mistérios e aventuras. Eis aqui um resumo. Depois de descoberto em uma caverna no deserto do Egito no final dos anos 1970, o papiro de cerca de trinta páginas com capa de couro foi negociado no Cairo. Um antiquário local de nome Hanna foi quem o adquiriu. Por volta de 1980, o livro é roubado; algum tempo depois, reaparece em Genebra, na Suíça. Hanna o recupera e o oferece a um colega de Stephen Emmel, hoje professor de coptologia na Alemanha, mas que na época era um estudante de pós-graduação em Roma. Emmel e dois colegas foram a Genebra e examinaram o texto. Eles reconheceram a antiguidade e importância do documento, então bem conservado, mas não se deram conta de que o códice continha o Evangelho de Judas. Na ocasião, Hanna pediu a bagatela de três milhões de dólares pelo papiro. O grupo, sem recursos de tal ordem, recusou. O antiquário, então, viajou para os Estados Unidos e se fixou em Nova York. Após algumas tentativas frustradas de negociação, Hanna depositou o códice no cofre de um banco americano, onde ele permaneceu por dezesseis anos. É nesse período que o papiro sofre grande deterioração pela qual parte do seu texto se tornou irremediavelmente irrecuperável. Em 2000, a antiquária suíça Frieda Nussberger-Tchacos adquire o códice e o oferece a Yale. Robert Babcock, então curador da biblioteca de livros raros, é quem faz a assombrosa descoberta: o manuscrito contém a escritura gnóstica do Evangelho de Judas, do qual apenas se tinha notícia através de comentários, como os de Santo Irineu, mas cujo conteúdo era até então absolutamente desconhecido. Trata-se, sem dúvida, de uma das maiores descobertas arqueológicas da Era Moderna. Ainda assim, Yale decide não adquirir o códice, com receio de sua procedência. Tchacos tenta ainda negociá-lo com o antiquário americano Bruce Ferrini, também sem sucesso. O papiro vai parar, enfim, na Fundação Mecenas de Arte Antiga, na Basileia, Suíça. Essa fundação estabelece uma parceria com a Sociedade National Geographic e o Instituto Waitt de Descobrimento Histórico, localizado na Califórnia, e as três instituições se unem para provar cientificamente a autenticidade do códice, traduzi-lo e publicá-lo.

Aos leitores de Borges, a notícia de imediato nos traz à mente o conto "Tres Versiones de Judas", que em 1944 cria uma fantasia teológica em que Judas aparece como um personagem não-canônico, profundamente distinto daquele que nos legou a tradição. O Judas canônico, da tradição cristã, é a figura mais odiosa e odiada do Novo Testamento, o vilão-mor que, como apóstolo, abusou da confiança de Jesus para depois traí-lo pela delação. O motivo? A cobiça pecuniária: os célebres trinta dinheiros. Em "Tres Versiones de Judas", o teólogo suíço Nils Runeberg reinterpreta, através de um rigoroso exercício hermenêutico, o *motivo* da traição de Judas. Para Runeberg, imputá-lo simplesmente à pura cobiça equivale a "resignar-se ao móvel mais torpe"[5]. Desse ato de reinterpretação, emerge – em três versões – um novo e surpreendente Judas, não apenas reparado da injúria moral que o tem incriminado por quase dois milênios, como também um Judas sublimado e equiparado ao Cristo em glória e sabedoria. Por essa hermenêutica da reparação, Runeberg eleva a vileza de Judas até a condição de um heroísmo sacrifical de ordem e origem divinas.

Terá o conto de Borges antecipado aspectos do Evangelho de Judas? É o que se perguntavam, com alguma avidez, os lei-

---

5. *Idem*, pp. 551-55.

tores de Borges em 2006. A resposta, hoje, é sim e não. Para examinar essa possível relação, é preciso, em primeiro lugar, ter muita cautela. Buscar áreas de intersecção entre o conto de Borges e o Evangelho de Judas é o impulso natural dos leitores de Borges. Em nome de uma almejada imparcialidade, esse impulso deve ser contido. Um passo a ser dado nessa direção, creio, é entender que o códice de Judas é um texto gnóstico. Nos primeiros séculos da nossa era, cristãos gnósticos formavam uma frente de oposição aos cristãos ortodoxos, cuja ideologia acabou prevalecendo. O aparato de base para a leitura de um texto gnóstico difere frontalmente daquele utilizado para ler a Bíblia canônica. Isso tende a gerar problemas de interpretação. Daí, por exemplo, não haver consenso, hoje, entre especialistas, sobre a natureza moral do Judas do evangelho gnóstico, ou seja, se se trata de um personagem sublime ou ínfimo, heroico ou maléfico. Borges conhecia bem autores gnósticos; conhecia também o relato de Santo Irineu que alude ao Evangelho de Judas. É natural, portanto, ou ao menos razoável, que haja algum ponto de convergência entre o conto de Borges e o Evangelho de Judas, apesar de todas as distâncias que separam ambos os textos.

Um ponto de convergência que parece associar a ficção de Borges e o manuscrito copta é a questão do conhecimento da alteridade. Numa das primeiras cenas do evangelho gnóstico, Jesus desafia os apóstolos, descritos como pouco conscientes de si e de sua missão, a encará-lo de frente e a exibirem o "humano perfeito" que há neles. Os apóstolos fraquejam, falta-lhes energia e coragem; Judas é o único que se levanta, aproxima-se do mestre, e, mesmo sem erguer os olhos, por deferência, diz a Jesus: "Eu sei quem você é e de onde você veio"[6]. A "perfeição"

---

6. *The Gospel of Judas*, Simon Gathercole, Oxford UP, pp. 61-113, 2007.

de Judas, nesse caso, se projeta através do conhecimento que ele possui do Cristo, conhecimento que não é compartilhado, não na mesma medida, pelos demais apóstolos. A passagem nos remete a um trecho do conto de Borges em que Runeberg afirma ser Judas o "único entre os apóstolos" que "intuiu a secreta divindade e o terrível propósito de Jesus". Em ambos os relatos, portanto, Judas detém, ou parece deter, um conhecimento superior sobre o Cristo e seus desígnios. Judas sabe mais; e é essa sua glória e também sua perdição, é isso que o distingue dos demais apóstolos e é por isso que se consolida uma aliança secreta entre Judas e Jesus no conto borgiano e no evangelho gnóstico.

"Você será amaldiçoado por gerações vindouras", diz Jesus a Judas no evangelho gnóstico, "e você terminará por governá-las", completa. A terceira versão borgiana de Judas prega que o Verbo se fez carne, ou que Deus se fez homem, em Judas, não em Jesus. Seria essa fala do Jesus gnóstico uma confirmação da tese de Runeberg?

v. TRADUÇÃO

1. *Noches Lúgubres*
José Cadalso*

BREVÍSSIMA APRESENTAÇÃO

A Obra

Noches Lúgubres é um poema dramático em prosa, publicado no *Correo de Madrid* entre dezembro de 1789 e janeiro de 1790. Compõe-se de três noites, sendo a última inconclusa. Antes de sua publicação, a obra havia circulado em cópias manuscritas. A mais antiga encontra-se na British Library, em Londres, e é datada de aproximadamente 1775. A ação narrativa centra-se na tentativa de exumação do cadáver de uma mulher, amada do protagonista. *Noches Lúgubres* dialoga com a tradição gótico-medieval pelo tema, e com o Romantismo nascente pela mescla de gêneros e estilos. Foi uma obra popular. No fim do século XIX, contavam-se dela 49 edições. Em 1844, Francisco Bernardino Ribeiro verteu o poema ao português e publicou-o no periódico carioca *Minerva Brasiliense*. Supõe-se que Álvares de Azevedo conheceu essa versão, que ressoa em diversos momentos de sua obra, sobretudo nos contos de *Noite na Taverna* (1855).

---

* Publicado em (N.T.) – *Revista Literária em Tradução*, n. 10, pp. 150-200, 2015.

O Autor

Escritor e militar espanhol, José Cadalso y Vásquez de Andrade (1741-1782) compôs poesia, teatro e prosa de ficção. Suas obras mais conhecidas são *Cartas Marruecas*, narrativa epistolar escrita à imitação das *Cartas Persas*, de Montesquieu, e *Noches Lúgubres*. O espírito crítico que preside aquela e a impulsividade sentimental que domina esta mostram um escritor entre duas mentalidades, a iluminista e a romântica – esta em formação. *Noches Lúgubres* parece basear-se num evento biográfico do autor: a morte prematura, em 1771, da atriz María Ignacia Ibañez, com quem Cadalso manteve um breve mas intenso romance. É possível que o tema órfico da exumação da amada tenha sido tomado, entre outras fontes, da história de Inês de Castro, cuja tragédia teve forte impacto no teatro espanhol dos séculos XVII e XVIII. O mito da coroação por D. Pedro da Inês morta, por exemplo, nasce no teatro espanhol desse período[1].

Nota Crítica

Desde Azorín (1873-1967), passando por Ramón Gómez de la Serna (1888-1963), até o eminente hispanista americano Russell P. Sebold (1928-2014), há uma corrente na crítica hispânica que postula, com argumentação sólida e coerente, serem as *Noches Lúgubres* de Cadalso uma obra já fundamentalmente romântica (e não pré-romântica). Por essa ótica, as *Noches* de Cadalso podem ser consideradas a primeira obra do Romantismo europeu. Não se sabe com precisão quando o poema de Cadalso foi escrito. Alguns indícios, no entanto, nos sugerem um período dentro do qual a obra provavelmente foi composta. Em 1774, nas *Cartas Marruecas*, Cadalso refere-se às *Noches Lú-*

---

1. Ver António de Vasconcelos, *Inês de Castro*, Porto, Marques Abreu, 1928, pp. 174-79.

gubres como uma obra acabada – embora a versão que nos tenha chegado esteja incompleta. O evento que, supõe-se, inspirou a ação das *Noches*, a morte de María Ignacia Ibáñez, ocorre em 1771. Logo, pode-se concluir que Cadalso escreveu sua obra entre 1771 e 1774. Em 1774, Goethe escreve e publica *Os Sofrimentos do Jovem Werther* – cuja edição definitiva, substancialmente revisada, é de 1787. Em 1789, os manuscritos das *Noches Lúgubres*, que circulavam entre leitores na Espanha, ganham versão impressa no *Correo de Madrid*. Sem deliberar sobre a possível precedência de Cadalso sobre Goethe, pode-se afirmar sem receio, a partir dos dados apresentados, que o pensamento e estilo românticos ganham tônus na Espanha e na Alemanha da década de 1770. Nesse caso, em ambas as obras, o Romantismo emerge sob o signo do suicídio, que o Tediato das *Noches* de Cadalso anuncia no fim de cada noite, e que o Werther de Goethe leva a cabo. Nos dois casos, o suicídio (anunciado ou cometido) é a resposta culminante de individualidades vulneráveis, que se sentem incompreendidas e deslocadas no mundo. No caso específico de Cadalso, o Romantismo de suas *Noches* se manifesta nas múltiplas tensões que a obra enfeixa a começar pelo emparelhamento, logo no introito, de Edward Young e Virgílio. Na sequência, os conflitos entre poesia e drama, tragédia e comédia, biografismo e imitação, didatismo iluminista e niilismo radical, justiça e arbitrariedade, egotismo narcisista e valorização da outridade são apenas algumas camadas de contradição que a narrativa expõe, acentua e não resolve. Ao não resolvê-las, o poema de Cadalso cria uma forma de expressão ambivalente e interrogante, que parece, de fato, não apontar para a *modernidade* do Romantismo, mas já revelá-la em sua contundente plenitude.

Texto-Base

José Cadalso, *Noches Lúgubres*, Edición Nigel Glendinning, Madrid, Espasa-Calpe, 1993. Outras edições foram cotejadas, sempre que necessário.

Tradução

Para a presente tradução, foram compulsadas a de Francisco Bernardino Ribeiro (*Minerva Brasiliense*, n. 16, 15 de junho de 1844, Primeira e Segunda Noites), e a versão inglesa de Russell P. Sebold (*Lugubrious Nights*, Albuquerque, University of New Mexico Press, 2008).

Noches Lúgubres | *Noites Lúgubres*

José Cadalso

Noches Lúgubres
Imitando el estilo de las que escribió en inglés el doctor Young

………………………………. *Crudelis ubique*
Luctus, ubique pavor, et plurima noctis imago.
Virgilio, *Aen.*, 2, v[v]. 368[-69].

Noites Lúgubres
Imitando o estilo das que escreveu em inglês o doutor Young[1]

.... *Crudelis ubique*
Luctus, ubique pavor, et plurima noctis imago.
Virgilio, *Aen.*, 2, v[v]. 368[-69][2].

---

1. Edward Young (1681-1765), poeta inglês, autor de *Night-Thoughts* (1742-45), obra que serviu de modelo literário para Cadalso.
2. "Tudo é luto e pavor, crueza é tudo; / Multiplica-se a morte em vária forma" (trad. Manuel Odorico Mendes). "...Por tudo, desgraças, / luto, lamentos, a imagem da Morte em diversas posturas" (trad. Carlos Alberto Nunes). Para melhor integrar a epígrafe à sua obra, Cadalso se vale de uma tradição textual menos conhecida da *Eneida*, que substitui "morte" (*mortis imago*) por "noite" (*noctis imago*).

NOCHE PRIMERA

Tediato y un Sepulturero

Diálogo

Tediato – *¡Qué noche! La oscuridad, el silencio pavoroso, interrumpido por los lamentos que se oyen en la vecina cárcel, completan la tristeza de mi corazón. El cielo también se conjura contra mi quietud, si alguna me quedara. El nublado crece. La luz de esos relámpagos... ¡qué horrorosa! Ya truena. Cada trueno es mayor que el que le antecede, y parece producir otro más cruel. El sueño, dulce intervalo en las fatigas de los hombres, se turba. El lecho conyugal, teatro de delicias; la cuna en que se cría la esperanza de las casas; la descansada cama de los ancianos venerables; todo se inunda en llanto... todo tiembla. No hay hombre que no se crea mortal en este instante... ¡Ay si fuese el último de mi vida! ¡Cuán grato sería para mí! ¡Cuán horrible ahora! ¡Cuán horrible! Más lo fue el día, el triste día que fue causa de la escena en que ahora me hallo.*

Lorenzo no viene. ¿Vendrá, acaso? ¡Cobarde! ¿Le espantará este aparato que naturaleza le ofrece? No ve lo interior de mi corazón... ¡cuánto más se horrorizaría! ¿Si la esperanza del premio le trajera? Sin duda... el dinero... ¡ay, dinero, lo que puedes! Un pecho sólo se te ha resistido... ya no existe... ya tu dominio es absoluto... ya no existe el solo pecho que se te ha resistido.

PRIMEIRA NOITE

Tediato e um Coveiro

Diálogo

TEDIATO – Que noite! A escuridão, o silêncio tenebroso, interrompido por gemidos que ressoam no cárcere ao lado, completam a tristeza do meu coração. Também o céu conspira contra minha paz, se alguma me resta. Cresce a tormenta. O clarão destes relâmpagos... que pavor! Troveja. Cada trovão soa mais forte, e parece produzir outro, mais violento. O sonho, doce intervalo entre as fadigas dos homens, se nubla. O leito conjugal, teatro de prazeres; o berço, onde se nutre a esperança dos lares; a sossegada cama dos anciãos honrados; tudo se inunda de lágrimas... tudo treme. Não há homem que não se julgue mortal neste instante... Ah, se fosse o último da minha existência! Quão prazeroso seria! Quanto horror agora! Quanto horror! Não mais do que no dia, no triste dia que foi a causa do cenário em que agora me encontro.

Lourenço, que não vem... Acaso virá? Covarde! O espetáculo que lhe oferece a natureza o terá espantado? Não vê o interior do meu coração... mais aterrorizado ficaria! E se a esperança da recompensa o trouxesse? Sim... o dinheiro... ah, dinheiro, quão poderoso és! Só um coração te opôs resistência... já não existe... teu reino é absoluto... já não existe o coração que, solitário, te opôs resistência.

Las dos están al caer... esta es la hora de la cita para Lorenzo... ¡Memoria! ¡Triste memoria! Cruel memoria, más tempestades formas en mi alma que nubes en el aire. También esta es la hora en que yo solía pisar estas mismas calles, en otros tiempos muy diferentes de éstos. ¡Cuán diferentes! Desde aquellos a estos todo ha mudado en el mundo; todo, menos yo.

¿Si será de Lorenzo aquella luz trémula y triste que descubro? Suya será. ¿Quién sino él, y en este lance, y por tal premio, saldrá de su casa? Él es: el rostro pálido, flaco, sucio, barbado y temeroso; el azadón y pico que trae al hombro, el vestido lúgubre, las piernas desnudas; los pies descalzos, que pisan con turbación; todo me indica ser Lorenzo, el sepulturero del templo, aquel bulto cuyo encuentro horrorizaría a quien le viese. Él es, sin duda. Se acerca; desembózome, y le enseño mi luz. Ya llega. ¡Lorenzo! ¡Lorenzo!

LORENZO – *Yo soy. Cumplí mi palabra. Cumple ahora tú la tuya. ¿El dinero que me prometiste?*

TEDIATO – *Aquí está. ¿Tendrás valor para proseguir la empresa como me lo has ofrecido?*

LORENZO – *Sí, porque tú también pagas el trabajo.*

TEDIATO – *¡Interés! ¡Único móvil del corazón humano! Aquí tienes el dinero que te prometí. Todo se hace fácil cuando el premio es seguro; pero el premio es justo una vez prometido.*

Quase duas da manhã... esta é a hora marcada com Lourenço... Memória! Triste memória! Cruel memória, mais tempestades fabricas em minha alma do que essas nuvens no céu. Também esta é a hora em que eu costumava pisar estas mesmas ruas noutros tempos, muito diversos. Quão diversos! Desde então, tudo no mundo mudou; tudo, menos eu.

Será de Lourenço aquela luz trêmula e triste que avisto? Decerto será. Quem senão ele, nestas circunstâncias, e por tal recompensa, sairia de sua casa? É ele: o rosto pálido, magro, sujo, barbudo e assustado; a enxada e a picareta que traz ao ombro, as vestes lúgubres, as pernas nuas, os pés descalços, que pisam com apreensão; tudo me indica ser Lourenço, o coveiro do templo, aquele cujo vulto apavoraria quem o encontrasse. É ele, sem dúvida; aproxima-se; retiro meu embuço e lhe mostro minha luz. Ei-lo que chega. Lourenço! Lourenço!

Lourenço – Sou eu. Cumpri minha palavra. Cumpre agora a tua. O dinheiro que me prometeste?

Tediato – Aqui está. Terás coragem de prosseguir como me havias oferecido?

Lourenço – Sim; porque pagas o trabalho.

Tediato – Interesse! Força movente do coração humano! Eis o dinheiro que te prometi. Tudo se torna fácil se a recompensa é certa; mas esta é justa, já que foi prometida.

Lorenzo – *¡Cuán pobre seré cuando me atreví a prometerte lo que voy a cumplir! ¡Cuánta miseria me oprime! Piénsalo tú, y yo... harto haré en llorarla. Vamos.*

Tediato – *¿Traes la llave del templo?*

Lorenzo – *Sí, esta es.*

Tediato – *La noche es tan oscura y espantosa.*

Lorenzo – *Y tanto que tiemblo, y no veo.*

Tediato – *Pues dame la mano, y sigue. Te guiaré y te esforzaré.*

Lorenzo – *En treinta y cinco años que soy sepulturero, sin dejar un solo día de enterrar alguno o algunos cadáveres, nunca he trabajado en mi oficio hasta ahora con horror.*

Tediato – *Es que en ella me vas a ser útil. Por eso te quita el cielo la fuerza del cuerpo y del ánimo. Esta es la puerta.*

Lorenzo – *¡Que tiemblo yo!*

Tediato – *Anímate... imítame.*

Lorenzo – *¿Qué interés tan grande te mueve a tanto atrevimiento? Paréceme cosa difícil de entender.*

Tediato – *Suéltame el brazo...; como me le tienes asido con tanta fuerza, no me dejas abrir con esta llave... Ella parece también resistirse a mi deseo... Ya abrí, entremos.*

Lourenço – Quão infeliz fui quando me atrevi a prometer-te o que vou cumprir agora! Quanta dor me aflige! Imagina tu… que eu… terei muito por que chorar. Vamos.

Tediato – Trouxeste a chave do templo?

Lourenço – Sim, aqui está.

Tediato – Tão escura a noite e tão medonha.

Lourenço – Tremo tanto que nada vejo.

Tediato – Pois dá-me tua mão e segue-me; te guiarei e te darei coragem.

Lourenço – Em trinta e cinco anos como coveiro, sem deixar um dia sequer de enterrar um ou mais cadáveres, nunca, até hoje, havia exercido meu ofício com horror.

Tediato – É que hoje me vais ser útil; por isso, te priva o céu da força do corpo e da alma. Eis a porta.

Lourenço – Oh, como tremo!

Tediato – Anima-te… acompanha-me…

Lourenço – Que interesse tão grande te leva a tanta ousadia? Parece-me coisa difícil de entender!

Tediato – Solta-me o braço… agarras-me com tanta força que não me deixas meter esta chave. Também ela parece opor-se ao meu intento… Abriu-se, enfim; entremos.

Lorenzo – *Sí, entremos. ¿He de cerrar por dentro?*

Tediato – *No: es tiempo perdido, y nos pudieran oír. Entorna solamente la puerta, porque la luz no se vea desde afuera si acaso pasa alguno... tan infeliz como yo; pues de otro modo no puede ser.*

Lorenzo – *He enterrado por mis manos tiernos niños, delicias de sus madres; mozos robustos, descanso de sus padres ancianos; doncellas hermosas, envidiadas de las que quedaban vivas; hombres en lo fuerte de su edad, y colocados en altos empleos; viejos venerables, apoyos del Estado... nunca temblé. Puse sus cadáveres entre otros muchos ya corruptos: rasgué sus vestiduras en busca de alguna alhaja de valor; apisoné con fuerza, y sin asco, sus fríos miembros; rompíles las cabezas y huesos; cubrílos de polvo, ceniza, gusanos y podre, sin que mi corazón palpitase... y ahora, al pisar estos umbrales, me caigo... al ver el reflejo de esa lámpara, me deslumbro... al tocar esos mármoles, me hielo... me avergüenzo de mi flaqueza. No la refieras a mis compañeros. Si lo supieran, harían mofa de mi cobardía.*

Tediato – *Más harían de mí los míos al ver mi arrojo. ¡Insensatos! ¡Qué poco saben!... ¡Ah, me serían tan odiosas por su dureza, como yo sería necio en su concepto por mi pasión!*

Lourenço – Sim, entremos. Devo fechá-la por dentro?

Tediato – Não; é perda de tempo, e poderiam nos ouvir. Encosta a porta apenas, de modo que a luz não seja vista de fora, caso passe alguém... tão infeliz como eu; porque mais não pode ser.

Lourenço – Com estas mãos, enterrei meigas crianças, regalo de suas mães; rapazes robustos, repouso de seus pais idosos; virgens formosas, invejadas por todas que lhes sobreviviam; homens na força da idade, e que ocupavam altos cargos; velhos venerandos, alicerces do Estado... nunca tremi. Deitei seus cadáveres na multidão de outros, já decompostos; rasguei suas vestes à procura de alguma joia de valor; comprimi com força, e sem repulsa, seus membros regelados; esmaguei seus crânios e ossos, e os cobri de cinza, pó, verme e pus, sem que meu coração palpitasse... e agora, ao cruzar estes umbrais, hesito... ao ver o reflexo desta lamparina, assusto-me... ao tocar estes mármores, estremeço... envergonho-me da minha fraqueza; não a refiras a meus companheiros. Zombariam da minha covardia, se soubessem.

Tediato – Mais zombariam de mim meus companheiros ao ver meu atrevimento. Tolos! Quanto ignoram!... São-me tão abomináveis por sua insensibilidade quanto eu, a seus olhos, lhes seria inepto por minha paixão.

Lorenzo — *Tu valor me alienta. Mas, ¡ay! ¡Nuevo espanto! ¿Qué es aquello?... Presencia humana tiene... Crece conforme nos acercamos... otro fantasma le sigue... ¿Qué será? Volvámonos mientras podemos: no desperdiciemos las pocas fuerzas que aún nos quedan... Si aún conservamos algún valor, válganos para huir.*

Tediato — *¡Necio! Lo que te espanta es tu misma sombra con la mía. Nacen de la postura de nuestros cuerpos respecto de aquella lámpara. Si el otro mundo abortase esos prodigiosos entes a quienes nadie ha visto, y de quienes todos hablan, sería el bien o el mal que nos traerían siempre inevitable. Nunca los he hallado; los he buscado.*

Lorenzo — *Si los vieras...*

Tediato — *Aun no creería a mis ojos. Juzgara tales fantasmas monstruos producidos por una fantasía llena de tristeza. ¡Fantasía humana!, ¡fecunda sólo en quimeras, ilusiones y objetos de terror! La mía me los ofrece tremendos en estas circunstancias... Casi bastan a apartarme de mi empresa.*

Lorenzo — *Eso dices, porque no los has visto. Si los vieras, temblaras aun más que yo.*

Tediato — *Tal vez en aquel instante; pero en el de la reflexión me aquietara. Si no tuviese miedo de malgastar estas pocas horas, las más preciosas de mi vida, y tal vez las ultimas de ella, te contara con gusto cosas cpaces de sosegarte... Pero dan las dos... !Qué sonido tan triste el de esa campana! El tiempo urge. Vamos, Lorenzo.*

Lourenço – Tua coragem me anima. Mas, ah! Novo assombro! Que é aquilo?... Possui forma humana. Cresce à medida que avançamos... outro fantasma o segue. O que será? Voltemos enquanto há tempo. Não desperdicemos a pouca força que ainda nos resta... Se ainda conservamos alguma coragem, aproveitemos para fugir.

Tediato – Néscio! O que te espanta é a tua sombra com a minha. Nascem da postura de nossos corpos em relação àquela lamparina. Se o outro mundo abortasse esses entes sobrenaturais que nunca ninguém viu, e de que todos falam, seria como trazer-nos o bem ou o mal de modo inevitável. Nunca os encontrei; os tenho procurado.

Lourenço – Se os tivesses visto...

Tediado – Ainda assim não daria crédito aos meus olhos. Diria que tais fantasmas são monstros produzidos por uma imaginação cheia de tristeza. Imaginação humana! Fértil apenas de quimeras, ilusões e imagens de terror! A minha, nestas circunstâncias, me apresenta imagens terríveis... Quase me obrigam a desistir do meu propósito.

Lourenço – Dizes isso porque nunca os viste. Se os tivesses visto, tremerias mais do que eu agora.

Tediato – No momento em que visse, talvez; mas ao refletir, me acalmaria. Se não receasse desperdiçar estas poucas horas, as mais preciosas da minha vida, e talvez as últimas, te contaria com prazer coisas capazes de tranquilizar-te... Mas batem as duas... Como é triste o som deste sino! O tempo urge. Vamos, Lourenço.

Lorenzo – *¿Adónde?*

Tediato – *A aquella sepultura: sí, a abrirla.*

Lorenzo – *¿A cuál?*

Tediato – *A aquella.*

Lorenzo – *¿A cuál? ¿A aquella humilde y baja? Pensé que querías abrir aquel monumento alto y ostentoso, donde enterré pocos días ha al duque de Faustotimbrado, que había sido muy hombre de palacio, y según sus criados me dijeron, había tenido en vida el manejo de cosas grandes. Figuróseme que la curiosidad o interés te llevaba a ver si encontrabas algunos papeles ocultos, que tal vez se enterrasen con su cuerpo. He oído no sé dónde, que ni aun los muertos están libres de las sospechas y aun envidias de los cortesanos.*

Tediato – *Tan despreciables son para mí muertos como vivos; en el sepulcro, como en el mando; podridos como triunfantes; llenos de gusanos, como rodeados de aduladores... No me distraigas... Vamos, te digo otra vez, a nuestra empresa.*

Lorenzo – *No. Pues al túmulo inmediato a ése, y donde yace el famoso indiano, tampoco tienes que ir, porque aunque en su muerte no se le halló la menor parte de caudal que se le suponía.*

Lourenço – Onde?

Tediato – Àquela sepultura; sim, vamos abri-la.

Lourenço – Qual?

Tediato – Aquela.

Lourenço – Qual? Aquela humilde e baixa? Pensei que querias abrir aquele monumento alto e suntuoso, onde enterrei, há poucos dias, o distinto duque de Faustotimbrado[3], que foi homem de palácio, e que, segundo me disseram seus criados, dirigiu em vida negócios de grande monta. Cuidei que a curiosidade ou o interesse te levava a ver se descobrias alguns documentos secretos, que talvez tivessem sido enterrados com seu corpo. Ouvi, não sei onde, que nem mesmo os mortos estão livres das suspeitas e até da inveja dos cortesãos.

Tediato – Tão desprezíveis são para mim os mortos como os vivos, no sepulcro como no trono, putrefatos como triunfantes, cobertos de vermes como cercados de bajuladores… Não me distraias… Vamos, te repito, ao nosso trabalho.

Lourenço – Não. Também não hás de ir ao túmulo seguinte, onde jaz o famoso indiano[4], pois que ao morrer não se encontrou nem parcela da riqueza que lhe supunha.

3. Personagem fictício cujo nome é formado pela conjunção de *fausto* (suntuoso, afortunado) e *timbrado*, de timbre, insígnia colocada sobre um escudo de armas. O nome denota, pois, luxo e nobreza. Glendinning grafa os termos separados ("Fausto timbrado"). Sigo, aqui, o texto de Russell P. Sebold (Madrid, Cátedra, 9ª ed., 2012).
4. Diz-se da pessoa que emigra para a América e regressa à Espanha com fortuna.

Me consta que no enterró nada consigo; porque registré su cadáver. No se halló siquiera un doblón en su mortaja.

TEDIATO – *Tampoco vendría yo de mi casa a su tumba por todo el oro que él trajo de la infeliz América a la tirana Europa.*

LORENZO – *Sí será. Pero no extrañaría yo que vinieses en busca de su dinero. Es tan útil en el mundo...*

TEDIATO – *Poca cantidad, sí, es útil; pues nos alimenta, nos viste y nos da las pocas cosas necesarias a la breve y mísera vida del hombre; pero mucha es dañosa.*

LORENZO – *¡Hola! ¿Y por qué?*

TEDIATO – *Porque fomenta las pasiones, engendra nuevos vicios, y a fuerza de multiplicar delitos, invierte todo el orden de la naturaleza; y lo bueno se sustrae de su dominio, sin el fin dichoso... Con él no pudieron arrancarme mi dicha. ¡Ay!, vamos.*

LORENZO – *Sí. Pero antes de llegar allá hemos de tropezar en aquella otra sepultura; y se me eriza el pelo cuando paso junto a ella.*

TEDIATO – *¿Por qué te espanta esa más que cualquiera de las otras?*

LORENZO – *Porque murió de repente el sujeto que en ella se enterró. Estas muertes repentinas me asombran.*

Consta-me que nada enterrou consigo, porque registrei seu cadáver. Sequer um dobrão em sua mortalha foi encontrado.

Tediato – Não viria eu de minha casa ao seu túmulo nem por todo o ouro que houvesse ele trazido da infeliz América à tirana Europa.

Lourenço – Sim, suponho que não. Mas não me surpreenderia que viesses por seu dinheiro. É tão útil no mundo...

Tediato – Pouco, sim, é útil; nos alimenta, nos veste, e nos dá as poucas coisas necessárias à curta e ínfima existência dos homens; mas muito é prejudicial.

Lourenço – Oh! E por quê?

Tediato – Porque fomenta as paixões, engendra vícios novos, e à força de multiplicar crimes, inverte toda a ordem da natureza; e o bom é excluído de seu domínio, sem final feliz... Com ele, não puderam arrancar minha felicidade. Ah! Vamos.

Lourenço – Sim. Mas antes de chegar lá, teremos que topar com aquela outra sepultura, e meus pelos se arrepiam todos quando passo por ela.

Tediato – Por que te causa pavor essa mais do que qualquer outra?

Lourenço – Porque morreu de súbito a pessoa que nela se enterrou. E essas mortes repentinas me apavoram.

TEDIATO – *Debiera asombrarte el poco número de ellas. Un cuerpo tan débil como el nuestro, agitado por tantos humores, compuesto de tantas partes invisibles, sujeto a tan frecuentes movimientos, lleno de tantas inmundicias, dañado por nuestros desórdenes, y, lo que es más, movido por una alma ambiciosa, envidiosa, vengativa, iracunda, cobarde y esclava de tantos tiranos... ¿qué puede durar?, ¿cómo puede durar? No sé cómo vivimos. No suena campana que no me parezca tocar a muerto... A ser yo ciego, creería que el color negro era el único de que se visten... ¡Cuántas veces muere un hombre de un aire que no ha movido la trémula llama de una lámpara!*

¡Cuántas de un agua que no ha mojado la superficie de la tierra!¡Cuántas de un sol que no ha entibiado una fuente! ¡Entre cuántos peligros camina el hombre el corto trecho que hay de la cuna al sepulcro! Cada vez que siento el pie, me parece hundirse el suelo, preparándome una sepultura... Conozco dos o tres hierbas saludables: las venenosas no tienen número. Sí, sí..., el perro me acompaña, el caballo me obedece, el jumento lleva la carga..., ¿y qué? El león, el tigre, el leopardo, el oso, el lobo e innumerables otras fieras nos prueban nuestra flaqueza deplorable.

LORENZO – *Ya estamos donde deseas.*

TEDIATO – *Mejor que tu boca me lo dice, me lo dice mi corazón. Ya piso la losa que he regado tantas veces con mi llanto, y besado tantas veces con mis labios. Esta es. ¡Ay, Lorenzo!*

TEDIATO – Deveria espantar-te o número reduzido delas. Um corpo tão frágil como o nosso, tumultuado por tantos humores, composto de tantas partes invisíveis, sujeito a tão frequentes movimentos, repleto de tantas imundícies, maltratado pelo nosso desregramento e, acima de tudo, movido por uma alma ambiciosa, invejosa, vingativa, colérica, covarde e escrava de tantos tiranos... O que pode durar? Como pode durar? Não sei como vivemos. Não há dobre de sino que não pareça tocar a um morto... Fosse eu cego e julgaria que todos se vestem de negro... Quantas vezes morre um homem por um sopro de brisa que não moveria a trêmula chama de uma lamparina! Quantas, por um chuvisco que não chegou a umedecer a superfície da terra!

Quantas, por um raio de sol que não chegou a aquecer a água de uma fonte! Por quantos perigos passa o homem no curto caminho que vai do berço à sepultura! A cada passo, sinto o solo fender-se, preparando-me o sepulcro... Conheço duas ou três ervas salutares; as venenosas são incontáveis. Sim, sim... o cão me acompanha, o cavalo me obedece, o jumento leva-me a carga... e daí? O leão, o tigre, o leopardo, o urso, o lobo, e uma multidão de outras feras afirmam a nossa deplorável fragilidade.

LOURENÇO – Chegamos ao lugar que desejas.

TEDIATO – O que diz tua boca, diz melhor meu coração. Eis a lousa que reguei tantas vezes com meu pranto, e que beijei tantas vezes com meus lábios. Ei-la. Ah, Lourenço!

Hasta que me ofreciste lo que ahora me cumples, ¡cuántas tardes he pasado junto a esta piedra, tan inmóvil como si parte de ella fuesen mis entrañas! Más que sujeto sensible, parecía yo estatua, emblema del dolor. Entre otros días, uno se me pasó sobre ese banco. Los que cuidan de ese templo, varias veces me habían sacado del letargo, avisándome ser la hora en que se cerraban las puertas. Aquel día olvidaron su obligación y mi delirio: fuéronse y me dejaron. Quedé en aquellas sombras rodeado de sepulcros, tocando imágenes de muerte, envuelto en tinieblas, y sin respirar apenas, sino los cortos ratos que la congoja me permitía, cubierta mi fantasía, cual si fuera con un negro manto de densísima tristeza. En uno de estos amargos intervalos yo vi, no lo dudes, yo vi salir de un hoyo inmediato a ése un ente que se movía. Resplandecían sus ojos con el reflejo de esa lámpara, que ya iba a extinguirse. Su color era blanco, aunque algo ceniciento. Sus pasos eran pocos, pausados, y dirigidos a mí... Dudé... me llamé cobarde... me levanté... y fui a encontrarle... El bulto proseguía... Al ir a tocarle yo, y él a mí... óyeme...

LORENZO – *¿Qué hubo, pues?*

TEDIATO – *Óyeme... Al ir a tocarle yo, y él horroroso vuelto a mí, en aquel lance de tanta confusión... apagóse del todo la luz.*

LORENZO – *¿Qué dices?, ¿y aún vives?*

Antes que aceitasses o que hoje cumpres, quantas tardes passei junto a esta pedra, tão imóvel como se dela fizessem parte minhas entranhas! Mais do que um ente sensível, parecia eu uma estátua, emblema da dor. Um daqueles dias, passei-o sobre este banco. Os que cuidam deste templo por várias vezes me haviam despertado do meu torpor para advertir-me de que eram horas de fechar as portas. Naquele dia, esqueceram-se de sua obrigação e do meu delírio: saíram e me deixaram. Fiquei naquelas sombras, cercado de sepulcros, tocando imagens da morte, envolto em trevas, e respirando apenas nos raros momentos que a angústia permitia, toldada a imaginação com o negro véu da tristeza a mais sombria. Num desses amargos intervalos, eu vi, não duvides, eu vi sair de uma cova ao pé desta um ente que se movia. Seus olhos resplandeciam com o reflexo desta lamparina, que estava prestes a se extinguir. Sua cor era branca, embora um tanto cinzenta. Seus passos eram sucintos, pausados, e se dirigiam na minha direção... Duvidei... Chamei-me covarde... Levantei-me... e fui ao seu encontro... O vulto prosseguia... Quando ia tocá-lo, e ele a mim... Ouça-me...

Lourenço – O que aconteceu?

Tediato – Ouça-me... Quando ia tocá-lo, e o medonho vulto a mim, naquele instante de tanta perturbação... a luz se apagou por completo.

Lourenço – O quê? E vives ainda?

TEDIATO – *Y viviré, pues no morí entonces. Escucha.*

LORENZO – *Sí, y con grande atención. En aquel apuro, ¿qué hiciste?, ¿qué pudiste hacer?*

TEDIATO – *Me mantuve en pie, sin querer perder el terreno que había ganado a costa de tanto arrojo y valentía. Era invierno. Las doce serían cuando se esparció la oscuridad por el templo. Oí la una… las dos… las tres… las cuatro… siempre en pie; haciendo el oído el oficio de la vista.*

LORENZO – *¿Qué oíste? Acaba, que me estremezco.*

TEDIATO – *Oí una especie de resuello no muy libre. Procurando tentar, conocí que el cuerpo del bulto huía de mi tacto. Mis dedos parecían mojados en sudor frío y asqueroso; y no hay especie de monstruo, por horrendo, extravagante e inexplicable que sea, que no se me presentase. Pero ¿qué es la razón humana si no sirve para vencer a todos los objetos, y aun a sus mismas flaquezas? Vencí todos estos espantos. Pero la primera impresión que hicieron, el llanto derramado antes de la aparición, la falta de alimento, la frialdad de la noche, y el dolor que tantos días antes rasgaba mi corazón, me pusieron en tal estado de debilidad, que caí desmayado en el mismo hoyo de donde había salido el objeto terrible. Allí me hallé por la mañana en brazos de muchos concurrentes piadosos, que habían acudido a dar al Criador las alabanzas, y cantar los himnos acostumbrados.*

TEDIATO – E viverei, pois não morri então. Escuta.

LOURENÇO – Sim, e com grande atenção. O que fizeste naquela hora? O que pudeste fazer?

TEDIATO – Mantive-me em pé, sem querer perder o terreno que havia conquistado com tanto ímpeto e coragem. Era inverno. E por volta da meia-noite, quando a escuridão se estendeu pelo templo. Ouvi bater à uma... às duas... às três... às quatro... sempre em pé, emprestando ao ouvido o ofício da vista.

LOURENÇO – E o que foi que ouviste? Termina, que estremeço.

TEDIATO – Ouvi uma forma de arfar abafado. Palpando às cegas compreendi que o corpo do vulto fugia do meu contato. Meus dedos pareciam molhados de suor frio e infecto; e não havia monstro, por mais horrendo, insólito e inexplicável que fosse, que não se apresentasse diante de mim. Mas, que é a razão humana, se não serve para vencer todos os obstáculos, inclusive suas próprias fraquezas? Venci todos os assombros. Mas o efeito primeiro que fizeram o pranto derramado antes da aparição, a falta de alimento, o frio da noite, e a dor que por dias dilacerava meu coração, foi o de me pôr num estado tal de debilidade, que caí desmaiado na mesma cova de onde havia saído a coisa horrível. Ali me encontrei pela manhã, nos braços de fiéis piedosos, que haviam acorrido ao templo para louvar o Criador e cantar os hinos da tradição.

Lleváronme a mi casa, de donde volví en breve al mismo puesto. Aquella misma tarde hice conocimiento contigo, y me prometiste lo que ahora va a finalizar.

Lorenzo – *Pues esa misma tarde eché menos en casa (poco te importará lo que voy a decirte, pero para mí es el asunto de más importancia), eché menos un mastín que suele acompañarme, y no pareció hasta el día siguiente. ¡Si vieras qué ley me tiene! Suele entrarse conmigo en el templo y, mientras hago la sepultura, no se aparta de mí un instante. Mil veces, tardando en venir los entierros, le he solido dejar echado sobre mi capa, guardando la pala, el azadón y los demás trastos de mi oficio.*

Tediato – *No prosigas. Me basta lo dicho. Aquella tarde no se hizo el entierro. Te fuiste; el perro se durmió dentro del hoyo mismo. Entrada ya la noche, despertó. Nos encontramos solos él y yo en la iglesia (¡mira qué causa tan trivial para un miedo tan fundado al parecer!): no pudo salir entonces, y lo ejecutaría al abrir las puertas y salir el sol; lo que yo no pude ver por causa de mi desmayo.*

Lorenzo – *Ya he empezado a alzar la losa de la tumba. Pesa infinito. ¡Si verás en ella a tu padre! Mucho cariño le tienes cuando por verle pasas una noche tan dura… ¡Pero el amor de hijo! Mucho merece un padre…*

Tediato – *¡Un padre!, ¿por qué? Nos engendran por su gusto; nos crían por obligación; nos educan para que les sirvamos; nos casan para perpetuar sus nombres; nos corrigen por caprichos; nos desheredan por injusticia; nos abandonan por vicios suyos.*

Levaram-me para casa, de onde logo voltei ao mesmo lugar. Naquela mesma tarde te conheci, e foi quando me prometeste o que vais terminar agora.

Lourenço – Pois nessa mesma tarde, notei a falta em casa (pouco te valerá o que vou dizer, mas para mim é assunto de grande valia), notei a falta de um mastim que costuma me acompanhar, e que não apareceu senão no dia seguinte. Se visses como me é leal! Costuma entrar comigo no templo e, enquanto cavo a sepultura, não me abandona um só instante. Várias vezes, ao tardar em chegar um enterro, o deixei ficar sobre o meu abrigo, guardando a pá, a enxada, e outras ferramentas do meu ofício.

Tediato – Não prossigas. Disseste-me o bastante. Não houve enterro naquela tarde. Foste embora; o cão dormiu na cova. Com a noite alta, acordou. Encontramo-nos sós, ele e eu, na igreja (causa tão trivial para um temor, em aparência, tão bem fundado!): não pôde sair, e só o fez quando as portas se abriram, ao nascer do sol – o que não pude ver por causa do desmaio.

Lourenço – Já começo a erguer a pedra do túmulo. Pesa um absurdo! Decerto verás teu pai! Muito o amas, que para vê-lo passas uma noite tão dura... Mas é amor de filho! Um pai é bem digno...

Tediato – Um pai! Por quê? Concebem-nos por desfastio, criam-nos por obrigação, instruem-nos para lhes sermos úteis, casam-nos para perpetuar seus nomes, corrigem-nos por capricho, deserdam-nos por injustiça, abandonam-nos por seus vícios.

Lorenzo – *Será tu madre... mucho debemos a una madre.*

Tediato – *Aun menos que al padre. Nos engendran también por su gusto, tal vez por su incontinencia; nos niegan el alimento de la leche, que naturaleza las dio para este único y sagrado fin; nos vician con su mal ejemplo; nos sacrifican a sus intereses; nos hurtan las caricias que nos deben y las depositan en un perro o en un pájaro.*

Lorenzo – *¿Algún hermano tuyo te fue tan unido que vienes a visitar los huesos?*

Tediato – *¿Qué hermano conocerá la fuerza de esta voz? Un año más de edad, algunas letras de diferencia en el nombre, igual esperanza de gozar un bien de dudoso derecho, y otras cosas semejantes, imprimen tal odio en los hermanos, que parecen fieras de distintas especies y no frutos de un vientre mismo.*

Lorenzo – *Ya caigo en lo que puede ser. Aquí yace, sin duda, algún hijo que se te moriría en lo más tierno de su edad.*

Tediato – *¡Hijos! ¡Sucesión! Este, que antes era tesoro con que naturaleza regalaba a sus favorecidos, es hoy un azote con que no debiera castigar sino a los malvados. ¿Qué es un hijo? Sus primeros años... un retrato horrendo de la miseria humana. Enfermedad, flaqueza, estupidez, molestia y asco... Los siguientes años... un dechado de los vicios de los brutos, poseídos en más alto grado... Lujuria, gula, inobediencia... Más adelante, un pozo de horrores infernales... ambición, soberbia, envidia, codicia,*

Lourenço – Será tua mãe... muito devemos a uma mãe.

Tediato – Menos ainda que ao pai. Também nos concebem por desfastio, e talvez por volúpia, negam-nos o leite que a natureza lhes deu para esse único e sagrado fim, corrompem-nos com seu mal exemplo, sacrificam-nos aos seus interesses, furtam-nos afagos que deveríamos receber para dá-los a um cão ou um pássaro.

Lourenço – Algum irmão teu, de quem foste tão próximo, que lhe vens visitar os ossos?

Tediato – Que irmão conhecerá a força desse termo? Um ano a mais de idade, algumas letras de diferença no nome, mesma esperança de gozar um bem de direito duvidoso, e outras coisas semelhantes imprimem tanto ódio entre irmãos, que estes mais parecem feras de espécies distintas do que frutos do mesmo ventre.

Lourenço – Já vislumbro o que pode ser. Jaz aqui, sem dúvida, algum filho teu, que perdeste na mais tenra idade.

Tediato – Filhos! Sucessão! O que antes era um tesouro com que a natureza presenteava seus preferidos, hoje é um açoite com que se deveriam castigar apenas os maus. Que é um filho? Seus primeiros anos... um retrato horrendo da miséria humana. Doença, apatia, estupidez, enfado e imundície... Os anos seguintes... uma amostra dos vícios das bestas, possuídos em alto grau... Luxúria, gula, desobediência... Mais tarde, um poço de horrores infernais... ambição, orgulho, inveja, ganância,

venganza, traición y malignidad. Pasando de ahí... ya no se mira el hombre como hermano de los otros, sino como a un ente supernumerario en el mundo. Créeme, Lorenzo, créeme. Tú sabrás cómo son los muertos, pues son el objeto de tu trato... Yo sé lo que son los vivos... Entre ellos me hallo con demasiada frecuencia... Estos son... no... no hay otros; todos a cual peor... Yo sería peor que todos ellos si me hubiera dejado arrastrar de sus ejemplos.

LORENZO – *¡Qué cuadro el que pintas!*

TEDIATO – *La naturaleza es el original. No la adulo; pero tampoco la agravio. No te canses, Lorenzo. Nada significan esas voces que oyes de padre y madre, hermano, hijo y otras tales. Y si significan el carácter que vemos en los que así se llaman, no quiero ser, ni tener, hijo, hermano, padre, madre, ni me quiero a mí mismo, pues algo he de ser de esto.*

LORENZO – *No me queda que preguntarte más que una cosa; y es a saber: si buscas el cadáver de algún amigo.*

TEDIATO – *¿Amigo, eh? ¿Amigo? ¡Qué necio eres!*

LORENZO – *¿Por qué?*

TEDIATO – *Sí, necio eres, y mereces compasión, si crees que esa voz tenga el menor sentido. ¡Amigos! ¡Amistad! Esa virtud sola haría feliz a todo el género humano. Desdichados son los hombres desde el día que la desterraron, o que ella los abandonó. Su falta es el origen de todas las turbulencias de la sociedad. Todos quieren parecer amigos: nadie lo es.*

vingança, traição e maldade. A partir daí... já não se vê o homem como irmão de outro homem, mas apenas como um ser supranumerário no mundo. Creia-me, Lourenço, creia-me. Sabes como são os mortos, pois são a causa do teu ofício... Eu sei o que são os vivos... Convivo demasiado com eles... São... não... não há exceções, cada qual pior do que o outro... E deles seria eu o pior se me deixasse arrastar por seus exemplos.

Lourenço – Que quadro o que acabas de compor!

Tediato – A natureza é o original. Não a enalteço nem a sobrecarrego. Não te preocupes, Lourenço. Nada significam essas palavras que ouves de pai e mãe, irmão, filho, e outras tantas. E se significam o caráter que vemos nos que assim se chamam, não quero ser, nem ter, filho, irmão, pai, mãe, nem quero a mim mesmo, pois algo de tudo isso devo ser.

Lourenço – Só me resta então fazer-te mais uma pergunta: se procuras o cadáver de algum amigo.

Tediato – Amigo, hein? Amigo? Que tolo és!

Lourenço – Por quê?

Tediato – Sim, tolo e digno de dó, se crês que essa palavra tem o menor sentido. Amigos! Amizade! Essa única virtude faria feliz todo o gênero humano. Míseros são os homens desde o dia em que a desterraram, ou que ela os abandonou. Sua ausência é a origem de todos os tormentos da sociedade. Todos querem parecer amigos, ninguém o é.

En los hombres, la apariencia de la amistad es lo que en las mujeres el afeite y compostura. Belleza fingida y engañosa... nieve que cubre un muladar... Darse las manos y rasgarse los corazones: esta es la amistad que reina. No te canses. No busco el cadáver de persona alguna de los que puedes juzgar. Ya no es cadáver.

Lorenzo – *Pues, si no es cadáver, ¿qué buscas? Acaso tu intento sería hurtar las alhajas del templo, que se guardan en algún soterráneo, cuya puerta se te figura ser la losa que empiezo a levantar.*

Tediato – *Tu inocencia te sirva de excusa. Queden en buen hora esas alhajas establecidas por la piedad, aumentada por la superstición de los pueblos, y atesoradas por la codicia de los ministros del altar.*

Lorenzo – *No te entiendo.*

Tediato – *Ni conviene. Trabaja con más brío.*

Lorenzo – *Ayúdame. Mete esotro pico por allí y haz fuerza conmigo.*

Tediato – *¿Así?*

Lorenzo – *Sí, de este modo. Ya va en buen estado.*

Tediato – *¿Quién me diría dos meses ha que me había de ver en este oficio? Pasáronse más aprisa que el sueño, dejándome tormento al despertar. Desaparecieronse como humo que deja las llamas abajo y se pierde en el aire. ¿Qué haces, Lorenzo?*

Nos homens, a aparência de amizade equivale ao que nas mulheres são cosméticos e adornos. Beleza falsa e enganosa... Neve que cobre o monturo... Apertar as mãos e apunhalar os corações, essa é a amizade que prevalece. Não te preocupes. Não procuro o cadáver de nenhuma das pessoas que supões. Não é um cadáver.

Lourenço – Pois se não é um cadáver, o que é? Então teu propósito talvez seja furtar joias do templo, guardadas em algum subterrâneo, cuja porta imaginas ser a pedra que começo a erguer.

Tediato – Tua inocência te sirva de desculpa. Que fiquem em paz essas joias concedidas pela piedade, valorizadas pela superstição da plebe, e conservadas pela cobiça dos sacerdotes.

Lourenço – Não te entendo.

Tediato – Nem convém. Trabalha com mais afinco.

Lourenço – Ajuda-me. Mete essa outra picareta ali e força comigo.

Tediato – Assim?

Lourenço – Isso mesmo. Estamos indo bem...

Tediato – Quem poderia dizer, há dois meses, que me veria neste encargo? Passaram-se mais veloz que um sonho, do qual despertei aflito. Desapareceram como o fumo que se desprende das chamas e se desfaz no ar. Que fazes, Lourenço?

Lorenzo – *¡Qué olor! ¡Qué peste sale de la tumba! No puedo más.*

Tediato – *No me dejes, no me dejes, amigo. Yo solo no soy capaz de mantener esta piedra.*

Lorenzo – *La abertura que forma ya da lugar para que salgan esos gusanos que se ven con la luz de mi farol.*

Tediato – *¡Ay, qué veo! Todo mi pie derecho está cubierto de ellos. ¡Cuánta miseria me anuncian! En estos, ¡ay!, ¡en estos se ha convertido tu carne! ¡De tus hermosos ojos se han engendrado estos vivientes asquerosos! ¡Tu pelo, que en lo fuerte de mi pasión llamé mil veces no sólo más rubio, sino más precioso que el oro, ha producido esta podre! ¡Tus blancas manos, tus labios amorosos se han vuelto materia y corrupción! ¡En qué estado estarán las tristes reliquias de tu cadáver! ¡A qué sentido no ofenderá la misma que fue el hechizo de todos ellos!*

Lorenzo – *Vuelvo a ayudarte; pero me vuelca ese vapor… ahora empieza… Más, más. ¿Qué? lloras… No pueden ser sino lágrimas tuyas las gotas que me caen en las manos… ¡Sollozas! ¡No hablas! Respóndeme.*

Tediato – *¡Ay! ¡Ay!*

Lorenzo – *¿Qué tienes? ¡Te desmayas!*

Tediato – *No, Lorenzo.*

Lourenço – Que peste! Que odor pestilento sai deste túmulo! Não posso mais.

Tediato – Não me abandones, não me abandones, amigo. Sozinho não sou capaz de manter esta pedra.

Lourenço – Por esta fenda que se abriu saem os vermes que a luz da minha lâmpada ilumina.

Tediato – Ah, o que vejo! Meu pé direito está todo coberto deles. Quanto horror me revelam! Nisto, ah, nisto se converteu tua carne! Dos teus formosos olhos se formaram estes seres repugnantes! O teu cabelo, que mil vezes chamei, no auge da minha paixão, não só mais brilhante, mas ainda mais precioso que o ouro, produziram esta putrefação! Tuas alvas mãos, teus lábios sensuais, transformaram-se em matéria e decomposição! Em que estado estarão os tristes restos do teu cadáver! Que sentido não se escandalizará diante daquela que foi o encanto de todos eles!

Lourenço – De volta ao trabalho! Mas esse miasma me atordoa... Vamos, agora... Mais, mais. O quê? Choras... Só podem ser tuas lágrimas estas gotas que me caem nas mãos... Soluças! Emudeces! Responde-me!

Tediato – Ah! Ah!

Lourenço – O que tens? Desmaias?

Tediato – Não, Lourenço.

Lorenzo – *Pues habla. Ahora caigo en quién es la persona que se enterró aquí... ¿Eras pariente suyo? No dejemos de trabajar por eso. La losa está casi vencida, y por poco que ayudes la volcaremos, según vemos. Ahora, ahora, ¡ay!*

Tediato – *Las fuerzas me faltan.*

Lorenzo – *Perdimos lo adelantado.*

Tediato – *Ha vuelto a caer.*

Lorenzo – *Y el sol va saliendo, de modo que estamos en peligro de que vayan viniendo las gentes y nos vean.*

Tediato – *Ya han saludado al Criador algunas campanas de los vecinos templos con en el toque matutino. Sin duda lo habrán ya ejecutado los pájaros en los árboles con música más natural y más inocente y, por tanto, más digna. En fin, ya se habrá desvanecido la noche. Sólo mi corazón aún permanece cubierto de densas y espantosas tinieblas. Para mí nunca sale el sol. Las horas todas se pasan en igual oscuridad para mí. Cuantos objetos veo en lo que llaman día, son a mi vista fantasmas, visiones y sombras, cuando menos... algunos son furias infernales.*

Razón tienes. Podrán sorprendernos. Esconde ese pico y ese azadón. No me faltes mañana a la misma hora y en el mismo puesto. Tendrás menos miedo, menos tiempo se perderá. Vete, te voy siguiendo.

Lourenço – Fala, então. Percebo agora quem é a pessoa que aqui se enterrou... Eras esposo dela? Não se interrompa o trabalho por isso. A pedra está quase vencida. Vês, um pouco mais da tua ajuda e a derrubaremos. Agora, agora, ah!

Tediato – Faltam-me forças...

Lourenço – Perdemos o que havíamos conquistado.

Tediato – Tombou outra vez.

Lourenço – E o sol já está saindo... Corremos o risco de que pessoas venham e nos vejam.

Tediato – Já saudaram o Criador nos templos vizinhos os sinos da manhã. Sem dúvida, já fizeram o mesmo os pássaros nas árvores com música mais natural e mais inocente, e por isso mais digna. Já estará extinta a noite, enfim. Só meu coração continua coberto de densas e terríveis trevas. Para mim, nunca sai o sol. Todas as horas passam com a mesma escuridão. Todas as coisas que vejo durante o que se chama dia são para mim fantasmas, visões e sombras, quando menos... Algumas são fúrias infernais.

Tens razão. Poderemos ser surpreendidos. Esconde essa picareta e essa enxada. Não me faltes amanhã na mesma hora e no mesmo lugar. Terás menos medo, e menos tempo se perderá. Vai-te, eu te sigo.

Objeto antiguo de mis delicias… ¡hoy objeto de horror para cuantos te vean! Montón de huesos asquerosos… ¡En otros tiempos conjunto de gracias! Oh tú, ahora imagen de lo que yo seré en breve; pronto volveré a tu tumba, te llevaré a mi casa, descansarás en un lecho junto al mío. Morirá mi cuerpo junto a ti, cadáver adorado, y expirando incendiaré mi domicilio, y tú y yo nos volveremos ceniza en medio de las de la casa.

[Fin de la primera noche]

Outrora causa dos meus prazeres… Hoje causa de horror para quem te visse! Aglomerado de ossos repulsivos… Noutros tempos, epítome da graça! Oh tu, imagem do que serei em breve, logo voltarei ao teu sepulcro, te levarei à minha casa, descansarás num leito junto ao meu. Morrerá meu corpo junto ao teu, cadáver adorado, e agonizando incendiarei meu lar, e tu e eu nos tornaremos cinzas, em meio às cinzas da casa.

[*Fim da primeira noite*]

NOCHE SEGUNDA

Tediato, la Justicia y después un Carcelero

Diálogo

TEDIATO – *¡Qué triste me ha sido ese día! Igual a la noche más espantosa me ha llenado de pavor, tedio, aflicción y pesadumbre. ¡Con qué dolor han visto mis ojos la luz del astro a quien llaman benigno los que tienen el pecho menos oprimido que yo! El sol, la criatura que dicen menos imperfecta imagen del Criador, ha sido objeto de mi melancolía. El tiempo que ha tardado en llevar sus luces a otros climas me ha parecido tormento de duración eterna. ¡Triste de mí! ¡Soy el solo viviente a quien sus rayos no consuelen! Aun la noche, cuya tardanza me hacía tan insufrible la presencia del sol, es menos gustosa, porque en algo se parece al día. No está tan oscura como yo quisiera. ¡La Luna! ¡Ah Luna, escóndete! ¡No mires en este puesto al más infeliz mortal! ¡Que no se hayan pasado más que diez y seis horas desde que dejé a Lorenzo! ¿Quién lo creería? ¡Tales han sido para mí! Llorar, gemir, delirar... Los ojos fijos en su retrato: las mejillas bañadas en lágrimas, las manos juntas pidiendo mi muerte al Cielo; las rodillas flaqueando bajo el peso de mi cuerpo casi desmayado, sólo un corto resuello me distinguía de un cadáver. ¡Qué asustado quedó Virtelio, mi amigo, al entrar en mi cuarto y hallarme de esa manera! ¡Pobre Virtelio! ¡Cuánto trabajaste para hacerme tomar algún alimento! Ni fuerza en mis manos para tomar el pan, ni en mis brazos para llevarlo a la boca si alguna vez llegaba.*

SEGUNDA NOITE

Tediato, a Justiça e depois um Carcereiro
Diálogo

Tediato – Que triste tem sido este dia para mim! Enche-me de pavor, enfado, angústia e pesadelo, como a noite mais tenebrosa. Com que pesar meus olhos viram a luz do astro que chamam de benévolo os de corações menos aflitos do que o meu. O sol, a menos imperfeita imagem do Criador, tem sido a causa da minha melancolia. O tempo que tarda em levar seu brilho a outras regiões parece-me um tormento eterno. Ai de mim! Sou o único no mundo a quem seus raios não consolam! Mesmo a noite, cuja demora me faz a presença do sol tão intolerável, é menos agradável, porque em algo se parece ao dia. Não está tão escura como desejaria. A lua! Ah lua, oculta-te! Não ilumines aqui o mais infeliz dos mortais! Quem acreditaria que não se passaram nem dezesseis horas desde que deixei Lourenço? E o que têm sido para mim? Chorar, gemer, delirar... Os olhos fixos em seu retrato, o rosto banhado em lágrimas; as mãos unidas implorando minha morte ao Céu, os joelhos curvados ao peso do meu corpo amortecido; só um leve ofegar distinguindo-me de um cadáver. Quão assustado ficou Vitélio, meu amigo, ao entrar no meu quarto e me encontrar naquele estado! Pobre Vitélio! Quanto te esforçaste para fazer-me engolir algum alimento! Nem as mãos tinham força para segurar o pão, nem os braços para levá-lo à boca, se alguma vez lá chegava.

¡Cuán amargos son bocados mojados con lágrimas! Instaste[5], me mantuve inmóvil. Se fue, sin duda, cansado. ¿Quién no se cansa de un amigo como yo, triste, enfermo, apartado del mundo, objeto de la lástima de algunos, del menosprecio de otros, de la burla de muchos? ¡Qué mucho me dejase! Lo extraño es que me mirase alguna vez. ¡Ah, Virtelio, Virtelio! Pocos instantes más que hubieses permanecido mío, te hubieran dado fama de amigo verdadero. Pero ¿de qué te serviría? Hiciste bien en dejarme: también te hubiera herido la mofa de los hombres. Dejar a un amigo infeliz, conjurarte con la suerte contra un triste, aplaudir la inconstancia del mundo, imitar lo duro de las entrañas comunes, acompañar con tu risa la risa universal, que es eco de los llantos de un mísero... Sigue; sigue... este es el camino de la fortuna, adelántate a los otros: admirarán tu talento. Yo le vi salir. Murmuraba de la flaqueza de mi ánimo. La naturaleza sin duda murmuraba de la dureza del suyo. Este es el menos pérfido de todos mis amigos: otros ni aun eso hicieron. Tediato se muere, dirían unos. Otros repetirían: se muere Tediato. De mi vida, y de mi muerte hablarían como del tiempo bueno o malo suelen hablar los poderosos, no como los pobres, a quien tanto importa el tiempo. La luz del sol que iba faltando me sacó del letargo cruel.

---

5. Em Glendinning, "Instante". Recorro, aqui, à edição de Sebold (*op. cit.*).

Quão amargas são as migalhas molhadas em lágrimas! Insististe. Mantive-me imóvel. Saíste, por certo, cansado. Quem não se cansaria de um amigo como eu, triste, doente, alienado, alvo da compaixão de alguns, do menosprezo de outros, do escárnio de muitos? Natural que me abandonasse! Surpreende-me que tenhas me dirigido o olhar. Ah, Vitélio, Vitélio! Alguns instantes mais ao meu lado teriam te honrado com o nome de amigo verdadeiro. Mas de que te serviria? Fizeste bem em abandonar-me, ou também terias sido objeto da zombaria dos outros. Abandonar um amigo infeliz; unir-te à sorte contra um desvalido; aplaudir a inconstância do mundo; imitar a rigidez das entranhas dos homens comuns; acompanhar com teu riso o riso universal, eco dos prantos de um miserável... Avante, avante... É esse o caminho da fortuna, antecipe-se aos demais: admirarão teu talento. Eu o vi sair. Murmurava sobre a fraqueza do meu espírito. A natureza, decerto, murmurava sobre a dureza do seu. Eis o menos pérfido dos meus amigos. Outros nem isso fizeram. Tediato está morrendo, diriam uns; outros repetiriam: está morrendo Tediato. Falariam da minha vida e da minha morte como costumam falar do tempo bom ou mau os poderosos, não como os pobres, a quem pouco importa o tempo. A luz do sol que se apagava tirou-me da cruel apatia.

La tiniebla me traía el consuelo que arrebata a todo el mundo. Todo el consuelo que siente toda la naturaleza al parecer el sol, le sentí todo junto al ponerse. Dije mil veces preparándome a salir: ¡Bien venida seas, noche, madre de delitos, destructora de la hermosura, imagen del caos de que salimos! Duplica tus horrores; mientras más densas, más gratas me serán tus tinieblas. No tomé alimento. No enjugué las lágrimas. Púseme el vestido más lúgubre. Tomé este acero, que será... ¡ay!, sí; será quien consuele de una vez todas mis cuitas. Vine a este puesto; espero a Lorenzo.

Desengañado de las visiones y fantasmas, duendes, espíritus y sombras, me ayudará con firmeza a levantar la losa: haré el robo... ¡El robo! ¡Ay, no!, la agravio: me agravio: éramos uno. Su alma, ¿qué era sino la mía? La mía, ¿qué era sino la suya?

Pero ¿qué voces se oyen? Muere, muere, dice una de ellas. ¡Que me matan, que me matan!, dice otra voz. Hacia mí vienen corriendo varios hombres. ¿Qué haré? ¿Qué veo? El uno cae herido al parecer... Los otros huyen retrocediendo por donde han venido. Hasta mis plantas viene batallando con las ansias de la muerte. ¿Quién eres? ¿Quiénes son los que siguen? ¿No respondes? El torrente de sangre que arroja por boca y por herida me mancha todo...

A treva[6] me trouxe o consolo que aos outros arrebata. Todo o consolo que a natureza sente ao nascer do sol, eu o senti quando o sol se pôs. Mil vezes disse, ao preparar-me para sair: da beleza, imagem do caos de onde saímos! Redobra teus horrores; quanto mais densas, mais prazerosas me serão tuas trevas. Não ingeri alimento. Não enxuguei as lágrimas. Vesti-me com a roupa a mais lúgubre. Tomei esta espada que será... ah!, sim, será o consolo derradeiro das minhas dores. Vim a este lugar; espero por Lourenço.

Sem a ilusão de visões e fantasmas, duendes, espíritos e sombras, me ajudará com afinco a levantar a campa. Farei o roubo... O roubo! Ah, não! Afronto-a e afronto-me, éramos um só. Sua alma, que era senão a minha? A minha, que era senão a sua?

Mas... que vozes serão essas? Morre, morre, diz uma delas. Ah, que me matam, diz outra. Vários homens correm na minha direção. Que farei? Que vejo? Um deles cai, parece ferido... Vem até meus pés batendo-se com as agonias de morte. Os outros fogem pelo caminho de onde vieram. Quem és? Quem são os que te perseguem? Não respondes? O jorro de sangue que irrompe de sua boca e ferida encharca minhas roupas...

---

6. No espanhol, a frequência de uso do termo *tinieblas* (trevas) no plural é maior do que no singular. E assim também o era no século XVIII. No entanto, Cadalso emprega *tiniebla*, no singular, duas vezes na segunda noite. Com isso, busca, talvez, nessas ocorrências, o efeito de singularidade. Para ambas, utilizo o termo "treva", no singular, que em português também é mais raro do que seu emprego no plural.

Es muerto. Ha expirado asido de mi pierna. Siento pasos a este otro lado. Mucha gente llega. El aparato es de ser comitiva de la justicia.

Justicia – *Pues aquí está el cadáver, y ese hombre está ensangrentado, tiene la espada en la mano, y con la otra procura deshacerse del muerto, que parece indicar no ser otro el asesino. Prended a ese malvado. Ya sabéis lo importante de este caso. El muerto es un personaje cuyas calidades no permiten el menor descuido de nuestra parte. Sabéis los antecedentes de este asesinato, y los fines que se proponían. Atadle. Desde esta noche te puedes contar por muerto e infame. Sí, ese rostro, lo pálido de su semblante, su turbación, todo indica, o aumenta los indicios que ya tenemos. En breve tendrás muerte ignominiosa y cruel.*

Tediato – *Tanto más gustosa. Por extraño camino me concede el Cielo lo que le pedí días ha con todas mis veras...*

Justicia – *¡Cuál se complace con su delito!*

Tediato – *¡Delito! Jamás le tuve. Si le hubiera tenido, él mismo hubiera sido mi primer verdugo, lejos de complacerme en él. Lo que me es gustosa es la muerte. Dádmela cuanto antes: si os merezco alguna misericordia. Si no sois tan benigno, dejadme vivir: ese será mi mayor tormento. No obstante, si alguna caridad merece un hombre, que la pide a otro hombre, dejadme un rato llegar más cerca de ese templo, no por valerme de su asilo, sino por ofrecer mi corazón a...*

Justicia – *¡Tu corazón en que engendras maldades!*

Está morto. Expirou agarrado à minha perna. Sinto passos desse outro lado. Muita gente se aproxima. Parece-me, pela pompa, uma comitiva da justiça.

Justiça – Eis aqui o cadáver, e eis este homem ensanguentado, que tem uma espada na mão, e com a outra tenta se desvencilhar do morto; ao que parece, não é outro o assassino. Prendei este facínora! Já sabeis da importância deste caso. O morto é um fidalgo cujas distinções não permitem o menor descuido da nossa parte. Sabeis os antecedentes desse crime e os fins a que se propunha. Amarrai-o. Podes considerar-te, desde já, morto e desonrado. Sim, este rosto, o pálido de seu semblante, sua perturbação, tudo indica ou aumenta os indícios que já temos. Em breve, terás morte torpe e cruel.

Tediato – Tanto mais prazerosa. Por tortuoso caminho, concede-me o Céu o que há dias lhe pedi com todo o fervor...

Justiça – Ainda se compraz de seu crime!

Tediato – Crime! Jamais o cometi. Se o tivesse cometido, teria sido ele o meu primeiro algoz, e nisso não haveria prazer algum. O que me é prazeroso é a morte. Dai-ma quanto antes, se de vós mereço alguma compaixão. Se não sois assim tão generosos, deixai-me viver: será esse o meu maior tormento. Mas, se alguma piedade merece um homem, que a pede a outro homem, permiti por um instante aproximar-me daquele templo, não para ali me refugiar, mas para oferecer meu coração a...

Justiça – Teu coração em que engendras maldades!

TEDIATO – *No injuries a un infeliz: mátame sin afrentarme. Atormenta mi cuerpo en quien tienes dominio: no insultes una alma que tengo más noble... un corazón más puro... sí, más puro, más digna habitación del Ser Supremo que el mismo templo en que yo quería... Ya nada quiero... Haz lo que quieras... No me preguntes quién soy, cómo vine aquí, qué hacía, qué intentaba hacer, y apuren los verdugos sus crueldades en mí: las verás todas vencidas por mi fineza.*

JUSTICIA – *Llevadle aprisa: no salgan al encuentro sus compañeros.*

TEDIATO – *Jamás los tuve: ni en la maldad, porque jamás fui malo; ni en la bondad, porque ¡ninguno me ha igualado en lo bueno! Por eso soy el más infeliz de los hombres. Cargad más prisiones sobre mí, ministros feroces. Ligad más esos cordeles con que me arrastráis cual víctima inocente. Y tú que en ese templo quedas, únete a tu espíritu inmortal que exhalaste entre mis brazos, si lo permite quien puede, y ven a consolarme en la cárcel, o a desengañar a mis jueces. Salga yo valeroso al suplicio, o inocente al mundo. Pero no; agraviado o vindicado, muera yo, muera yo y en breve.*

JUSTICIA – *Su delito le turba los sentidos: andemos, andemos.*

TEDIATO – *¿Estamos ya en la cárcel?*

TEDIATO – Não maldigas[7] um infeliz; mata-me sem ultrajar-me. Tortura meu corpo, a ti subjugado, mas não insultes uma alma a mais nobre... um coração o mais puro... sim, o mais puro, casa do Ser Supremo mais digna do que o templo no qual queria... Já não quero mais... Faz o que quiseres... Não me perguntes quem sou, como aqui cheguei, o que fazia, o que pretendia fazer... Que agucem os algozes sua crueza! Verás que a venço com minha candura.

JUSTIÇA – Levai-o já; antes que seus companheiros venham buscá-lo.

TEDIATO – Nunca os tive; nem na maldade, porque nunca fui mau; nem na bondade, porque ninguém se iguala a mim no ser bom! Por isso, sou o mais infeliz dos homens. Carregai-me de grilhões, oficiais sanguinários. Estreitai estes cordames com que me arrastais como vítima inocente. E tu, nesse templo em que estás, concilia-te com teu espírito imortal, que exalaste nos meus braços, e vem, se te permite quem pode, consolar-me na prisão ou esclarecer meus juízes. Que eu vá destemido ao suplício ou inocente ao mundo. Mas não; aviltado ou redimido, que eu morra, que eu morra logo.

JUSTIÇA – Seu crime lhe turva o discernimento; vamos, vamos.

TEDIATO – Já chegamos à prisão?

---

7. Na fala anterior, Tediato se dirige à comitiva e por isso utiliza a segunda pessoa do plural (vós) com seu interlocutor (Justiça). Aqui, Tediato altera o registro para a segunda pessoa do singular (tu) pois sua fala é dirigida a um integrante dessa comitiva.

Justicia – *Poco falta.*

Tediato – *Quien encuentre la comitiva de la justicia, llevando a un preso ensangrentado, pálido, mal vestido, cargado de cadenas que le han puesto, y de oprobios que le dicen: ¿qué dirá? Allá va un delincuente. Pronto le veremos en el patíbulo. Su muerte será horrorosa, pero saludable espectáculo. ¡Viva la justicia! Castíguense los delitos. Arránquese de la sociedad los que turben su quietud. De la muerte de un malvado se asegura la vida de muchos buenos. Así irán diciendo de mí. Así irán diciendo. En vano les diría mi inocencia. No me creerán. Si la jurara me llamarían perjuro sobre malvado. Tomaría por testigos de mi virtud a esos astros. Los astros darían su giro sin cuidarse del virtuoso que padece ni del inicuo que triunfa.*

Justicia – *Ya estamos en la cárcel.*

Tediato – *Sepulcro de vivos, morada de horror, triste descanso en el camino del suplicio, depósito de malhechores, abre tus puertas; recibe a este infeliz.*

Justicia – *Ese hombre quede asegurado; nadie le hable. Ponedle en el calabozo más apartado y seguro; doblad el número y peso de los grillos acostumbrados. Los indicios que hay contra él son casi evidencias. Mañana se le examinará. Prepáresele el tormento, por si es tan obstinado como inicuo. Eres responsable de este preso, tú, carcelero. Te aconsejo que no le pierdas de vista. Mira que la menor compasión para él puede ser tu perdición.*

Justiça – Falta pouco.

Tediato – Quem quer que encontre a comitiva da justiça conduzindo um prisioneiro ensanguentado, pálido, malvestido, carregado de correntes e de insultos que lhe vão dizendo, que dirá? Vai ali um criminoso. Logo o veremos no patíbulo. Sua morte será horrível, mas o espetáculo, saudável. Viva a justiça! Punam-se os crimes. Eliminem-se da sociedade os que perturbam seu sossego. A morte de um malfeitor assegura a vida de muitos homens de bem. Assim dirão de mim. Assim dirão. Em vão lhes diria eu da minha inocência. Não me acreditariam. Se a jurasse, além de malfeitor, chamar-me-iam de perjuro. Tomaria estes astros por testemunhas da minha virtude. Fariam os astros seu giro sem notar o virtuoso que padece nem o injusto que triunfa.

Justiça – Chegamos à prisão.

Tediato – Sepulcro de vivos, morada de horror, triste pausa no caminho do suplício, depósito de meliantes, abre tuas portas; recebe este infeliz.

Justiça – Vigiai bem este homem; que ninguém lhe fale. Ponde-o na masmorra mais afastada e protegida; dobrai o número e o peso dos grilhões. Os indícios que existem contra ele são quase evidências. Amanhã será interrogado. Preparai-lhe a tortura, caso seja tão obstinado quanto perverso. Carcereiro, és responsável por este prisioneiro. Aconselho-te que não o percas de vista. Pensa que a menor compaixão que tiveres com ele poderá ser a tua perdição.

Carcelero – *¿Compasión yo? ¿De quién? ¿De un preso que se me encarga? No me conocéis. Años ha que soy carcelero, y en el discurso de este tiempo he guardado los presos que he tenido, como si guardara fieras en las jaulas. Pocas palabras, menos alimento, ninguna lástima, mucha dureza, mayor castigo y mucha amenaza. Así me temen. Mi voz, entre las paredes de esta cárcel, es como el trueno entre montes: asombra a cuantos la oyen. He visto llegar facinerosos de todas las provincias… hombres a quienes los dientes y las canas habían salido entre muertes y robos… El camino por donde habían venido había quedado horrorizado… Los soldados al entregármelos se aplaudían más que de una batalla que hubiesen ganado. Se alegraban de dejarlos en mis manos, más que si de ellas sacaran el más precioso saqueo de una plaza sitiada muchos meses; y todo esto no obstante… a pocas horas de estar bajo mi dominio han temblado los hombres más atroces.*

Justicia – *Pues ya queda asegurado. Adiós.*

Carcelero – *Sí, sí: grillos, cadenas, esposas, cepo, argolla, todo le sujetará.*

Tediato – *Y, más que todo, mi inocencia.*

Carcelero – *Delante de mí no se habla; y si el castigo no basta a cerrarte la boca, mordazas hay.*

Tediato – *Haz lo que quieras; no abriré mis labios. Pero la voz de mi corazón… aquella voz que penetra el firmamento, ¿cómo me privarás de ella?*

Carcereiro – Compaixão, eu? De quem? De um preso a mim confiado? Não me conheceis. Sou carcereiro há anos e, por todo esse tempo, guardei os presos que tive como feras em jaulas. Poucas palavras, menos alimento, nenhuma piedade, muita aspereza, excessivo castigo e plena ameaça. Assim sou temido. Minha voz, entre as paredes desta prisão, soa como o trovejar entre montes: assombra os que a ouvem. Tenho recebido criminosos de todas as províncias... homens a quem dentes e cabelos brancos cresceram entre mortes e roubos... Por onde passavam, deixavam rastros de medo... Ao entregá-los a mim, os soldados festejavam mais do que a vitória numa batalha. Alegravam-se de deixá-los em minhas mãos mais do que se delas tomassem o espólio mais precioso de um forte há meses sitiado. E apesar de tudo isso, ao fim de poucas horas sob meu domínio, tremiam os homens mais cruéis.

Justiça – Pois então está seguro. Adeus.

Carcereiro – Sim, sim. Grilhões, correntes, algemas, tronco, argolas, tudo o sujeitará.

Tediato – E, mais que tudo, minha inocência.

Carcereiro – Não se fala na minha presença; e se castigo não te basta para fechar a boca, a mordaça bastará.

Tediato – Faz o que quiseres, não moverei meus lábios. Mas a voz do meu coração... essa voz que penetra o firmamento, como me privarás dela?

Carcelero – *Este es el calabozo destinado para ti. En breve volveré.*

Tediato – *No me espanta su tiniebla, su frío, su humedad, su hediondez; no el ruido que han hecho los cerrojos de esa puerta; no el peso de mis cadenas. Peor habitación ocupa ahora... ¡ay, Lorenzo! Habrás ido al señalado puesto: no me habrás hallado... ¿Qué habrás juzgado de mí? Acaso creerás que miedo, inconstancia... ¡Ay!, no, no, Lorenzo; nada de este mundo ni del otro me parece espantoso; constancia no me puede faltar, cuando no me ha faltado ya. Sobre la muerte de quien vimos ayer cadáver medio corrompido me acometieron mil desdichas: ingratitud de mis amigos, enfermedad, pobreza, odio de poderosos, envidia de iguales, mofa de parte de mis inferiores... La primera vez que dormí, figuróseme que veía el fantasma que llaman Fortuna*[8]. *Cual suele pintarse la muerte con una guadaña que despuebla el universo, tenía la Fortuna una vara con que volvía a todo el globo: tenía levantado el brazo contra mí. Alcé la frente; la miré. Ella se irritó; yo me sonreí, y me dormí. Segunda vez se venga de mi desprecio. Me pone, siendo yo justo y bueno, entre facinerosos hoy, mañana tal vez entre las manos del verdugo: éste me dejará entre los brazos de la muerte. ¡Oh muerte!, ¿por qué dejas que te llamen daño, el mayor de ellos, el último de todos? ¡Tú, daño! Quien así lo diga no ha pasado lo que yo.*

---

8. Com inicial minúscula em Glendinning. Sigo, aqui, a edição de Sebold (*op. cit.*).

CARCEREIRO – Eis aqui a masmorra que te é destinada. Logo voltarei.

TEDIATO – Não me assusta sua treva, seu frio, sua umidade, sua pestilência; não o ruído que fazem os ferrolhos desta porta; não o peso das minhas correntes. Pior aposento ocupa agora...[9] Ah, Lourenço! Terás ido ao lugar combinado; não me terás encontrado... Que terás pensado de mim? Acaso, julgarás que medo, hesitação... Ah! não, não, Lourenço; nada deste mundo nem do outro me parece assustador; perseverança não pode me faltar, que até aqui não me tem faltado. Depois da morte de quem vimos ontem como cadáver meio decomposto, mil infortúnios se arrojaram contra mim: ingratidão dos meus amigos, doença, pobreza, ódio dos poderosos, inveja dos iguais, troça dos que me são inferiores... A primeira vez que dormi, supus ver o fantasma do que chamam Fortuna. Tal como se costuma representar a morte, com uma foice que despovoa o universo, tinha Fortuna um bastão com que girava o globo; tinha o braço levantado contra mim. Ergui a cabeça, encarei-a. Ela se irritou; eu sorri e dormi. Vinga-se pela segunda vez do meu desprezo. Põe-me hoje entre criminosos, sendo eu justo e bom; amanhã, talvez, nas mãos do carrasco; este me lançará nos braços da morte. Oh morte! Por que permites que te chamem um mal, o maior dos males, o último de todos? Tu, mal! Quem assim o diz não passou o que eu passei.

---

9. Referência à amada morta e seu sepulcro. Na sequência, Tediato altera o referente ao dirigir sua fala a Lourenço.

¡Qué voces oigo (¡ay!) en el calabozo inmediato! Sin duda hablan de morir. ¡Lloran! ¡Van a morir y lloran! ¡Qué delirio! Oigamos lo que dice el mísero insensato que teme burlar de una vez todas sus miserias. No, no escuchemos. Indignas voces de oírse son las que articula el miedo al aparato de la muerte.

¡Ánimo, compañero! Si mueres dentro del breve plazo que te señalan, poco tiempo estarás expuesto a la tiranía, envidia, orgullo, venganza, desprecio, traición, ingratitud... Esto es lo que dejas en el mundo. Envidiables delicias dejas por cierto a los que se queden en él. Te envidio el tiempo que me ganas, el tiempo que tardaré en seguirte.

Ha callado el que sollozaba, y también dos voces que le acompañaban, una hablándole de... Sin duda fue ejecución secreta. ¿Si se llegarán ahora los ejecutores a mí? ¡Qué gozo! Ya se disipan todas las tinieblas de mi alma. Ven, muerte, con todo tu séquito. Sí; ábrase esa puerta; entren los verdugos feroces manchados aún con la sangre que acaban de derramar a una vara de mí. Si el ser infeliz es culpa, ninguno más reo que yo. ¡Qué silencio tan espantoso ha sucedido a los suspiros del moribundo! Las pisadas de los que salen de su calabozo, las voces bajas con que se hablan, el ruido de las cadenas que sin duda han quitado al cadáver, el ruido de la puerta, estremecen lo sensible de mi corazón, no obstante lo fuerte de mi espíritu. Frágil habitación de una alma superior a todo lo que naturaleza puede ofrecer, ¿por qué tiemblas?

Que vozes ouço – ah! – na cela ao lado! Sem dúvida, falam da morte. Choram. Vão morrer e choram. Que aberração! Ouçamos o que diz esse infeliz delirante que teme frustrar, de uma vez, todos os seus tormentos. Não, não o escutemos. São indignas de se ouvir as vozes que o medo articula diante do esplendor da morte.

Coragem, companheiro! Se morreres no breve termo como previsto, por pouco tempo estarás exposto à tirania, à inveja, ao orgulho, à vingança, ao desdém, à falsidade, à ingratidão... Eis o que deixas neste mundo. Invejáveis deleites deixas decerto aos que nele ficam. Invejo-te o tempo que me tens adiante, o tempo em que tardo em te seguir.

Calou-se o que gemia. Calaram-se também as duas vozes que o acompanhavam, uma lhe falando de... Sem dúvida, foi uma execução secreta. E se viessem os meus carrascos agora? Que prazer! Dissipar-se-iam todas as trevas da minha alma. Vem, morte, com todo o teu séquito. Sim, abra-se esta porta, entrem os ferozes assassinos manchados ainda do sangue que acabam de derramar a dois passos daqui. Se o ser infeliz é culpa, ninguém mais réu do que eu. Que silêncio assustador sobreveio às lamentações do moribundo! Os passos dos que saem da sua cela, as vozes baixas que falam entre si, o som das correntes que sem dúvida retiraram do cadáver, o som da porta estremecem a sensibilidade do meu coração, apesar da firmeza do meu espírito. Frágil habitação de uma alma superior a tudo o que a natureza pode oferecer, por que tremes?

¿Ha de horrorizarme lo que desprecio? ¿Si será sueño esta debilidad que siento? Los ojos se me cierran por si mismos, no obstante la debilidad que en ellos ha dejado el llanto. Sí; reclínome. Agradable concurso, música deliciosa, espléndida mesa, delicado lecho, gustoso sueño encantarán a estas horas a alguno en el tropel del mundo. No se envanezca; lo mismo tuve yo; y ahora... una piedra es mi cabecera, una tabla mi cama, insectos mi compañía. Durmamos. Quizá me despertará una voz que me diga: Ven al tormento; u otra que me diga: Ven al suplicio. Durmamos. ¡Cielos! Si el sueño es imagen de la muerte... ¡Ay! Durmamos.

¡Qué pasos siento! Una corta luz parece que entra por los resquicios de la puerta. La abren; es el carcelero, y le siguen dos hombres. ¿Qué queréis? ¿Llegó por fin la hora inmediata a la de mi muerte? ¿Me la vais a anunciar con semblante de debilidad y compasión, o con rostro de entereza y dominio?

Carcelero – Muy diferente es el objeto de nuestra venida. Cuando me aparté de ti, juzgué que a mi vuelta te llevarían al tormento, para que en él declarases los cómplices del asesinato que se te atribuía. Pero se han descubierto los autores y ejecutores de aquel delito. Vengo con orden de soltarte. ¡Ea! Quítenle las cadenas y grillos. Libre estás.

Tediato – Ni aun en la cárcel puedo gozar del reposo que ella me ofrece en medio de sus horrores. Ya iba yo acomodando los cansados miembros de mi cuerpo sobre esta tarima; ya iba tolerando mi cabeza lo duro de esa piedra, y me vienes a despertar, ¿y para qué? Para decirme que no he de morir.

Horroriza-me o que desprezo? E se é um sonho esta fraqueza que sinto? Meus olhos se fecham por si mesmos, apesar da fraqueza que o pranto neles deixou. Sim; deito-me. Companhia agradável, música amena, esplêndida mesa, leito delicado, sonho sedutor encantarão alguém, neste momento, no turbilhão do mundo. Não se deslumbre; também eu tive o mesmo; e agora... uma pedra é minha cabeceira; uma tábua, minha cama; insetos, meus companheiros. Durmamos. Despertarei, talvez, com uma voz que me diz: vem ao tormento; ou outra que me diz: vem ao suplício. Durmamos. Céus! Se o sonho é a imagem da morte... Ah! Durmamos.

Ouço passos! Uma luz fraca entra pelas frestas da porta. Abrem-na; é o carcereiro, e dois homens, que o seguem. Que quereis? Chegou enfim a hora que precede à da minha morte? Vindes-me anunciá-la com semblante de abatimento e dó, ou com rosto de retidão e austeridade?

Carcereiro – Bem diverso é o propósito de nossa vinda. Quando te deixei, pensei que ao voltar te levariam à cela de torturas para que lá denunciasses os cúmplices do assassinato de que eras acusado. Mas já se sabe quem são os mentores e executores desse crime. Venho com ordem de soltura. Eia! Retirem-lhe as correntes e os grilhões. Estás livre.

Tediato – Nem no cárcere posso gozar o sossego que ele me oferece em meio aos seus horrores. Já iam se adaptando a este tablado os membros cansados do meu corpo, já ia suportando a dureza desta pedra minha cabeça, e me vens acordar, e para quê? Para dizer-me que não vou morrer.

Ahora sí que turbas mi reposo... Me vuelves a arrojar otra vez al mundo; al mundo, de donde se ausentó lo poco bueno que había en él. ¡Ay! Decidme, ¿es de día?

CARCELERO – *Aún faltará una hora de noche.*

TEDIATO – *Pues voyme. Con tantas contingencias como ofrece la suerte, ¿qué sé yo si mañana nos volveremos a ver?*

CARCELERO – *Adiós.*

TEDIATO – *Adiós. Una hora de noche aún falta. ¡Ay! Si Lorenzo estuviese en el paraje de la cita, tendríamos tiempo para concluir nuestra empresa. Se habrá cansado de esperarme. Mañana, ¿dónde le hallaré? No sé su casa. Acudir al templo parece más seguro. Pasaréme ahora por el atrio. ¡Noche!, dilata tu duración. Importa poco que te esperen con impaciencia el caminante para continuar su viaje, y el labrador para seguir su tarea. Domina, noche, domina más y más sobre un mundo, que por sus delitos se ha hecho indigno del sol. Quede este astro alumbrando a hombres mejores que los de estos climas. Mientras más dure tu oscuridad, más tiempo tendré de cumplir la promesa que hice al cadáver encima de su tumba, en medio de otros sepulcros, al pie de los altares y bajo la bóveda sagrada del templo. Si hay alguna cosa más santa en la tierra, por ella juro no apartarme de mi intento. Si a ello faltase; yo si a ello faltase... ¿cómo había de faltar?*

Agora, sim, perturbas o meu sossego... Outra vez, arremessas-me ao mundo; ao mundo de onde se ausentou o pouco bem que havia nele. Ah! Dizei-me, já é dia?

Carcereiro – Resta ainda uma hora de noite.

Tediato – Saio, então. Tantas contingências oferece o destino; como saber se amanhã nos voltaremos a ver?

Carcereiro – Adeus.

Tediato – Adeus. Resta-me ainda uma hora de escuridão. Ah! Se Lourenço estivesse no lugar marcado, teríamos tempo para terminar nosso trabalho. Terá se cansado de esperar? Onde o encontrarei amanhã? Não sei onde mora. O mais seguro, creio, é ir ao templo. Sigo agora pelo adro. Dilata, noite, a tua duração! Pouco importa que te esperem impacientes o viajante, para prosseguir seu caminho, e o lavrador, para retomar suas tarefas. Reina, noite, reina mais e mais sobre um mundo que, por seus crimes, se tornou indigno do sol. Que esse astro ilumine homens de mais valor do que os daqui. Quanto mais durar tua escuridão, mais tempo terei para cumprir a promessa que fiz ao cadáver, sobre seu túmulo, entre outros sepulcros, ao pé dos altares e sob a abóbada sagrada do templo. Se alguma coisa na Terra existir de mais sagrada, por ela juro não me afastar do meu propósito. E se eu nisso fracassasse, se eu fracassasse... Mas como haveria eu de fracassar?

Aquella luz que descubro será... ¿Qué? Será acaso la que arde alumbrando a una imagen que está fija en la pared exterior del templo. Adelantemos el paso. Corazón, esfuérzate; o saldrás en breve victorioso de tanto susto, cansancio, terror, espanto y dolor, o en breve dejarás de palpitar en ese miserable pecho. Sí, aquélla es la luz. El aire la hace temblar de modo que tal vez se apagará antes que yo llegue a ella. Pero ¿por qué he de temer la oscuridad? Antes debe serme más gustosa. Las tinieblas son mi alimento. El pie siente algún obstáculo... ¿Qué será? Tentemos. Un bulto, y bulto de hombre. ¿Quién es? Parece como que sale de un sueño. ¡Amigo! ¿Quién es? Si eres algún mendigo necesitado que de flaquezas has caído, y duermes en la calle por faltarte casa en que recogerte, y fuerzas para llegarte a un hospital, sígueme. Mi casa será tuya. No te espanten tus desdichas; muchas y grandes serán; pero te habla quien las pasa mayores. Respóndeme, amigo: desahóguese en mi pecho el tuyo; tristes como tú busco yo. Sólo me conviene la compañía de los míseros; harto tiempo viví con los felices. Tratar con el hombre en la prosperidad, es tratarle fuera del mismo. Cuando está cargado de penas entonces está cual es: cual naturaleza lo entrega a la vida, y cual la vida le entregará a la muerte; cuales fueron sus padres, y cuales serán sus hijos. Amigo, ¿no respondes? Parece joven de corta edad. Niño, ¿quién eres? ¿Cómo has venido aquí?

Niño – *¡Ay!, ¡ay!, ¡ay!*

Tediato – *No llores; no quiero hacerte mal. Dime, ¿quién eres? ¿Dónde viven tus padres? ¿Sabes tu nombre, y el de la calle en que vives?*

Aquela luz que vislumbro será... O quê? Será talvez a que ilumina uma imagem fixada na parede exterior do templo. Apertemos o passo. Anima-te, coração; ou logo sairás vitorioso de tanto susto, cansaço, terror, assombro e sofrimento, ou logo deixarás de palpitar neste peito miserável. Sim, aquela é a luz. O ar a agita, talvez se apague antes que eu a alcance. Mas por que hei de temer a escuridão? Esta me deve ser antes agradável. As trevas são meu alimento. Topo com o pé um obstáculo... O que será? Vejamos. Um vulto, e um vulto de homem. Quem é? Parece saído de um sonho. Amigo! Quem é? Se és algum mendigo em necessidade, que caíste de fome, e dormes na rua por falta de casa que te abrigue, e te esforças para chegar a um hospital, segue-me. Minha casa será tua. Que tuas desgraças não te intimidem; muitas e grandes serão, mas quem te fala as experimenta ainda maiores. Responde-me, amigo; desafoga no meu o teu coração; busco aflitos iguais a ti. Só a companhia dos desgraçados me importa; por muito tempo, vivi entre os felizes. Tratar com o homem na prosperidade é conhecê-lo fora de si mesmo. Mas quando a dor o sobrecarrega, então ele está como é: como a natureza o entregou à vida, e como a vida o entregará à morte; como foram seus pais, e como serão seus filhos. Amigo, não respondes? Parece-me muito jovem. Menino, quem és? Como vieste parar aqui?

MENINO – Ai! Ai! Ai!

TEDIATO – Não chores; não vou te fazer mal. Diz-me, quem és? Onde moram teus pais? Sabes teu nome e o da rua onde moras?

Niño – *Yo soy... mire usted... vivo... Venga usted conmigo para que mi padre no me castigue. Me mandó quedar aquí hasta las dos, y ver si pasaba alguno por aquí muchas veces, y que fuera a llamarle. Me he quedado dormido.*

Tediato – *Pues no temas; dame la manita: toma este pedazo de pan que me he hallado no sé cómo en el bolsillo, y llévame a casa de tu padre.*

Niño – *No está lejos.*

Tediato – *¿Cómo se llama tu padre? ¿Qué oficio tiene? ¿Tienes madre y hermanos? ¿Cuántos años tienes tú, y cómo te llamas?*

Niño – *Me llamo Lorenzo como mi padre; mi abuelo murió esta mañana; tengo ocho años, y seis hermanos más chicos que yo. Mi madre acaba de morir de sobreparto. Dos hermanos tengo muy malos con viruelas; otro está en el hospital; mi hermana se desapareció desde ayer de casa. Mi padre no ha comido en todo hoy un bocado de la pesadumbre.*

Tediato – *¿Lorenzo dices que se llama tu padre?*

Niño – *Sí, señor.*

Tediato – *¿Y qué oficio tiene?*

Niño – *No sé cómo se llama.*

Tediato – *Explícame lo que es.*

Niño – *Cuando uno se muere, y le llevan a la iglesia, mi padre es quien...*

Menino – Sou... é que... moro... Venha, senhor, comigo para que meu pai não me castigue. Ele me mandou ficar aqui até às duas, vendo se passava por aqui alguém muitas vezes, e então que o fosse chamar. Mas eu caí no sono.

Tediato – Não tenhas medo; dá-me tua mãozinha; toma este pedaço de pão que encontrei, não sei como, no meu bolso, e leva-me até a casa de teu pai.

Menino – Não é longe.

Tediato – Como se chama teu pai? O que ele faz? Tens mãe, irmãos? Quantos anos tens, e qual o teu nome?

Menino – Meu nome é Lourenço, como meu pai; meu avô morreu esta manhã; tenho oito anos, e seis irmãos mais novos. Minha mãe acaba de morrer depois de um parto. Tenho dois irmãos muito doentes com varíola; outro está no hospital; minha irmã, desde ontem, está desaparecida. Nesse pesadelo, meu pai não comeu nada o dia inteiro.

Tediato – Disseste-me que teu pai se chama Lourenço?

Menino – Sim, senhor.

Tediato – E qual o ofício dele?

Menino – Não sei como se chama.

Tediato – Explica-me o que ele faz.

Menino – Quando alguém morre, e o levam à igreja, é meu pai que...

TEDIATO – *Ya te entiendo: sepulturero, ¿no es verdad?*

NIÑO – *Creo que sí; pero aquí estamos ya en casa.*

TEDIATO – *Pues llama, y recio.*

SEPULTURERO – *¿Quién es?*

NIÑO – *Abra usted, padre; soy yo, y un señor.*

SEPULTURERO – *¿Quién viene contigo?*

TEDIATO – *Abre, que soy yo.*

SEPULTURERO – *Ya conozco la voz. Ahora bajaré a abrir.*

TEDIATO – *¡Qué poco me esperabas aquí! Tu hijo te dirá dónde le he hallado. Me ha contado el estado de tu familia. Mañana nos veremos en el mismo puesto para proseguir nuestro intento; y te diré por qué no nos hemos visto esta noche hasta ahora. Te compadezco tanto como a mí mismo, Lorenzo, pues la suerte te ha dado tanta miseria, y te la multiplica en tus deplorables hijos... Eres sepulturero... Haz un hoyo muy grande... Entiérralos todos ellos vivos, y sepúltate también con ellos. Sobre tu losa me mataré, y moriré diciendo: aquí yacen unos niños tan felices ahora como eran infelices poco ha; y dos hombres los más míseros del mundo.*

[Fin de la segunda noche]

Tediato – Entendo… Ele é coveiro, não é?

Menino – Creio que sim; mas já estamos em casa.

Tediato – Pois bata à porta, firme.

Coveiro – Quem é?

Menino – Abri, pai; sou eu e um senhor.

Coveiro – Quem te acompanha?

Tediato – Abre, sou eu.

Coveiro – Reconheço essa voz. Já desço.

Tediato – Não me esperavas aqui! Teu filho te dirá onde o encontrei. Ele me contou a situação da tua família. Amanhã nos veremos no mesmo lugar para retomar o nosso plano; e então te direi por que não nos vimos antes nesta noite. Compadeço-me de ti tanto quanto de mim mesmo, Lourenço, pois o destino te tem dado tanto infortúnio, e ainda o multiplica na desdita de teus filhos… És coveiro… Abre uma cova larga… Enterra-os todos vivos, e sepulta-te também com eles. Sobre tua sepultura me matarei, e morrerei dizendo: aqui jazem umas crianças tão felizes agora quanto infelizes eram há pouco, e dois homens os mais desgraçados deste mundo.

[*Fim da segunda noite*]

NOCHE TERCERA

Tediato y el Sepulturero

Diálogo

TEDIATO – *Aquí me tienes, Fortuna, tercera vez expuesto a tus caprichos. Pero ¿quién no lo está? ¿Dónde, cuándo, cómo sale el hombre de tu imperio? Virtud, valor, prudencia, todo lo atropellas. No está más seguro de tu rigor el poderoso en su trono, el sabio en su estudio, que el mendigo en su muladar, que yo en esta esquina lleno de aflicciones, privado de bienes, con mil enemigos por fuera, y un tormento interior capaz, por sí solo, de llenarme de horrores, aunque todo el orbe procurara mi infelicidad.*

¿Si será esta noche la que ponga fin a mis males? La primera, ¿de qué me sirvió? Truenos, relámpagos, conversación con un ente que apenas tenía la figura humana, sepulcros, gusanos, y motivos de cebar mi tristeza en los delitos y flaqueza de los hombres. Si más hubiera sido mi mansión al pie de la sepultura, ¿cuál sería el éxito de mi temeridad? Al acudir al templo el concurso religioso, y hallarme en aquel estado, creyendo que… ¿qué hubieran creído? Gritarían: Muera ese bárbaro que viene a profanar el templo con molestia de los difuntos y desacato a quien los crió.

La segunda noche… ¡ay!, vuelve a correr mi sangre por las venas con la misma turbación que anoche. Si no has de volver a mi memoria para mi total aniquilación, huye de ella, ¡oh, noche infausta! Asesinato, calumnia, oprobios, cárcel, grillos, cadenas, verdugo, muerte y gemidos… Por no sentir mi último aliento, huye

TERCEIRA NOITE

Tediato e o Coveiro

Diálogo

Tediato – Eis-me aqui, Fortuna, exposto pela terceira vez a teus caprichos. Mas quem não o está? Onde, quando, como deixa o homem o teu império? Virtude, valor, prudência, tudo atropelas. Não estão mais protegidos do teu rigor o poderoso em seu trono, o sábio em sua sala de estudos, o mendigo em seu monturo, do que eu nesta esquina tomado de aflição, privado de bens, com mil inimigos externos, e um tormento interior capaz de, por si só, encher-me de horrores, ainda que todo o universo buscasse minha infelicidade.

Será esta a noite que porá fim a meus males? A primeira, de que me serviu? Trovões, relâmpagos, conversa com um ente de escassa aparência humana, sepulcros, vermes, e motivos para alimentar minha tristeza com os crimes e a fragilidade dos homens. Se tivesse permanecido mais tempo ao pé da sepultura, qual teria sido o sucesso da minha imprudência? Os devotos, ao entrar no templo, e me encontrar naquele estado, pensando que... que teriam pensado? Gritariam: morra esse intruso, que vem profanar o templo com a perturbação dos mortos e o desrespeito a quem os criou.

A segunda noite... ah! Corre meu sangue outra vez pelas veias com o mesmo vigor da noite passada. Se regressas à memória não para a minha total dissolução, então afasta-te, oh noite infausta! Assassinato, calúnia, infâmia, masmorra, grilhões, correntes, carrasco, morte e gemidos... Para não sentir meu último suspiro, foge

de mí un instante la tristeza; pero apenas se me concede gozar el aire que está libre para las aves y brutos, cuando me vuelve a cubrir con su velo la desesperación. ¿Qué vi? Un padre de familia pobre con su mujer moribunda, hijos parvulillos y enfermos; uno perdido, otro muerto aun antes de nacer y que mata a su madre aun antes de que esta le acabe de producir. ¿Qué más vi? ¡Qué corazón el mío! ¡Qué inhumano si no se partió al ver tal espectáculo!... Excusa tiene: mayores son sus propios males y aún subsiste. ¡Oh Lorenzo! Oh, vuélveme a la cárcel, Ser Supremo, si sólo me sacaste de ella para que viese tal miseria en las criaturas.

Esta noche, ¿cuál será?... ¡Lorenzo, infeliz Lorenzo! Ven, si ya no te detiene la muerte de tu padre, la de tu mujer, la enfermedad de tus hijos, la pérdida de tu hija, tu misma flaqueza. Ven, hallarás en mí un desdichado que padece no sólo sus infortunios propios, sino los de todos los infelices a quienes conoce: mirándolos a todos como hermanos. Ninguno lo es más que tú. ¿Qué importa que nacieras tú en la mayor miseria y yo en cuna más delicada? Hermanos nos hace un superior destino, corrigiendo los caprichos de la suerte, que divide en arbitrarias e inútiles clases a los que somos de una misma especie. Todos lloramos... todos enfermamos... todos morimos.

El mismo horroroso conjunto de cosas de la noche antepasada vuelve a herir mi vista con aquella dulce melancolía... Aquél que allí viene es Lorenzo... Sí, Lorenzo. ¡Qué rostro! Siglos parece haber envejecido en pocas horas. ¡Tal es el efecto del pesar! Semejante al que produce la alegría... o destruye nuestra débil máquina en el momento que la hiere, o la debilita para siempre al herirnos en un instante.

de mim a tristeza um instante; mas apenas me é concedido gozar o ar livre como os pássaros e as feras, e outra vez me envolve em seu véu a angústia. O que vi? Um pai de família pobre com sua mulher moribunda, filhos pequeninos e doentes; um perdido, outro morto antes de nascer e que mata sua mãe antes de que esta acabe de pari-lo. O que mais vi? Que coração, o meu! Que desumano não ter se partido ao ver tal espetáculo!... Tem uma desculpa: maiores são seus próprios males e ainda vive. Oh Lourenço! Oh, levai-me de volta ao cárcere, Ser Supremo, se dele me tiraste apenas para que eu visse a miséria nas criaturas.

Esta noite, qual será?... Lourenço, infeliz Lourenço! Vem, se não te detêm a morte de teu pai, a de tua mulher, a doença de teus filhos, a perda de tua filha, teu próprio cansaço. Vem, acharás em mim um desgraçado que sofre não apenas por seus próprios infortúnios, mas pelos de todos os infelizes que conhece, tomando-os todos como irmãos. E ninguém o é mais que tu. Que importa teres tu nascido na maior miséria e eu em berço delicado? Um destino superior nos faz irmãos, corrigindo os caprichos da sorte, que nos divide em classes arbitrárias e inúteis, os que somos de uma mesma espécie. Todos choramos... todos adoecemos... todos morremos...

A mesma terrível soma de coisas da noite de anteontem volta a ferir minha vista com sua doce melancolia... Aquele que ali vem é Lourenço... Sim, Lourenço. Que rosto! Parece ter envelhecido séculos em poucas horas. Tal é o efeito da amargura! Semelhante ao que produz a alegria... ou destrói nossa frágil máquina no momento em que a fere, ou a enfraquece para sempre ao nos ferir num instante.

Lorenzo – *¿Quién eres?*

Tediato – *Soy el mismo a quien buscas... El Cielo te guarde.*

Lorenzo – *¿Para qué? ¿Para pasar cincuenta años de vida como la que he pasado, lleno de infortunios; y cuando apenas tengo fuerzas para ganar un triste alimento... hallarme con tantas nuevas desgracias en mi mísera familia, expuesta toda a morir con su padre en la más espantosa infelicidad? Amigo, si para eso deseas que me guarde el Cielo, ¡ah!, pídele que me destruya.*

Tediato – *El gusto de favorecer a un amigo debe hacerte la vida apreciable, si se conjuraran en hacértela odiosa todas las calamidades que pasas. Nadie es infeliz si puede hacer al otro dichoso. Y, amigo, más bienes dependen de tu mano que de la magnificencia de todos los reyes. Si fueras emperador de medio mundo... con el imperio de todo el universo, ¿qué podrías darme que me hiciese feliz? ¿Empleos, dignidades, rentas? Otros tantos motivos para mi propia inquietud, y para la malicia ajena... Sembrarías en mi pecho zozobras, recelos, cuidados... tal vez ambición y codicia... y en los de mis amigos... envidia. No te deseo con corona y cetro para mi bien... Más contribuirás a mi dicha con ese pico, ese azadón... viles instrumentos a otros ojos... venerables a los míos... Andemos, amigo, andemos.*

[Fin de la tercera noche]

Lourenço – Quem és tu?

Tediato – Sou aquele que procuras… O Céu te guarde.

Lourenço – Para quê? Para passar cinquenta anos de vida como a que tenho passado, cheio de desgostos? E quando tenho forças para ganhar um triste pão… ver-me com tantas novas desgraças na minha mísera família, arriscada toda ela a morrer com seu pai na mais formidável infelicidade? Se é para isso, amigo, que invocas o Céu e lhe pedes que me guarde, ah!, suplica-lhe que me destrua.

Tediato – O prazer de servir a um amigo deve te fazer a vida estimável, se conspiram para fazê-la odiosa todas as calamidades por que passas. Ninguém é infeliz se pode fazer a felicidade do outro. E a mim, amigo, mais riquezas dependem da tua mão do que da opulência de todos os reis. Se fosses imperador da metade do mundo… com o império de todo o universo, o que poderias oferecer que me fizesse feliz? Cargos, honrarias, riquezas? Outros tantos motivos para minha própria inquietação e para a maldade alheia… Semearias no meu coração tormentos, temores, cautelas… talvez ambição e ganância… e no de meus amigos… inveja. Para meu bem, não te desejo coroa nem cetro… Mais contribuirás à minha felicidade com esta picareta, esta enxada… vis ferramentas a outros olhos… veneráveis aos meus… Vamos, amigo, vamos.

[*Fim da terceira noite*]

Título	Modos de Leitura – Crítica e Tradução
Autor	Mario Higa
Prefácio	José de Paula Ramos Jr.
Editor	Plinio Martins Filho
Produção Editorial	Aline Sato
Editoração Eletrônica	Victória Cortez
Formato	14 x 21 cm
Tipologia	Adobe Calson Pro
Capa	Casa Rex – Gustavo Piqueira
Papel	Chambril Avena 80 g/m^2
Número de Páginas	312
Impressão e Acabamento	Lis Gráfica